EDITION W

LENA ELFRATH

Leicht wie Blei

EDITION W

Mehr über unsere AutorInnen und Bücher:
www.edition-w.de

Die Deutsche Nationalbibliothek verzeichnet diese Publikation in der Deutschen Nationalbibliografie; detaillierte bibliografische Daten sind im Internet über http://dnb.d-nb.de abrufbar.

FSC www.fsc.org
MIX
Papier | Fördert gute Waldnutzung
FSC® C083411

ISBN 978-3-949671-04-3

Umschlaggestaltung: Michaela Spohn Design
Satz: Publikations Atelier, Dreieich
Druck und Bindung: CPI – Clausen & Bosse, Leck
Printed in Germany

Basierend auf einer
wahren Begebenheit

Innenraum vs. Welt

Ich bin eine Mörderin
Ich bin keine Mörderin
Acht Kugeln
Eineinhalb Magazine
Eine Mörderin, viele Tode
drei Jahre Jugendknast,
Trauma lebenslänglich
Ich würde es jederzeit wieder tun

Drei Jahre. Als der Mann das Urteil verkündet, rollt die Stille über mich. Wie ein Steinbruch in Zeitlupe. Wrrruuummausatmen. Still. Es ist angenehm hier drin. Nicht, dass ich mich über das Urteil freuen würde. Meine Geschwister. Scheiße. Was passiert mit ihnen, wer kümmert sich um die? Shit, drei Jahre in einer Zelle, mit den immerselben Menschen. Solche Gedanken fliegen durch meinen imaginären Raumanzug, in dem ich gerade stecke. Draußen würden die Gedanken mich nerven, aber hier sind sie okay, weil einfach nur koexistent. Alles ist hier drin angenehmer als draußen. Das war schon immer so, aber besonders heute nach sechs Monaten Untersuchungshaft und Prozess, nach Gesprächen mit vielen Männern und einer Frau, nach Rechtfertigungen, den Ereignissen – oder sind das Erlebnisse? – also nach einem nicht enden wollenden Trip genieße ich jetzt wieder die Stille. Ich höre noch einmal, wie Atem durch meinen Helm fegt, da beginnt der große Aufbruch und alle, die außerhalb saßen, also der Richter, der Anwalt, der Staatsanwalt, also alle wenigen Anwesenden stehen auf, und zwar sofort, als wollten sie mit dieser Sache hier nichts mehr zu tun haben. Ich rege mich nicht. Auf. Um mich herum ist die Stille schon zerrüttet, aber hier drin, dort, wo ich bin…

»Sie bleiben keine drei Jahre im Gefängnis. Wir werden auf Bewährung gehen.«

Ich nicke. Keine Ahnung, ob das stimmt. Schließlich ist er ein Mann. Ich lasse seine Aussage neben mir stehen, ein bisschen wie einen Jungen, der mich anspricht. Jedenfalls erhebt sich schließlich auch mein Anwalt und ich fühle mich im Sitzen doch ein bisschen klein. Das ist das Problem mit dem inneren Raum. Hier fühlt es sich sicher an, aber das ist es nicht. Die Außenwelt kann mir jederzeit meinen Helm abziehen und der Schutzwall fällt zusammen. Ich sitze die Stille aus, bis auch ich aufstehen muss. »Kommen Sie?«, fragt der Anwalt. Ich wundere mich, dass ich mich im Stehen immer noch genauso klein fühle.

Tag 1

So viel Blut
Darüber kann man staunen
Warum das nie aufhört
Dabei ist doch klar:
Wo gehobelt wird,
fallen Späne

Als ich die Jugendabteilung der Justizvollzugsanstalt betrete, sagt die uniformierte Frau, ich müsse meine privaten Gegenstände und Klamotten abgeben. Ich hatte ein paar Sachen in die U-Haft mitgenommen, weil der Mann und die Frau, also die beiden Polizisten, die gekommen waren, mich zu holen, darum baten. Also packte ich ein, was meine Hände geradeso aus dem Schrank zu ziehen vermochten. Auf jeden Fall aber eine Zahnbürste. Die Zahnbürste war immer das Erste, zu dem ich griff, wenn ich mich schmutzig fühlte. Nun soll ich aber nicht nur all das abgeben, sondern muss mich auch komplett ausziehen und sogar meine Fußsohlen zeigen. Die Frau reicht mir ein Set aus Unterwäsche, Jeans, T-Shirt und Langarmshirt. Ich erkläre, dass ich auf Privatkleidung verzichte und nur die Anstaltskleidung tragen will, und ziehe die Sachen an. Hosenbeine legen sich um meine Oberschenkel.

»Darf ich das jetzt jeden Tag tragen?«

Freude legt sich um mich herum und ich bin so aufgeregt wie bei meinem einzigen Ausgang an Fasching vor zwei Jahren.

Immer musste ich ich sein, das Mädchen, eine Prinzessin, die kleine Frau, außer an diesem einen kurzen Faschingsmontag.

»Naja, Sie *müssen* das jeden Tag tragen. Oder eben mit dem anderen T-Shirt«, antwortet die Frau einsilbig und zeigt mir noch einmal unbeholfen den Pulli und ein weiteres Shirt. Die Frau kann nicht wissen, dass ich bis zu diesem Tag nie Hosen tragen durfte. Der Mann wollte mich im Kleid oder Rock. Mädchenhafte Erscheinung, einfacher Zugang. Wenn ich es wagen wollte, Hosen anzuziehen, wurde ich früher oder später bestraft.

»Danke, also, ich meine wirklich. Danke. Hierfür«, rufe ich.

»Bitte.«

»Sehe ich aus wie ein Mann?«

Ich übe mich in sehr breitbeinigem Stehen und frage mich, ob sich ein Mann wegen solcher Hosen-Posen so stark fühlt. Wahrscheinlich sitzen Männer aus demselben Grund breitbeinig herum: Weil sie können. Im Gegensatz zu Frauen im Rock mit mehr oder weniger Unterwäsche und im Angesicht mehr oder weniger Betrachter müssen Männer ihre Knie nicht aus Angst zusammenpressen.

»Nein, wirklich nicht«, antwortet die Frau grinsend, ohne mich anzuschauen.

Ich mag Frauen. Ich bekomme einen schweren Sack mit Zeugs in die Hand, Bettwäsche, Socken und so.

»Wollen Sie ihre Privatkleidung wirklich nicht mitnehmen? In der Zelle dürfen sie die anziehen. Glauben Sie mir, nach einem Jahr hier drin ist jede kleine Abwechslung willkommen.«

»Auf keinen Fall! Sie können die verbrennen.«

Ich werde in einer Aufnahmestation begrüßt, ein Mann erklärt etwas. Ich tue so, als würde ich zuhören, bekomme Blätter in die Hand, Anträge für Dinge, dann geleitet ein anderer Mann mich zu meiner Zelle. Gang, Stufen, Abbiegen, Gang,

Gänge, Treppe hoch, Tür, Türen. Mehrere Schwellen muss ich überqueren. Ein Türsummer kündigt das automatische Öffnen eines jeden Portals an und nach dem Passieren höre ich, wie die jeweilige Tür hinter meinem Rücken zurück ins Schloss fällt. »Bsssss«, »Ticktick« und »Tack« machen die Türen und ich denke: »Das ist es. So schnell kommst du hier nicht mehr raus. Das ist jetzt dein Leben.« TACK! Ich drehe mich nicht um. Nicht ein einziges Mal. Ich verbiete mir, mich umzudrehen. Auch wenn die nächste Pforte jedes Mal ein Stück endgültiger klingt als die vorige. Ich finde das nicht schrecklich. Ich finde das nur neu.

Hinter der letzten Tür zu meiner Zelle höre plötzlich etwas anderes als den Dreiklang, an den ich mich jetzt schon gewöhnt habe. Es klingt wie riesiger Hebel, als würde der Mann auf der anderen Seite der Tür noch einmal etwas machen, um mich noch sicherer wegzuschließen. Schließlich bin ich eine Mörderin.

Da stehe ich mit dem Rücken an der Tür und weil ich beschlossen habe, mich nicht einziges Mal umzudrehen, schaue ich auf ein Mädchen, das da auf einem Stuhl an einem winzigen Tisch sitzt, der an der linken Wand steht und aussieht wie ein Tisch aus meiner Grundschulklasse. Ich schaue mich um und merke, dass überhaupt alles hier aussieht wie Schulmobiliar. Das hellbraune, schmale Pseudoholzregal mit zwei Kolumnen, die beiden Regalbretter an der Wand schräg gegenüber, sogar die beiden windschiefen Hochbetten rechts und links könnten aus den Möbeln meiner diversen Schulen zusammengeschustert sein, wäre da nicht der Schatten, den die Stahlstreben am kleinen Fenster auf so ziemlich alles werfen.

Das blasse Mädchen am Tisch hat längst den Kopf zu mir gedreht. Sein schulterlanges, schwarz gefärbtes und gestuftes Haar ist zu einem dünnen Zopf hinterm Nacken gebunden,

Strähnen brechen seitlich aus dem Haargummi aus, was die Haut darunter noch blasser scheinen lässt. Ich bin kurz neidisch. Ich wollte auch immer kürzere und schwarz gefärbte Haare. Ich wollte eigentlich alles lieber als das, was war. Das Mädchen trägt einen dunkelgrauen Jogginganzug mit Kapuzenjacke, private Kleidung. Will sie also anders sein. Über dem Tisch an der Wand hängen ein paar Fotos aus Magazinen und Poster mit Punk-Bands. Die Poster haben einen Knick in der Mitte. Glaube ich zumindest, dass so Punk aussieht. Ich habe all diese Medien, die zeigen, wofür normale Menschen in meinem Alter mit einem normalen Leben sich interessieren, immer gemieden. Es war zu schlimm zu sehen, wie anders die anderen sind. Ein Handy durfte ich sowieso bis zum Schluss nicht haben. Hier im Regal steht ein kleiner Fernseher. Sendungen, ja doch, die hatte ich nie nicht sehen können, die schaute meine Mutter bis zum Wahnsinn… oder was war als erstes da? Links von mir grenzt ein Vorhang eine Zimmerecke ab.

»Das ist das Klo«, sagt das Mädchen.

»Ohne Tür?« Ich steche mit der ausgestreckten Hand durch den Vorhang.

»Sorry, die Präsidenten-Suite war nicht mehr frei.«

»Okay…« Ich zucke mit den Schultern.

Das Mädchen lächelt sehr freundlich, steht auf und hält mir die rechte Hand hin.

»Hey. Ich bin Fran, eigentlich Franziska. Nenn mich bloß nie Franzi, ich warn' dich!« Das Mädchen lacht. »Ich habe mir vorgestellt, was passiert, wenn du ankommst, aber ich hätte nicht gedacht, dass mein erster Satz sein würde: Das ist das Klo.«

»Ich bin Emma. Eigentlich M.«

»Warum M?«

»Ich hab' dich nicht gefragt, warum du dich Fran nennst.«

»Na, es ist eine Abkürzung.«

»Okay.«

»Okay!«

Wir schauen uns ganz kurz in die Augen mit einem unsichtbaren Lächeln, das Verständnis und Respekt ausdrückt. Woher ich weiß, was unser Lächeln bedeutet? Es fühlt sich so an, aber genau sagen kann ich es nicht.

»Also dann, willkommen backstage!« Fran öffnet die Arme, macht einen kleinen Schritt näher, beugt sich vor und überrumpelt mich mit einer kurzen Umarmung. Oder eher einer halben Umarmung, denn ihre Arme bilden nur einen Halbmond, und die Füße stehen einen Schritt weg von meinen. Versteh' ich nicht. Ich bemerke, wie ich nicht reagiere, weil ich mit der Irritation beschäftigt bin, als Fran schon wieder von mir ablässt.

»Komm!«

Fran setzt sich wieder auf ihren Platz. Ich setze mich zu ihr auf den zweiten Stuhl am Tisch mit dem Rücken zur Tür, zu der ich mich immer noch nicht umgedreht habe, was ich als gutes Zeichen betrachte. Soweit schlage ich mich hervorragend. Aufgerissene Fingerspitzen und angekaute Nägel liegen kurz auf der Tischplatte, bevor Fran sie wegzieht und in ihrem Schoß verschwinden lässt.

»Du brauchst dich nicht zu schämen«, sage ich.

»Ich weiß nicht, was du meinst.«

»Ist doch voll okay, dass du das machst«, antworte ich und meine es auch so. »Ich habe schon ganz andere Dinge gemacht …«

Solche Finger kenne ich von der Frau, die meine Tante ist. Ihr Mann, also der Onkel, hat sie wohl manchmal, wenn auch selten, geschlagen. Das hatte sie der Mutter einmal erzählt. Die zischte ihrer kleineren Schwester immer wieder zu, sie solle aufhören mit dem Fingernägelkauen. Hör auf jetzt, Finger aus dem Gesicht. Ich glaube, die Frau machte das gerne, weil sie sich dann überlegen fühlte, dieses Sticheln, das hat sie auch mit mir gemacht am Anfang. Später war ich ihr auch dafür zu egal. Da finde ich Fingernägelnagen lange nicht so schlimm.

»Ich finde, du sollst das unbedingt machen!«

»Wovon sprichst du denn?«, fragt Fran.

»Na Fingernägelnagen. Mach das unbedingt und sei stolz drauf, dass du nichts auf das Nagen der anderen gibst!«

»Das meine ich nicht, ich meine, was hast du schon für andere Dinge gemacht?«

»Ach …«

Wir schweigen.

»Aber danke, dass du das sagst«, flüstert sie und lächelt wieder.

»Okay.« Ich schaue mich noch einmal um und jetzt erwischt mein Blick doch die Tür nach draußen. Mist. Ich drehe mich zurück. »Aber Fran, ich will dir gleich sagen, ich will meine Ruhe haben hier drin in diesem Raum. Und noch mehr Ruhe will ich, wenn ich in meinem Raum bin in diesem Raum. Verstehst du?« Fran schüttelt den Kopf. »Ich werde meistens nichts hören und noch weniger sagen wollen. Und Freunde suche ich auch nicht.«

»Okay!«

Fran legt ihre Hände und jetzt auch Unterarme inklusive Ellenbogen zurück auf die Tischplatte, als wollte sie sagen: Mir doch egal, ich mache es trotzdem. Das Bündchen ihres Pullis ist so weit hochgerutscht, dass es eine Tätowierung am Unterarm freilegt. Ein Sechseck, also ein Hexagon, das ein weiteres kleineres Sechseck umschließt, das wiederum ein weiteres kleineres Sechseck umschließt und dann folgt noch eines. Das Handgelenk trägt ein blaues Gummi. Ein räudiges, blaues dünnes Gummi, wie die Mutter es in der Küche benutzte, um Cornflakes-Tüten zu schließen. Oder die halbe Kaffeepackung.

Den Duft von Kaffee mochte ich, der roch nach Zuhause und Moment-Fragmenten der Geborgenheit. Wie das andere Ende eines sehr langen Tunnels. Fran mustert mich, nagt am Mittelfinger und hört direkt wieder auf.

»Was ist?«, fragt Fran.

»Nichts.«

»Du siehst anders aus.«

»Anders als eben?«

»Nö. Nur anders als andere.« Sie guckt, als müsse sie selbst erstmal überlegen. »Ich weiß nicht. Wie alt bist du?

»Achtzehn.«

»Ich auch … komisch.« Fran mustert mich nonchalant weiter. »Also, du hast eine echt schräge Frisur, aber da ist auch irgendwas anderes.«

»Entschuldigung, dass ich ein Freak bin. Der Popstar ist im anderen Backstagebereich.«

»Wer will denn Pop hören? «

Fran lacht, als wäre das saulustig.

»Weiß ich nicht? Ich kenne Pop nicht«, gestehe ich.

»Na, aber Radio hast du mal gehört.«

»Nein.«

»Youtube? Spotify?«

»Nein.«

»Wieso nicht?«

»Wir hatten sowas nicht, nur einen Fernseher.«

»Du hattest nie ein Handy und warst nie online?«

»Nur mal in der Schule beim Computerkurs.«

»Ach du Scheiße, du bist wirklich ein Freak.«

»Ja.«

»Aber gleichzeitig bist du hübscher als die meisten, das wollte ich eigentlich sagen.« Fran kichert.

»Wenn du das sagst… Und du lachst viel.«

»Findest du? Ich glaube, meine Lachfrequenz ist der Durchschnitt.« Fran lacht wieder und schnauft. Schön wär's, wenn diese Lachfrequenz normal wäre.

»Ich lache, glaube ich, nie«, überlege ich.

»In Gesellschaft lache ich auch, wenn ich mich mies fühle, damit ich anderen nicht auch noch alles verderbe.«

»Heißt das du verstellst dich, um andere glücklich zu machen?«

»Wenn das geht… warum nicht? Je mehr glücklich sind, desto besser«, sagt Fran und stockt. »Findest du komisch, dass ich das sage? Das mit dem hübsch?«

»Nein«, überlege ich. »Weiß nicht. Vielleicht. Also, du meinst es bestimmt nicht böse, nur will ich nicht hübsch sein. Und schon gar nicht süß.« Ich rolle die Augen.

»Süß geht mal gar nicht. Lieb und nett irgendwie auch nicht.«

»Iiih, wie eklig, lieb und nett klingt nach Schweißfüßen«, schüttele ich mich.

»Süß wäre mein Hamster gewesen, wenn ich einen gehabt hätte, bevor ich ihn im Wald hätte aussetzen müssen«, sagt Fran. »Natürlich nur lieb und nett gemeint, um ihn in seine Freiheit zu entlassen.«

»Genau!«

»Oh Gott, wir benehmen uns wie Teenager«, murmele ich entsetzt.

»Aber wir sind Teenager.«

»Stimmt.« Mir verschlägt es einen Moment lang die Sprache. »Also du vielleicht, aber ich nicht. Ich bin auch nicht süß. Und ich bin auch nicht dein Freund.«

»Das heißt Freundin.«

»Deine Freundin bin ich noch weniger. Ein Mädchen will ich auch nicht sein. *Schön* geht noch. Schöne Frau, das klingt okay. Besser: cool. Oder stark.« Ich bin kurz traurig, schaue mich noch einmal in diesem winzigen Raum um, kann aber nichts Neues entdecken.

»Gibt es irgendwas, was ich wissen muss?«, frage ich. »Über den Rest hier, außerhalb dieses Raum, meine ich.«

»Naja… Ich bin ja auch erst seit neun Tagen hier«, Fran zieht die Schultern hoch. »Der eine Schließer riecht komisch, ist aber ganz okay.«

»Ein Mann?«

»Sonst wäre es die Schließerin. Und ja, mehrere Männer. Aber das merkt man nicht. Das Essen soll angeblich Bio sein, schmeckt aber nicht so…«

»Und die anderen?«

»Meinst du die Insassinnen? Ich weiß nicht. Viele sind immer in Gruppen, an die kommt man nicht so ran.«

»Ich hasse Gruppen.«

»Ich auch.«

Wir schweigen und schwelgen kurz in unserem Hass.

»Ich muss ja nicht mit irgendwem reden, hoffentlich.«

»Vielleicht, ich meine… vielleicht können wir *zusammen* Gruppen meiden?«, schlägt Fran vor. »Möchtest du mir sagen, warum du hier bist?«

Ich überlege:

»Ich möchte gar nichts. Aber mich stört auch nichts.«

Das erste Mal passierte es, als Emma vier Jahre alt war. Sie wohnte mit Mutter, älterer Schwester und Vater im dritten Stock eines Mietshauses im Zentrum der Kurstadt. Ihr Bett war das Wohnzimmersofa, das unter zwei großen Fenstern stand. Der Tag war zuende, Emma sollte schlafen und lag alleine da. Sie war aber noch nicht müde. Durch die Fenster hörte sie, wie Autotüren auf dem Parkplatz vorm Haus zuschlugen, Frauen und Männer lachten, quietscht fast. Sie mussten wahnsinnig aufregende Dinge tun. Beinah verbotene Dinge. Emma stellte sich auf, stützte sich an der Sofalehne ab, wackelte auf dem instabilen Polster herum und versuchte, sich groß zu machen, um aus dem Fenster hinaus zu schauen. Das musste doch gehen, dieses Größermachen, wenn man sich nur genug streckte, musste das doch gehen. Emmas Nasenspitze ragte gerade mal knapp über die Sofalehne und erreichte noch lange nicht die Unterseite des Fensterrahmens. Sie war damals schon kleiner als andere Kleinkinder.

»Emma?«

Sie fiel auf ihre Knie vor Schreck, als sie sich umdrehen wollte. Der Mann stand in der Tür. Er trug seinen schwarz-braun gestreiften Pyjama.

»Was machst du?«

»Da draußen sind Leute«, antwortete sie und deutete mit dem Zeigefinger irgendwie Richtung Fenster in der Hoffnung, dass er sie hochheben würde, damit sie rausschauen konnte. Die Stimmen und das Autotürscheppern hatten mittlerweile gestoppt und Emma spürte die Enttäuschung. Der Mann setzte sich neben sie aufs Sofa, nahm sie fest, zu fest in seine Arme und sagte in liebevollem Ton:

»Du solltest schlafen. Hatten wir nicht gesagt, dass du schlafen solltest?«

»Ja«, sagte Emma mit großen Augen. Der Mann fand, dass er sie nun leider bestrafen müsste. Emma verstand nicht, warum ›gucken‹ verboten war. Vielleicht hatten die Leute auf dem Parkplatz wirklich etwas Verbotenes getan. Der Mann legte sie auf ihren Rücken und zog das Höschen unter ihrem cremeweißen Nachthemd aus. Das war das letzte Mal, dass Emma ein Höschen trug.

»Moment, Moment, Moment …!«, ruft Fran mit nach vorne ausgestreckten Handflächen, als wollte sie mich aufwecken.

»Im Ernst jetzt, ich meine, du verarschst mich nicht, du hast deinen Vater …«, und dann flüstert sie, »erschossen?«

»Was denn?« Ich hab' mich nur von jemandem getrennt.« Ich zucke mit den Schultern. »So nenne ich das. Der Staatsanwalt sagt, ich sei eine Mörderin.«

»Aber du bist doch keine richtige Mörderin…«, sagt Fran und ich bin mir nicht sicher, ob das eine Frage ist oder eine vage Hoffnung.

»Ich weiß es nicht. Gibt es eine nicht richtige Mörderin?«

»Bestimmt. Da gibt es Grauzonen, nicht wie bei Leben oder Tod.«

»Ich kenne weder lebendig noch tot. Obwohl, tot kenne ich ja jetzt.«

»Zumindest bist du keine Mörderin. Finde ich jedenfalls nicht.«

»Na dann. Fändest du das auch noch, wenn ich es jederzeit wieder tun würde?«

»Ach Emma!« Fran rückt mit ihrem Stuhl auf mich zu, sie kommt so nah, wie sie es mit Tischecke und Tischbein dazwischen kann. Nah genug, um mich zu greifen und noch einmal zu umarmen.

»Schon wieder?«, murmele ich vorgebeugt und mit abgeknicktem Kiefer. »Fran, das ist super unbequem.«

Fran lasst mich wieder los: »Wir beide sind anders als die anderen, aber wir sind keine Verbrecherinnen. Zusammen schaffen wir das hier«, erklärt sie und ich habe keine Lust, sie noch einmal darauf hinzuweisen, dass ich nicht ihre Freundin bin.

Ich drehe mich wieder zur Tür, die nach draußen führen würde, würde sie nach draußen führen. Es gibt nur diese eine, und die ist zu.In meiner Welt gibt es keine Grauzonen. Zu, auf. Drinnen, draußen. Oben, unten. Ja, nein. Liebe, Hass. Mann, Frau. Stark, schwach. Schlaf, wach. Tot… Existenz. Schwarz, weiß. Durch diese Tür käme keine Armee aus Vätern. Nicht nur nicht schlecht. Sehr gut.

»Ich wollte immer Türen zuschließen. Verrammeln«, überlege ich laut und dann leise: Klappe zu, dreimal Schlüssel drehen, Schlüssel klingeln, Riegel legen sich um, Deckel zu, Decke drüber, Augen zu, das kann doch so schwer nicht sein.

»Welche Türen denn?«, fragt Fran.

»Na alle.«

Die des Kinderzimmers, des Badezimmers, auch die der Küche, später die meines eigenen Zimmers und die aller großen Schränke, jede Tür wollte ich abschließen, am besten mehrere hintereinander. Am besten so wie hier.

»Bei uns hatten Türen keine Schlösser«, sage ich weiter.

»Türen haben immer Schlösser. Wenn da jeder durchkann, dann ist das keine richtige Tür und sinnlos.« Fran dreht sich mit gestreckten Armen, um zu demonstrieren, wie abgeschottet unsere Zelle ist.

»Du sagst es. Hier gibt es wenigstens keine halben Sachen. Zu ist zu. Bei uns war in jeder Tür ein Loch an der Stelle des Schlosses.«

»Die Tür meines Zimmers hatte ein Schloss, aber den Schlüssel hatten meine Eltern, damit sie mich einschließen konnten, wenn ich Hausarrest hatte. Was ich oft hatte.«

»Dann hattest du immerhin deine Ruhe.«

Fran schaut mich lieb und nett an. Aber das richtige Lieb und das richtige Nett.

»Weißt du was? Du bist eine Heldin.«

»Quatsch. Und ich bin keine Heldin, ich bin Pragmat.«

»Du meinst, Pragmatin.«

Ich schaue durch die Gitter aus dem Fenster und entdecke einen kahlen Baum. Das Fenster ist einen Spalt weit geöffnet. Mehr geht nicht wegen der Gitter.

»Und warum bist du hier?«, will ich wissen.

»Ich hab' Straßen blockiert und so.«

»Ich bin am Faschingsmontag einmal in einem sexy Katzenkostüm abgehauen…«

»Nichts war sexy an unseren Straßenblockaden. Unsere Aktionen gingen gegen all den Scheiß, den die Gesellschaft so macht.«

»Wie kann man gegen Klimawandel demonstrieren? Das Klima interessiert sich doch für euren Aufstand nicht.«

»Kennst du Gudrun Essling? Enslig?«

»Ist das die Schlagersängerin?«, frage ich.

»Ich hasse Schlager.«

»Ich auch.«

»Müssen wir also doch Popstars werden. Oder eben Terroristen, aber liebe Terroristen.«

Um 21 Uhr liegen wir im Bett und überall geht das Licht aus. Wrrrrummm. Mit einem Schlag. Was bleibt, ist ein Summen. Ein kühler Schimmer kriecht durchs Fenster, die Gitter werfen Schatten. Ich denke an die anderen, die genau wie ich in genau denselben Zimmern nebenan liegen. Das wäre also meine erste Nacht. Hallo, lieber Raum im Raum mit Mondlicht! Das Summen klingt nach einer Art Stromspannung, also nach einem Überbleibsel vom künstlichen Licht, das darauf wartet, wieder angeknipst zu werden. So lange lauert es überall, im Schrank, unterm Bett, in den Leitungen. Es wundert mich, wie laut es ist. Bei den Eltern war es immer derartig still, dass alle Geräusche umso lauter schienen. Oft, wenn ich alleine bin und schlafen muss, denke ich an eine Melodie und drehe dabei meinen Kopf von links nach rechts, immer hin und her, sonst schlafe ich erst recht nicht ein.

Es reicht, wenn du ab jetzt flüsterst. Oder wimmerst. Sachte eben, damit die anderen nicht aufwachen. Schläfst du noch? Vier, drei, zwo, Diskriminierung ist tabu. Lalelu, weg bist auch du. Das Licht wartet, dich zu überfallen. Aber es ist kein Summen, es sind Schritte, die immer lauter werden. Das versaut doch den Schockmoment! Acht, sieben, sechs ... die Welt ist wie verhext. Es ist heiß und feucht. Als ob dieses Tropenklima nicht schon Wahnsinn genug wäre, rast der Feuerplanet auch noch durch den Orbit. Auf etwas zu. Was ist sein Ziel? Das ist kein Feuerplanet, das ist ein brennendes, nacktes Vöglein. Fünf, vier, drei... nach den Flammen folgt der Schweif aus flammenden Federn. Zwei, eins ... es ist nur eine Frage des Zählens. Alles eine Frage des Zählens. Langsam, gemach. Und von droben, siehst du, fliegt ein nicht geborenes Vöglein ohne Augen, ohne Flügel. Zwei, eins, also, acht, sieben, sechs, acht und dann noch einmal nachlegen, gleich ist es soweit, fünf, sechs... Pam, Pam, Pam!

Das sind keine Schritte, das sind Schüsse! Ich bin nass. Wie ich das hasse: Schweißesnässe lässt mich frieren, da kann die Decke noch so dick sein. Überall nass, ich friere so. Ich wende die Decke mit den Händen und den Füßen. Ich schaue mich um und sehe kaum etwas, denn entweder ist es zu dunkel, was im blauen Schimmer eigentlich nicht sein kann, oder ich bin gar nicht wach. Das Summen? Ist noch da. Also vielleicht doch wach. Wäre das Summen weg, wäre es beunruhigender. So lange ich das Summen hören kann, weiß ich, dass ich hier bin. Entweder Summen oder der Klang von Schritten, Türklinken, schweren Hauschlappen. Von Träumen weiß ich nichts. Und während ich versuche, mich zu erinnern, schlafe ich wieder ein.

Tag 4

Angst ist mitunter wie eine Schallwelle mit sehr hoher Frequenz: Auch wenn der Mensch sie nicht mit seinen Ohren wahrnehmen kann, heißt das nicht, dass sie nicht überall rumlungert und omnipräsent ist. Musik, Blätterrauschen, Vogelgesänge sind nur zur Ablenkung da, falls die Angst einmal die Frequenzleiter hinabsteigt, um hörbar zu werden.

6 Uhr. Ich habe durchgeschlafen. Das ist mir schon ein paarmal passiert, zuletzt vor einem Jahr vielleicht. Oder vor drei Jahren oder länger. An Tiefschlaf erinnert man sich erst recht schwer. Dafür aber umso mehr an den Terror des Wachliegens. Auch meine größten Erinnerungslücken sind dafür nicht tief genug. Wir bekommen unser Frühstück. Fran zieht sich an. Ihr Arbeitstag fängt bald an. Sie macht eine Ausbildung zur Schlosserin, das ist kein typischer Frauenjob, sagt sie, die meisten Frauen wollen nähen oder kochen. Ich kann mir kriminelle Frauen nicht beim Nähen vorstellen.

Ich muss erst in zwei Tagen bei meinem Job in der Kantine antreten, also bleibe ich noch liegen, als Fran die Zelle verlässt. Das tut gut. Dass ich den Fernseher anschalten könne, sagte Fran noch. Auf die Idee käme ich nicht, das würde mich nur vom Liegen ablenken. Hatte nicht erwartet, dass Angstlosiskeit sich so friedlich anfühlt. Und dieses Schlafen auch. Mein Frühstück und Mittagessen kriege ich auf die Zelle, danach falte ich mich wieder auf dem Bett zusammen. Ich bliebe so den ganzen Tag über, wäre da nicht dieser Termin bei dieser Psychologin zu dieser bestimmten Uhrzeit. Ein Schließer holt mich um fünfzehn Uhr ab und bringt mich in ein Zimmer mit einem Schreibtisch, einem Aktenschrank, einer Pflanze und einer Frau drin. An der Wand hängt ein großes Bild mit Farbflecken. Die Frau hat kinnlange, braune Haare und Pony und sitzt hinter ihrem Schulrektor-Tisch. Neben ihr ein Haufen Blätter. Sie ist vielleicht dreißig. Oder vierzig.

»Guten Tag Emma, darf ich Sie so nennen? Mein Name ist Krieger.« Ich muss ein bisschen lachen.

»Hallo Frau K.«

»Ich betreue Sie psychologisch. Ich dokumentiere Ihre Entwicklung und entscheide mit, ob eine frühzeitige Entlassung auf Bewährung möglich ist. *Schweigen.* Setzen Sie sich bitte.«

Die Stimme der Frau ist nicht leise aber sanft. Sie zeigt auf den gepolsterten Stuhl ihr gegenüber am Tisch. Betont widerwillig, um meine Stärke zu demonstrieren, denn wenn man Stärke demonstriert, vervielfacht man sie, also sehr langsam und mit erhobenem Kinn setze ich mich der Frau gegenüber und verschränke die Arme. Was sind das hier für hässliche Schränke und dieses Bild mit den Farbflecken drauf?

»Warum sieht es hier aus wie in meiner Schule?«

»Stört Sie das?«

»Analysieren Sie das etwa schon?« Ich lache. »Ja, ich wollte immer meine Lehrer aufessen.«

»Wissen Sie, dass die meisten Frauen mich beim Sprechen nicht anschauen, wenn sie bei den ersten Terminen auf diesem Stuhl sitzen? So wie Sie gerade?«

»Cool, ich möchte wie alle anderen sein.« Ich schaue Frau K an.

»Das höre ich zum ersten Mal«, sagt die Frau. »Alle hier wollen besonders sein. Wissen Sie, was das heißt? Das heißt, Sie sind wirklich etwas Besonderes.«

»Oh bitte, so leicht kriegen Sie mich nicht.«

»Ich will Sie nicht kriegen, Emma.«

»Dabei heißen Sie doch Krieger.« Ich lache laut und die Frau ein bisschen.

»Okay, Punkt für Sie. Erstmal zu meinen Standardfragen vorab: Brauchen Sie etwas? Möchten Sie Briefe nach draußen schreiben? Brauchen Sie bestimmte Gegenstände? Eine bestimmte Diät?«

»Ja, ich esse nur Gummibärchen.«

»Sie haben Anträge bekommen, die füllen Sie aus bei solchen Anliegen.«

»Keine Briefe.«

»Sie können diese Anträge immer wieder ausfüllen, auch wenn Sie es sich anders überlegen.« Die Frau setzt eine Brille auf, zieht einen Block vor sich und nimmt einen Stift in die Hand. »Keine Freunde? Familie? Geschwister?«

»Sind Sie taub?«

»Na gut. Wie sieht es mit Besuchen aus? Erwarten Sie jemanden, Freund, Freundin? Könnte jemand Ihnen etwas bringen wollen? Oder Geld überweisen?«

Ich schüttele den Kopf. »Sie kennen doch meinen Fall.«

»Sehr gut kenne ich den, aber nur das Offizielle. Es ist ein besonderer Fall.«

»Boah«, stöhne ich.

»Fühlen Sie sich sehr unwohl gerade?«

»Mir geht es blendend.«

»Ich muss Sie fragen. Also keine Besuche.«

»Jup.«

Die Frau schiebt den Block wieder zur Seite, zieht die Brille auf und lehnt sich in ihrem Schulrektor-Sessel zurück.

»Wie geht es Ihnen nach der ersten Nacht hier?«

»Wie immer? Ist keine große Veränderung, ich komme vom einen Knast in den nächsten.«

»Gar kein Unterschied?«

»Der Hauptunterschied ist, dass ich vorher nicht mit jemandem wie Ihnen reden musste.«

»Okay, wenn Sie mir gegenüber respektlos sein wollen, bitte sehr, Ihre Entscheidung. Aber wir beide müssen hier Zeit miteinander verbringen. Mir ist das egal, ich werde dafür bezahlt. Aber auf Dauer wird das für Sie anstrengend.«

»Boah …«, ich lehne mich in meinem Stuhl zurück. »Der Unterschied ist: Im ersten Knast haben die Männer regiert, in diesem hier tun das die Frauen. Ganz offensichtlich.«

»Ich verstehe. Sie sind traumatisiert, Emma.«

Ich pumpe eine ganze Portion Luft durch die Nase aus und rolle mit den Augen. »Wie lange geht das Gespräch denn?«

»Noch eine Weile. Wieso, wollen Sie gerne hier raus?« Ich antworte nicht und die Frau weiter: »Haben Sie Ihren Vater erschossen, weil Sie einfach nur raus wollten?«

»Ich bin eine Mörderin. Das ist der Grund, warum ich ihn erschossen habe. Ich bin eine Mörderin, mehr nicht.«

»Ich muss Sie enttäuschen, aber Sie sind keine echte Mörderin.«

»Das ist ja wohl meine Entscheidung.«

Die Frau lacht zweimal. Kann man zweimal kurz lachen?

»Sie sind vielmehr eines dieser Mädchen, das Traurigkeit und Schuldgefühle mit Wut verdeckt.«

»Haben Sie das aus ihrem Psychologen-Buch? Wollen Sie mir jetzt sagen, dass ich nicht schuld bin, dass ich nur über alles reden muss und meine Gefühle verarbeiten?«

»In diesem Raum steht nicht die Frage, ob Sie schuldig sind, sondern ob Sie sich so fühlen.«

»Ich fühle mich nicht so, was reden Sie? Ich habe nachgeladen. Acht Kugeln. Wo haben Sie Ihren Job gelernt?«

Den Nachmittag über versuche ich in der Zelle weiterzuschlafen. Erst nachdem Fran um 18 Uhr zurückkommt, der Tag langsam verschwindet, das Summen hervortritt und die Lichter ablöst, stülpt sich die Schwärze über mich wie eine Kapuze.

Emma? Bist du wach? Nein, Tiefschlaf, du siehst doch, ich bewege mich nicht unter meiner Decke, bin sowas von weg, dass ich mich morgen nicht erinnern kann, wie verdammt nochmal weg ich war. Macht keinen Unterschied, ob du wach bist oder nicht, alles dasselbe. Die Leute sagen, wo Schatten ist, da ist auch Licht. Quatsch. Natürlich gibt es Schatten ohne Licht. Das nennt sich Dunkelheit, tiefste Düsternis, davon redet aber keiner. Keiner will zugeben, dass es Orte gibt mit nichts als Dunkelheit. Wie ein Universum ohne Sterne, und wenn es ein Licht gibt, dann kann das ja nirgends hin. Nur umherwandern, ungesehen. Wenn es nichts findet, was es erleuchten kann, ist das Licht nicht vorhanden. Vielleicht ist Dunkelheit Licht in einer anderen Farbe. Die Farbe einer Welt, in der keine echten Wesen wohnen. Du schläfst wohl doch. Emma? Pam! Wer viel Glück hat, kann in so einem Universum vielleicht ein Summen vernehmen. Und sind das Schritte von weit her? Nicht schon wieder Schritte, das muss ein Traum sein. Der Klang der Hausschuhe mit schwerem Fersenteil. Links, Ferse, Sohle, rechts, Ferse, Sohle, Ferse, Sohle. Ich will rennen, aber weiß ja nun mal nicht wohin, wie immer eben, und wenn ich es wüsste, könnte ich trotzdem nicht rennen. Schließlich sitzt ein Planet auf meiner Brust. Pam! Das sind keine Schritte, flüstere ich womöglich laut, zumindest klingt das nicht wie die Schritte eines Mannes, sondern, ich weiß nicht, wie das Trippeln kleiner Pfötchen, ach, ich weiß es doch auch nicht. Der Versuch, etwas auszusprechen, ist unglaublich anstrengend. Flüstern ohne Stimme geht einfacher. Wenn ich als Kind nicht schlafen konnte, hatte ich so getan, als würde ich im Schlaf sprechen, damit habe ich mich selbst abgelenkt, also mich auf das Sprechen konzen-

triert statt auf das Warten, oder ich habe gesungen, geflüstertes Singen. »Fran, bist du da?«, frage ich mich. Fran ist weg! Unter mir ein Löwe, der ist mein Freund, trägt mich durch Wald und Wüste, alles nur geträumt. Eins, wir drehen uns im Kreis. Zwei, öffnen die Flügel weit. Endlich, in dieser Dunkelheit, kann ich meine Flügel öffnen. Wie im Kinderlied. Du musst nicht fliegen, hier bist du sicher. Keine Armee aus Vätern käme durch die Zellentür. Das bedeutet auch, dass keiner raus kann. Außerdem steht die Tür sperrangelweit offen, aber die ist nur offen für Reinkommer, nicht für Rausrenner. Pam! Es riecht nach Urin. Schleim tropft von der Decke auf mein Gesicht. Kein Tropfen, eher Fädenziehen, gelbweißer Schleim mit blutroter Maserung auf meinem Gesicht. Ist das eng, ich will aus meinem Brustkorb raus. Jahre lang komme ich hier nicht mehr raus. Uterusbass. Blutbahnenbeben. Emma? Emmaaaa? Mein Name ist nicht Emma, mein Name ist M. Eins, wir drehen uns im Kreis. Zwei, öffnen die Flügel … Wer hat meine Träume, wer kommt da, wer regiert über meine Träumata? Ich habe doch geschossen!

Ich wache auf, weil Fran schreit, während meine Fäuste gegen die Zellentür schlagen. Ich wache auf, als meine Schreie von der Zellentür abprallen und in meinem Gesicht landen. Kommen die Geräusche aus meinem Brustkorb oder aus meinem Kopf? Keine Kapazität für solche Fragen, wenn der Körper diese Dinge tut. Ich wache auf, als der Körper sich dreht und den Stuhl hochhebt, auf dem ich gestern saß. Stuhl gegen die Tür. Pam! So laut, aber ich haben Schalldämpfer in meinem Kopf. Schön. Stimmen wabern aus den Nachbarzellen.

»Emma. Hör auf, hör auf, hör auf!« Frans Stimme kommt näher und ich lasse den Stuhl fallen. Ich wache auf und knie mich auf den Boden.

»Wir müssen hier raus, wir sind in Gefahr«, flüstere ich.

»Jetzt musst du erstmal bleiben.«

»Ruhig, junge Dame!«

Als die Schließer durch die Tür kommen, lasse ich mich auf die Knie fallen, den Oberkörper auf meine Oberschenkel, Arme nach vorne gestreckt. Irgendwie will ich damit zeigen, dass ich mich ergebe, oder sowas.

Ich murmele weiter:

»Genau das will er doch: Mich im Glauben lassen, dass ich hier sicher bin, obwohl ich nicht raus kann, verstehst du?«

»Ruhig, junge Dame«, wiederholt der Schließer.

»Wenn Sie mich nochmal *junge Dame* nennen, erleben Sie zum ersten Mal wirklich unruhig«, spreche ich in Richtung Fußboden.

Jetzt bin ich wach.

»Das habe ich überhört, junge Dame. Das sind Sie doch, oder?«

Mein Gesicht läuft heiß in dieser Position.

»Sind Sie in Ordnung?«, höre ich den anderen Schließer fragen.

»Natürlich, alles gut … ist doch gar nichts passiert …!«, ruft Fran. »Emma hat schlecht geträumt, es ist ihre erste Nacht hier, das ist normal.«

Der Junge-Dame-Typ, den ich an seinem Schnaufen erkenne – ich verstehe nicht, warum manche Männer so schnaufen müssen – hebt mich mit seinem Kollegen auf diese Beine, sodass ich Fran anschauen und sagen kann:

»Das war meine vierte Nacht, genauer gesagt die vierte auf die fünfte.«

»Egal, und wenn es die hundertste ist, sie hat schlecht geträumt.«

»Das mag sein, aber die Dame hätte Sie und sich selbst verletzen können. Wir müssen sie für den Rest der Nacht in eine Schlichtzelle bringen. Klingt schlimm, ist es aber nicht.«

Die beiden Männer halten mich an den Armen fest, aber nicht, als wollten sie mich verletzen, sondern eher, als wollten sie mich beschützen. Das ist komisch. Ich wusste nicht, dass ein Mann einen weiblichen Menschen auf diese Weise anfassen kann, einfach so. Ich überlege, ob ich um mich schlagen soll, oder ob ich dafür zu faul und zu wach bin.

»Herr Delyaka«, sagt der Junge-Dame-Typ.

»Okay«, antworte ich.

Selbstbeherrschung war quasi Emmas Grundeinstellung. Ihr Körper hatte gelernt, die Verarbeitung von Informationen zu Gefühlen abzustellen, und genau das tat sie ab einem bestimmten Alter permanent. Der ständige Wechsel zwischen Selbstbeherrschung und Loslassen war auf Dauer zu anstrengend gewesen. Nur abends, wenn Emma ins Bett musste, legte sich die Angst hinzu, doch die Selbstbeherrschung konnte sie deckeln. Nacht für Nacht lag Emma wach und wartete darauf, dass der Mann durch die Tür treten und sich zu ihr legen würde. Wenn der Moment gekommen war, ließ die Angst von ihr ab. Dann musste Emma sich nur noch darauf konzentrieren, auszuhalten. Da war kein Platz mehr für Angst. Ihr Körper war zu klein, um die Körpergewalt eines Erwachsenen ohne Schmerzen und Verletzungen zu überstehen. Aber der reale Schmerz, der zwangsläufig kam, wenn er in sie eindrang, durch welche Körperöffnung auch immer, der musste sein, der war normal, und den konnte sie aushalten. Das Eindringen und Aufreißen einer sensiblen Öffnung bedeutet Schmerz, eine simple Erklärung, die die Selbstbeherrschung erleichtert. Andere Dinge ließen sich schwerer aushalten. Zum Beispiel das Warten auf den Schmerz. Wenn dann alles vorbei war für die Nacht, nach unterschiedlich langen und intensiven Schmerzmomenten pro Sekunde, schlief der Mann ein und die Angst trat wieder hervor. Im festen Griff des schlafenden Mannes gefangen, fürchtete Emma, ihn aufzuwecken, und bewegte sich nicht. Der große Mann schlief, ihr kleines Herz pochte, manchmal konnte sie das Rauschen zwischen ihren Ohren hören. Auch wenn der abgeknickte Nacken steif wurde oder, wenn sie auf die Toilette musste, hielt sie alles aus. Erschöpfung trat ein, manchmal schlummerte sie kurz davon, dann vermischte sich ihre Realität mit der Traumwelt. Bis ihr eigener Schreck sie wieder aufweckte. Schlimmer als der Schmerz selbst waren auch stets die Träume vom Schmerz. Aber auch die hielt sie aus, genau wie den Ekel, die Scham, die Frage nach dem »warum«. Der Ablauf des väterlichen Rituals war in jeder Nacht fast identisch. So wie seine Hosen mit Bundfalten und die aufgeplusterten Hemden nur insofern variierten, als dass sie sich in einem engen Radius aus halbtoten Farbtönen bewegten. So wie er jeden Morgen schwarzen, halbkalten Kaffee aus derselben Tasse trank – was war das mit dieser Tasse? – mal zwei, mal drei davon, und ein Senf-Schinken-Brot sowie eine Scheibe mit Butter und Honig aß. Die Mutter stellte ihm das Frühstück jeden Morgen mit einer kleinen Kanne schwarzem Kaffee auf den Küchentisch und ging danach wieder ins Bett. Es musste der flüssige dunkle Honig sein, den ein Bauernhof der Kleinstadt lieferte. Dabei las er Zeitung. Der Mann war von Routine, die er nicht aufbrach, wenn äußere Einflüsse es nicht verlangten. Oder die Triebhaftigkeit. Am ehesten brach er seine Routinen, wenn er ein Hoch hatte, mal was Neues ausprobieren wollte, was Verrücktes, eine neue Stellung, eine neue Tageszeit, einen neuen Ort. Aber auch das wiederholte sich irgendwann, alles war irgendwann nur noch Wiederholung. Mit den Jahren lernte Emma, den Mann neben ihr im Bett auszublenden, indem sie sich schweben ließ. Sie lag in einer durchsichtigen Kugel, die mit Warpantrieb durchs Universum schoss. Die Sternenlichter flogen als Streifen an ihr vorbei. Fast wurde ihr schwindelig dabei.

In der Schlichtzelle befinden sich wenige Möbelstücke, Bett, Tisch, Stuhl, die am Boden fixiert sind, damit ich sie nicht durch die Luft werfen kann. Ich habe überhaupt nicht mehr vor, etwas zu werfen, und lege mich ins Bett. Ich fühle mich okay in diesem Raum. Die Schlichtzelle ist vermutlich noch sicherer als die ohnehin schon sicheren regulären Zellen, was mich schon in dem Moment verwirrt, in dem ich es denke. Ich bin hier alleine. Alleine ist gut. Fran geht mir auf die Nerven. Ich rolle mich auf dem gefesselten Bett zusammen, versuche mich noch mehr okay fühlen, aber fühle mich direkt weniger okay. Bevor ich das hinterfragen kann, bin ich weg.

Tag 5

Am nächsten Morgen fühle ich mich wie aus heißem, schaumigen Wannenwasser gefischt. Kaum habe ich das wunderbare Frühstück in der wunderbaren Ruhe meiner wunderbar einsamen Schlichtzelle empfangen, holt mich ein Schließer ab und bringt mich wieder zu Frau K.

Ich bin genervt, gebe mich gelassen. Oft genug bin ich den Walk of Shame zum Schulrektor gegangen, um an die Wand gestellt zu werden wegen irgendwelcher Sachen, an die ich mich nicht mal richtig erinnern konnte. Und gestern habe ich ja nicht mal jemanden geschlagen, kein blaues Auge, keine Stirn an der Toilettenwand, kein Knie im Bauch. Ich bin nicht stolz drauf, aber ich kann auch anders. Und hab' dreimal die Schule gewechselt.

Schon in der zweiten Klasse fand Emma männliche Personen unangenehm, die weiblichen kamen direkt danach. Eine Gruppe aus vier coolen Jungs hatte es sich zur Mission gemacht, die werdenden Mädchen zu »ärgern«, wie sie es nannten. Das Schauspiel lohnte sich nur in großen Pausen, wenn sich ein großes Publikum aus vielen Kindern bot. Die Jungs wählten jedes Mal ein anderes Mädchen aus und zerrten es an den Kletterstangen vorbei hinter die Büsche an den Zaun. So der Plan. Meist kamen sie nicht so weit, weil das Mädchen sich auf dem Weg aus den Griffen löste, mehr mit dramatischer Geste und Gepiepse als mit Fäusten und Beißen, um dann verhuscht und betont entsetzt zu ihrer Mädchenclique zu rennen und sich feiern zu lassen. Nun war auch dieses Mädchen eine der Auserwählten. Und die, die nicht auserwählt wurden, mussten sich irgendwann Sorgen machen. Sie mussten sich einem traurigen Kreis an Mädchen zugehörig wähnen, die nicht hübsch genug waren oder zu kurze Haare hatten. Das Spiel wiederholte sich über die Monate hinweg und überdauerte sogar die Sommerferien.

Im Herbst war dann jedes einigermaßen hübsche Mädchen geweiht, aber keines hatte je den Zaun erreicht, weil es immer vorher flüchten konnte. Bis die Entscheidung auf Emma fiel. Sie galt als Freak und jagte den Jungs Angst ein, aber sie war schön. Als die Jungs sie ergriffen und über den Schulhof zogen, verzichtete Emma darauf, ihr kämpferisches Talent einzusetzen, nicht aus Angst, sondern aus Unverständnis. Warum machen die diesen Quatsch und veranstalten so eine Schau? Was haben die Jungs da hinterm Gebüsch vor? Wovor haben all die Mädchen so eine übertriebene Angst? Jeder schien den Sinn des Spiels zu verstehen, nur Emma nicht. Also lief sie aus Neugier mit. Hinterm Gebüsch angekommen drückten die Jungs sie an einen kleinen Baum und taten … nichts.

»Was jetzt?«, wollte Emma wissen.

Die Schüler hatten natürlich nie darüber nachgedacht, was passieren sollte, wenn sie tatsächlich einmal bis zum Zaun kämen. Unbeholfen tatschten sie auf Emmas flachem Brustkorb herum in der Hoffnung, sie würde sich irgendwann wehren. Doch Emma kicherte nur unbeeindruckt, stockte dann und legte den Kopf schräg.

»Ihr seid Mädchen! Ihr habt Angst. Ihr könnt gar nichts, kleine Mädchen, ihr Mädchen! Das geht so!«

Emma nahm irgendeine der Jungenhände und schob sie unter ihren Anorak. Erschrocken zog der Junge seine Hand zurück.

»Ihr seid solche Mädchen!«

Mit der Handfläche watschte Emma leicht ins Gesicht eines anderen Jungen, der nochmal vorsichtig die Hand ausstrecken wollte, und verließ das Gebüsch. Der ganze Schulhof wusste später davon.

Sie hatte die Jungs besiegt, weshalb sie sowas nie wieder machen würden. *Aber Emma wurde nicht gefeiert.*

An diesem Tag geriet sie ins Visier der Jungs. Die beobachteten sie, starrten sie an, scharwenzelten um sie herum und gaben sich betont unauffällig. Natürlich war sogar die Unauffälligkeit ein Schauspiel, Emma sollte die Gefahr bemerken und sich schrecklich fürchten. Den Gefallen tat sie ihnen nicht. Vielmehr bestrafte Emma die Versuche der Jungs mit Augenrollen, Ignorieren und manchmal rief sie: »Soll ich etwa Angst vor euch haben? Vor euch kleinen Mädchen, ihr Mädchen? Süüüüß!«

Um gar nicht erst in die Nähe eines Buschs zu geraten, blieb sie stets in der Pausenhalle beim Kiosk vor den Toiletten, wo immer ein Lehrer in der Nähe war. Zwar würde sie die Hilfe eines Lehrers nie erwarten, aber die Jungs hatten zumindest Respekt vor ihnen. Emma verbrachte dort jede Pause, manchmal mit anderen Mädchen, manchmal alleine, weil die anderen Mädchen auf den Hof in die Nähe eines Busches gehen und mal gucken wollten.

»Das macht keinen Spaß mit der«, hörte sie einen Jungen einmal über sie sagen.

Die Tage waren kälter geworden, die Jacken dicker, da übersah *Emma in einer Pause, wie der Aufsichtslehrer seinen Platz verließ. Sofort liefen die vier Jungs auf sie zu, engten sie ein und drängten sie zum Rückwärtslaufen.*

»Na, was wollt ihr? Ihr Mädchen!« Auch diesmal wehrte Emma sich nicht, sie lief erhobenen Hauptes rückwärts. Als sie beim letzten Rückwärtsschritt gegen die Wand stieß, griffen die Jungs sie an den dicken Ärmeln ihrer Winterjacke und zogen sie durch die Tür zur Jungs-Toilette, die sich nur ein paar Schritte rechts von ihnen befand, um sie dort mit dem Rücken an die Wand zu stellen.

»Geht das schon wieder los? Findet ihr das nicht langsam langweilig? Ihr seid solche Mädchen.«

Sie machte einen Schritt nach vorne und Jungenhände pressten sie wieder gegen die Wand. Einer öffnete ihre Jacke und tatschte an ihr herum. Die anderen hielten sie fest. Ein weiterer platzierte einen Kuss auf ihrem Nacken. Die Jungs hatten wohl gelernt.

»Hört auf!«, rief sie, als die Hilflosigkeit sie auf einmal überkam.

Der Nächste tatschte. Als einer, den sie als Boss der Gruppe ausmachte, ihren Pulli aus der Hose zog und Anstalten machte, darunter zu greifen, wurde es ihr zu viel. Dann ging alles ganz schnell. Dem Anführer stieß sie das Knie zwischen die Beine, worauf er sofort auf den Boden fiel. Die anderen waren daraufhin so erschrocken, dass sie sich von ihr durch Schubsen und leichte Ohrfeigen zurückdrängen ließen. Demonstrativ lässig lief Emma aus der Toilette und zog den Reißverschluss ihrer Jacke zu.

Die Klassenlehrerin ignorierte immer alles, aber der Kniekick und ein leicht blaues Auge zwangen sie dazu, ihre bequeme Ignoranz für einen Moment zu unterbrechen. Sie eröffnete den nächsten Morgen mit einer Ansprache:

»Ich habe erfahren, dass die Mädchen und Jungen dieser Klasse sich streiten.«

»Die ärgern uns!«, rief eines der Mädchen, das kurze Haare hatte und nie auch nur ansatzweise geärgert wurde. Die anderen, auserwählten Mädchen mit langen Haaren schwiegen und schauten sich fragend durch den Raum an. Emma glaubte, auf manch einem Gesicht ein arrogantes Grinsen zu erkennen.

»Die schlagen uns«, murmelte Emma, und als die Lehrerin nicht nachfragte, fuhr sie lauter fort. »Die ziehen uns ins Gebüsch, jagen uns, fassen uns an. Wir wollen nicht, dass die das mit uns machen.«

Natürlich schweigen alle.

»Und deswegen hast du einen Jungen getreten und einen anderen geschlagen?«, fragte die Lehrerin. »Die Eltern von Jonas haben mich angerufen, es geht ihm gar nicht gut.«

»Aber…«

Emma wollte so gerne ausdrücken, dass sie nicht verstand, warum die Jungs weitermachten, auch wenn sie sich wehrte. Sie verstand nicht, warum ein »hört auf« nicht reichte. Aber es war egal, was sie wollte. Die Frau war eine Lehrerin. Der Vater war ein Mann, die Mutter eine Frau. Erwachsene hatten immer Recht. Und Emma war das Kind mit dem Defekt. In dem Moment verstand sie, dass sie wirklich ein Mädchen war, denn für ein Mädchen hatte »hör auf!« noch nie gezählt.

»Du hast ein Problem mit Aggression, Emma. Die Jungen spielen doch nur ein Spiel«, sagte die Frau. »Du nimmst das alles zu ernst. Und wenn du wegrennst oder dich wehrst, fühlen sich die Jungen erst recht motiviert. Die wollen, dass ihr euch ärgert. Dann macht es mehr Spaß. Oder?« Die Frau lachte in die Klasse: »Es ist ganz harmlos, habt einfach Spaß.«

Eine Woche später in der großen Pause gingen die Jungs auf ein Mädchen los, das bei Emma stand, um es zu ärgern. Ein Junge schubste es. Das Mädchen rannte los, die Treppen runter und über den Hof, ziemlich langsam und juchzend rannte es, gefolgt von dem Jungen. Emma stand auf der oberen Treppenstufe und schaute hinterher.

»Nicht wegrennen!«, rief Emma. »Du sollst stehen bleiben. Hat die Frau gesagt! Nicht rennen, nicht rennen.« Plötzlich entkam Emmas Kehle ein Kreischen und ihren Augen ein Tränenfluss.

Von hinten stieß eine Hand gegen Emmas Rücken, sie fiel die Stufen hinab, Kinn und Knie aufgeschlagen, Handflächen zerschunden. Wer es war, stellte sich nie heraus. An diesem Tag beschloss Emma, dass sie nicht nur zuschlagen durfte, sondern auch musste. Seither ließen die Jungs sie in Ruhe. Eine kleine Narbe zierte Emmas Kinn. Sie vermutete, dass sie jetzt nicht mehr hübsch genug war, um geärgert zu werden und war stolz darauf.

Ich bereute nichts und bereue noch immer nichts. Nicht mal aus Überzeugung, ich weiß ja nicht, wovon ich überzeugt sein soll. Keine Ahnung, keine Überzeugung, keine Reue. Der Schließer führt mich wieder durch die Tür zu dem Raum. Türen in Gängen sehen anders aus als Türen zu Räumen und anders als Türen zu Zellen. Ich setze mich wieder auf den gepolsterten Stuhl.

»Ich weiß, was Sie sagen wollen. Lassen Sie's. Können Sie sich sparen, ich bin nicht blöd.« Mein Oberkörper lehnt sich zurück. »Ich bin nicht blöd und ich bin kein Schulkind mehr. Ich war noch nie ein Kind.«

Stille. Ich kann spüren, dass die Frau lächelt, ohne sie anzusehen.

»Lachen Sie mich aus?« Keine Antwort. »Sagen Sie auch mal was?«

»Ich denke, ich soll nichts sagen?«

»Sehr witzig. Dann kann ich gehen?«

»Was denken Sie denn, was ich sagen will?«

»Dass ich krank bin oder aggressiv oder gestört oder dysfunktional oder unsozial … soll ich noch mehr aufzählen?«

»Aha, Sie haben also Unrecht. Das will ich nicht sagen.«

»Ich sterbe vor Spannung.«

»Ich muss Sie darüber aufklären, dass es Folgen haben kann, wenn Sie sich nicht eingewöhnen. Und inwiefern Ihr Verhalten eine frühzeitige Freilassung auf Bewährung beeinflusst. Sie werden eingestuft nach Ihrem Betragen.«

»Ach so! Sie wollen mich also erpressen.«

»Mir ist ehrlich gesagt völlig egal, was mit ihnen passiert.«

»Das nehme ich Ihnen nicht ab.«

»Ich möchte vorbeugen, bevor es eines Tages zu spät ist. Und all das steht in Ihrer Akte, das werden Sie nie mehr los.«

»Jaja, meine Güte …«

»Überlegen Sie sich selbst, welchen Weg Sie gehen wollen.«

»Tolle Auswahl habe ich, danke.«

»Ich habe die Regeln nicht gemacht. Möchten Sie mir einfach mal erzählen, was letzte Nacht in Ihnen vorging?«

Schweigen.

Schweigen.

Schweigen.

Wir schweigen wie Psychos, die in einem Aufzug fahren.

»Fängt meine Akte ab jetzt an?«

»Manche Gesprächsdetails müssen da nicht unbedingt rein.«

»Gestern war normal. Alptraum, Klaustrophobie, was weiß ich, schlecht geträumt, nichts Dramatisches.«

»Ihre Zellennachbarin hat die Worte ›Teufel‹ und ›Holzkiste‹ gehört.«

»Fran? Die Verräterin!«

»Das ist sie nicht. Wir haben Sie befragt und Franziska hat Sie vehement verteidigt.«

»Meinen Sie damit, sie hat am laufenden Band geredet?«, grinse ich. Ich erlebe gerade das Gefühl, eine Person zu hassen und gleichzeitig niedlich zu finden.

»Sie hatten also einen Alptraum? Was passiert in dem Traum?«

»Sie meinen Vergangenheit.«

»Was meinen Sie?«

»Was *ist* passiert? Das ist vorbei.«

»Aber der Traum ist nicht vorbei.«

»Doch.« Schweigen und Warten. »Ich kann nichts sagen, ich erinnere mich nicht.«

»Was ist denn genau vorbei, an das Sie sich nicht erinnern?«

»Keine Ahnung, nur so ein Gefühl.«

»Was ist mit der Holzkiste, Emma?«

»Können Sie das lassen?«

»Steht die Holzkiste für die enge Zelle? Vielleicht für einen Sarg? Für das Bett, das Sie so oft teilen mussten?«

Hilfe würde nicht kommen. Nie. Das hatte Emma nach einigen Jahren endlich verstanden. Er legte sich zu ihr, hielt sie fest, streichelte ihre Oberschenkel an den Innenseiten, schlief kurz ein, wachte wieder auf, machte weiter.

»Sag keinen Ton, reagiere nicht, bewege dich nicht, schließ die Augen,« so etwas sagte sie zu sich selbst. »Und wenn er fragt ›Gefällt dir das?‹, sag einfach ja.« Er fragte oft, ob es ihr gefiel. Emma verstand die Frage nicht, aber sie wusste, was er hören wollte.

Manchmal, solange der Körper der Mutter noch im Haus wohnte, musste Emma sich zu dem Ehepaar ins Bett legen. Die Frau war auf Tabletten und bekam angeblich nichts mit. Emmas jüngste Tante kam manchmal als eine von wenigen Menschen zu Besuch. Im Alter von 19 Jahren hatte sie den jüngsten Brüder des Vaters geheiratet, also Emmas Onkel. Auf ihrer Hochzeit hatte die neue Tante Emma zugeflüstert, dass sie eine Schlampe sei. Da war Emma zwölf.

Emma lernte, dass der Mann per se mächtiger war als die Frau. Nicht nur, weil er mehr Kraft hatte. Die Menschen machten ihn mächtig. Sie erlaubten ihm alles, entschuldigten, wenn er anderen wehtat. Warum? Weil es der Natur des Mannes entsprach, hieß es. So mussten echte Männer sein. Manche Männer dachten, sie hätten ein Recht auf die Frauen in ihrer Familie, im Beruf, auf der Straße, überall. Der älteste Bruder des Vaters, also ein weiterer Onkel von Emma, hatte seine beiden Töchter missbraucht. »Das sind doch meine Töchter, mit denen kann ich doch machen, was ich will«, hörte Emma ihn häufiger sagen. »Wer will mir etwas verbieten?«

Als sie dreizehn Jahre alt war, bezeichnete dieser Onkel Emma als kleines geiles Aas. Ihr Erzeuger nannte sie lange sein Püppchen, mit der Pubertät dann kleine Ehefrau. Was von alldem war Eva im Paradies? Schlampe, Aas, Püppchen, Ehefrau. Rot zwischen den Beinen, die Schlange im Unterleib.

»Der Mann, also mein Erzeuger hat damit gedroht, dass meine Geschwister ins Heim kämen, wenn ich mich nicht verhielt, wie er wollte. Im Heim hätte man sie schlecht behandelt. Daran wäre ich Schuld gewesen.«

»Das ist natürlich clever«, sagt Frau K. »Er wusste, er konnte Sie nur manipulieren, wenn es um den Schutz anderer ging.«

»Das weiß ich doch alles. Was ich damit sagen will: Ich habe immer entweder nach Anordnung oder aus dem Affekt heraus gehandelt. Ich weiß nicht, wie ich mich einfach so verhalte ohne das alles.«

»Aber vielleicht ist das etwas Gutes!«

»Das einzige, was ich von mir weiß, ist mein Name, und nicht mal den will ich haben. Was soll daran gut sein?«

»Sie können sich neu erfinden. Sie sind frei, die Frau zu sein, die Sie sein wollen.«

»Woher soll ich wissen, wer ich sein will, wenn ich einfach nichts weiß? Außer, dass ich eine Mörderin bin.«

»Sie kommen schon noch darauf. Ich helfe Ihnen.«

»Außerdem bin ich hier drin auch nicht frei.«

»Sehen Sie diesen Ort als einen Rahmen, in dem Sie sie selbst sein können. Solange Sie niemanden mit Stühlen verletzen.«

Tag 10. Die Anderen

Nach ihrer Vormittagschicht kommt Fran in die Zelle zurück und will mich für die Mittagspause in der Kantine abholen. Sie gehe da eigentlich nicht so gern hin, sagt sie, mit mir würde sie es lieber machen, sagt sie.

»Muss ich?«

Ich knote mich auf dem Bett noch ein bisschen mehr zusammen.

»Wir haben das doch gestern besprochen und deswegen nichts auf die Zelle bestellt. Du erinnerst dich?« Ich schaue aus meinem Knoten heraus. »Bitte, ich fühle mich nicht sicher da.«

Wir laufen aus der Zellentür und geraten in einen Strom aus anderen Frauen, die Richtung Kantine unterwegs sind. Ich fühle mich beobachtet und bin mir nicht sicher, ob ich mir das einbilde. Mehr Frauen kommen dazu. Gang, Treppe, Gänge, Tür, Gang. Ich laufe nicht mit dem Strom, der bewegt sich nur zufällig in dieselbe Richtung wie wir. Die letzte Tür führt in die Kantine, wo wir uns direkt in die Schlange an der Essensausgabe stellen. Die Schlange nervt mich schon. Sie sei aber noch nicht lang, sagt Fran, weil wir recht weit vorne gelaufen seien. Und in der Tat wächst die Schlange hinter uns unaufhörlich.

»Siehst du da hinten die mit den kurzen Haaren?«, fragt Fran und schaut zu einer älteren, mindestens zwanzig Jahre alten Frau mit dunkelblonder Igelfrisur. Die Frau sitzt mit ihrem rechteckigen Rücken zu uns am Tisch uns isst.

»Die Dicke?«

»Die ist nicht dick, die ist stark. Rena, heißt sie. Die macht mir Angst.«

Ich zucke mit den Schultern.

»Sie ist immer als Erste hier, schon bevor irgendjemand reindarf. Habe ich beobachtet. Komisch, oder? Mit der stimmt was nicht.«

Fran kaut an einem Daumennagel und schaut mich an.

»Sie macht Ärger und wird trotzdem besser behandelt als andere.«

»Inwiefern Ärger?«, frage ich und beobachte, wie Rechteck-Rena auslandend lacht und ihren Freundinnen High Fives gibt.

»Rena setzt Frauen unter Druck, hab' ich gehört, und haut auch gern mal drauf. Keiner weiß sicher, warum sie sitzt. Das Gerücht besagt, dass sie ihren Bruder schwer verletzt hat, erst mit einem Messer zugestochen und dann die Treppe runtergestoßen. Draußen war sie wohl richtig kriminell.«

»Fran, wir sind hier drin, also sind wir alle kriminell im Vergleich zu denen da draußen.«

»Krass!« Fran reißt die Augen auf. »Du hast Recht, so hab' ich das noch gar nicht gesehen.«

»Boah, Fran.«

»Doch, du hast völlig Recht. Wie komme ich dazu, so etwas zu sagen?«

»Nein nein, du hast schon Recht. Diese Rena ist bestimmt asozial, das sehe ich. Es gibt ja auch Abstufungen von Kriminalität. Wir sind zum Beispiel nur kriminell, wenn die Situation das von uns fordert.«

»Naja …«, Fran kippt den Kopf ein paar Mal von rechts nach links und mir fällt auf, dass ich immer noch nicht wirklich weiß, warum Fran sitzt. »Eins steht fest, die Frauen hier haben Angst vor ihr.«

»Die muss eher vor mir Angst haben, wenn sie mir querkommt.«

»Das glaube ich dir«, sagt Fran beeindruckt. »Aber Rena schart Freunde um sich, siehst du ja, die da alle sitzen, eine Gefolgschaft von Frauen, die alle für sich schon angsteinflößend sind.«

»Ist mir egal«, murmele ich.

»Ich habe gehört, dass die draußen einer kriminellen Gang angehört. Hier drin hat sie jedenfalls auch eine Gang.«

»Okay, und was soll ich damit jetzt anfangen?«

»Weiß nicht, einfach nur als Warnung, vielleicht. Ich glaube, Rena hat der dahinten die rote Lippe verpasst.« Frans Blick wechselt zu einem Mädchen mit Kopftuch. »Mit der habe ich schon mal gesprochen, die ist ganz lieb.«

Das Kopftuchmädchen steht an der Getränkeausgabe und unterhält sich mit einem anderen Mädchen, dessen weißhäutiges Gesicht lange schwarze Haare umrahmen. Ein bisschen wie der Mond im Nachthimmel. Die Lippe des anderen Mädchens ist an der linken Seite rot und geschwollen.

»Und die Lippe soll mich jetzt beeindrucken? Weißt du, wie oft ich eine dicke Lippe hatte? Das passiert eben, wenn man eine geklatscht bekommt. Oder wenn man hinfällt und sich dabei auf die Lippe beißt, du weißt schon.«

»Whaaaaat?«, Fran guckt, als hätte ich etwas Schlimmes gesagt.

»Naja, vielleicht hat sie eine reinbekommen wegen des Kopftuchs oder irgendsowas. Damit muss sie rechnen. Vielleicht fühlt sich die rechteckige Rena davon provoziert, keine Ahnung…«

»Was laberst du für eine Scheiße? Muslimin, Buddhistin, Polygamistin, Styroporistin, Frau, Mann, Alien, Sandwich, ist doch egal. Das sind alles Menschen und die haben alle gefälligst keine reinzukriegen.«

»Finde ich nicht.«

Fran muss ihr Entsetzen unterbrechen, weil sie von der Kantinenkollegin gefragt wird, ob sie Speckklöße oder Nudeln will.

Wir setzen uns an einen freien Sechsertisch und Fran fängt wieder an:

»Das geht gar nicht, Emma.«

»Fran, sei nicht so naiv, in der Welt läuft es nunmal so. Das Kopftuch ist ihre Entscheidung. Wenn sie sich eine Aufmachung aussucht, muss sie die Konsequenzen akzeptieren und darf sich nicht wie ein Opfer fühlen.«

»Ach so, also wenn eine schöne Frau vergewaltigt wird, ist sie schuld?«

»Das sucht sich die Frau nicht aus!« Ich werde ein bisschen sauer.

»Das meine ich nicht, tut mir leid.«

Fran piekt zwei von ihren Nudeln auf ihre Gabel. Die sehen so fade aus, aber Fran wollte nichts mit Speck, weil sie kein Fleisch essen möchte.

»Ich habe mir immer gewünscht eine Wahl zu haben«, erkläre ich. »Ich wünschte, ich hätte Männerklamotten anziehen können, um dann den Respekt zu kriegen, den Männer bekommen. Trag einfach kein Kleid, keinen Rock, kein Kopftuch, ganz einfach.«

»Aber das entschuldigt doch keine Gewalt.«

»Wieso nicht? Wie cool wäre es, wenn wir all unsere Probleme mit unseren Klamotten wechseln und ausziehen könnten.« Ich esse ein Stück vom Kloß.

»Das funktioniert leider auch nicht.«

»Wie auch immer, Fran. Sei realistisch. Entweder, du gehst mit den Umständen, oder du gehst unter.«

»Das reicht mir aber nicht«, sagt Fran sanft.

»Gott, bist du anstrengend.«

»Unbequem bin ich!« Fran lacht und legt ihre Hand vom Tisch auf meinen Unterarm. »Gewalt und Diskriminierung sind ein Arschloch«, fügt sie an.

»Wir haben beide schon Gewalt ausgeübt.«

»Aber nur für einen höheren Zweck.«

Fran zieht ihre Hand weg, macht einen Rundblick und bleibt wieder bei der dicken Lippe hängen. »Außerdem tragen manche Frauen ihr Kopftuch eben nicht freiwillig.«

Fran stockt, als sie sieht, dass Rena herüberschaut. Sie presst ihre Lippen zusammen und blickt schnell in Richtung Tischplatte.

»Habibis! Danke, dass ihr den Platz für uns freihaltet.« Das Mondhaut-Mädchen und die dicke Lippe stehen plötzlich mit einer weiteren Frau, die das eben gesagt hat, an unserem Tisch. Sie ist ähnlich breit wie Rechteckt-Rena, aber noch größer.

»Yeah, Baby!« Fran scheint sich zu freuen.

»Ja, Mann«, antwortet die Große und setzt sich neben Fran.

»Sowas von!« Fran hält ihre Faust hin.

»'F jeden«, nuschelt die Große und reagiert mit der Ghettofaust. Ich wundere mich. Die beiden kennen sich, dabei sagte Fran doch, dass sie hier kaum wen kenne. Auch, dass sie die Ghettofaust macht, hat sie nicht erwähnt. Nur High Five ist schlimmer als die Ghettofaust.

»Ich denke, du kommst hier mit keinem klar, oder warum bin ich nochmal mit dir gekommen?«, frage ich.

»Aber Rainer ist doch mein Bruder«, lacht Fran und stößt mit ihrer Schulter gegen die Schulter der Großen.

»Yeah, Baby«, wiederholt Rainer.

»Ja Mann.« Fran wieder.

»Sowas von.«

»'F jeden.« Fran und Rainer wieder mit der Faust.

»Ihr nervt so sehr.«

»Daran gewöhnst du dich. Ich bin Marlie«, stellt sich das Mondhaut-Mädchen vor. Die dicke Lippe hat den Platz neben mir eingenommen.

»Das ist Rainer und das hier Aziza.« Sie zeigt auf die Große und dann auf die dicke Lippe mit Kopftuch.

»Danke, Habibi, ich kann mich selbst vorstellen«, sagt Rainer.

»Rainer ist alles andere als arabisch, findet Worte wie ›Habibi‹ aber voll cool«, sagt Fran.

»Wieso arabisch?«, fragt Rainer.

»Weil das ein arabischer Ausdruck ist, du Pfosten«, lacht Fran.

»Willkommen im Jahr 2022, nichts ist mehr irgendwas«, lacht Rainer zurück.

»Ja Mann«, nickt Fran und hält ihre Handfläche hoch.

»Yeah, Baby.« High Five.

»Wieso heißt du Rainer?«, frage ich. »Und wieso um Gottes Willen macht ihr High Five?«

»Tja, nichts ist, wie es scheint.« Rainer hält die Handfläche noch, damit ich einschlage, was ich natürlich nicht tue.

»Und du bist die Neue, von der alle reden?«, fragt Rainer und zieht ihre Hand wieder zurück.

»Du siehst mich doch zum ersten Mal, oder? Also bin ich wohl ziemlich neu.«

»Ah, du bist also nicht nur die Neue, sondern auch die Nette«, gibt sie zurück.

Fran schaut mich böse an. Ich ziehe die Schultern hoch und frage:

»Was?«

Ich wollte mit niemandem sprechen und jetzt muss ich, was erwartet sie.

»Du bist ja wohl mal die Netteste, du Hurenhund«, lacht Fran Rainer an.

»Habibi, halt's Maul. Wenn du nicht meine Schwester wärst, würde ich denken, du bist mein Vater.«

»Stell dir vor, dann wärst du die Mutter meines Sohnes…« Fran dreht sich zu mir: »Rainer ist Mutter.«

»Aha. Und warum, denkst du, reden hier alle von mir?«

»Na, weil du deinen Vater umgebumst hast«, antwortet Rainer. »Rache ist Selbstjustiz.«

»Okay, muss ich dir sofort eine reinhauen, oder kann ich erst fertig essen?«, frage ich. Die anderen glotzen mich mit großen Augen an.

»Hey, du hast mich gefragt!« Rainer zuckt mit den Schultern und dreht sich zu Fran: »Sag ma', wie is'die denn drauf? Ich zeige der doch nur Respekt.«

»Das war aber nicht sonderlich sensibel von dir«, sagt Fran. »Überleg mal, wie du dich fühlen würdest. Emma ist cool, will aber auch nicht über alles reden. So wie du.«

»Ich bin ehrlich, aber ich respektiere die am meisten, die ihre Besonderheiten nicht verstecken. Aziza zum Beispiel, sie ist ein bisschen behindert«, sagt Rainer lachend und zeigt auf die Lippe im Kopftuch.

»Bin ich nicht!«, antwortet sie.

Erst jetzt fällt mir auf, dass Aziza nuschelt und eine Hasenscharte hat. Die hatte ich nicht gesehen, vielleicht weil die Lippe gerade sowieso verformt ist.

»Rainer, was habe ich denn eben gesagt?«, ermahnt Fran Rainer, nun mit richtig ernstem Ausdruck. »Sei lieb zu deinen Mitmenschen.«

»Ich sag doch, ich respektiere das.«

In der schamvollen Stille versuche ich, mir einen Überblick über die Konstellation zu verschaffen: Aziza ist das Opfer. Rena ist der Täter. Vielleicht ist Rainer auch ein Täter. Und die Mondhaut …?

»Mich kann Rainer gerne noch mehr provozieren, dann macht es mehr Spaß, ihr eine reinzuhauen«, grinse ich. »Das nennt sich dann übrigens Gleichberechtigung.«

»Macht, was ihr wollt, aber Aziza ist raus! Schau sie dir mal an, sie muss beschützt werden«, säuselt Fran.

Aziza hat scheinbar einen Sonderstatus. Wegen ihrer Hasenscharte? Weil sie angeblich behindert ist? Wegen ihrer dicken Lippe? Ihres Kopftuchs?

»Okay, ich verarsch' Aziza nicht mehr«, sagt Rainer. »Sorry, Aziza, bist nicht böse, ich respektier dich, Habibi, weißt du doch?« Rainer hält der Lippe die Handfläche hin, die sich dazu durchringt, mit den Fingerspitzen unmotiviert draufzustubsen.

»Ja super. Neues Thema.«

Die Mondhaut hat gesprochen. An ihrem Haaransatz zwirbeln sich feine Härchen hinab, die liegen fast so parallel zueinander wie die Fransen der Teppiche, durch die ich sonntags immer mit einem Fransenkamm gehen musste. Unter den schwarzen Augenbrauen liegen hellgrüne Augen.

»Du siehst aus wie ein Schneewittchen«, sage ich zu ihr. »Die Geschichte kenne ich noch von der alten Schallplatte. Du siehst aus, als hättest du dich in Mondlicht gebadet so wie andere in der Sonne.«

»Das sehe ich jetzt mal als Kompliment, glaub ich«, antwortet sie.

Ihren Blick kann ich nicht deuten, was mir sonst immer gelingt. Dann lehnt die Mondhaut sich zurück und lächelt, aber auch das kann ich nicht deuten. Ich spieße ein großes Stück vom Kloß auf meine Gabel, stopfe es in den Mund und kaue ausgiebig.

Ich stopfe meinen Mund noch voller, kaue und überlege, was ich nach dem Schlucken sagen will:

»Eins hab' ich schon gemerkt: ›Scheinbar‹ ist hier wohl das richtige Wort. Keiner sagt, warum du die aufgeplatzte Lippe hast, zum Beispiel.« Ich zeige auf die dicke Lippe. »Und du Fran hast mir gesagt, dass du hier niemanden hast. Deswegen bin ich runtergekommen, für dich. Und jetzt muss ich mit diesen Leuten reden.«

»Was ist dein Problem?«, eiert Fran rum.

»Ich bin nur ehrlich. Scheinbar wissen auch alle hier, dass ich eine Mörderin bin.«

»Warum hasst du Gesellschaft so? Weil es dann nicht nur um dich geht? Bin nur ehrlich«, antwortet Fran.

Während ich schlucke, nutze ich die Sekunde, um nachzudenken. »Du kannst mich mal«, nuschele ich. »Die andere Frau, also diese Psychotante K sagt jedenfalls, ich sei etwas Besonderes. Und das bin ich auch, zumindest anders als ihr alle.«

»Fick dich«, murmelt Fran.

»Fick dich doch selbst!«, sage ich lauter.

»Du arrogante Kuh!«

»Ich arrogant? Du hältst dich doch für wichtig!«

»Brüder! Vallah, wichtig bin hier halt einfach nur ich.« Rainer klatscht in die Hände. Händeklatschen kommt gleich nach der Ghettofaust, die gleich nach High Five kommt. Fran muss grinsen. Rainer schiebt ihr Tablett beiseite und beugt sich so weit vor, dass ihr Oberkörper fast auf der Tischplatte liegt.

»Ich sag euch was: Das Schlimmste an dem Laden hier ist, dass jede ihn zu einer anderen Zeit verlässt.«

Rainer lächelt und schaut gleichzeitig traurig.

»Isso. Stell dir vor, da hast du dich nach langer Überwindung an solche Fressen wie die alle hier gewöhnt, und dann verpissen sie sich irgendwann wieder. Und ich muss ganz alleine hierbleiben.« Die anderen grinsen.

Ich kombiniere innerlich: Scheinbar bleibt Rainer länger hier, und scheinbar mögen Fran und Rainer sich gegenseitig.

Wahrscheinlich, weil es sonst niemanden zum Mögen gibt. Ich bin froh, wenn niemand da ist, den ich mögen muss.

»Ich bleibe ja noch ein bisschen hier, Bae«, sagt Fran zu Rainer mit gespielt verliebtem Blick.

»Aber ich darf bald gehen.« Die Lippe freut sich. »In siebenundzwanzigeinhalb Tagen.«

»Wie bitte?«, frage ich.

»Aziza kommt bald raus«, erklärt Fran.

»Ach danke, Klugscheißer.«

»Klugscheißerin«, betont Fran.

»Apropos Fresse… sag doch jetzt mal, wer das gemacht hat, und ich verpasse der Person gerne bald eine dickere Lippe.«

»Chill«, sagt Rainer. »Lass ziehen, mit Rena willst du dich nicht anlegen, Habibi.«

»Warum nicht?« Ich richte meine Schultern. »Es gibt Täter und Opfer. Nichts dazwischen. Täter sind einfach böse. Opfer brauchen Schutz, Täter verdienen Strafe.« Ich zeige auf die Lippe.

»Ich denke, es ist ihre eigene Schuld, wenn sie mit Kopftuch rumläuft«, kommentiert Fran schnippisch.

»Da hast du mich falsch verstanden.«

»Habe ich?«

»Ja! Es geht darum, dass wir hier alle Opfer sind im Vergleich zu den Tätern. Oder, Marlie?«, fordere ich die Mondhaut zum Zustimmen auf, aber sie reagiert nur verdutzt. »Du bist Opfer! Ich bin Opfer! Sie ist Opfer!«

Ich zeige wieder auf Aziza. Rainer habe ich bewusst ausgelassen, die ist auf keinen Fall Opfer.

»Soso… du denkst also, bis auf dass wir alle im Knast nicht ganz unschuldig sind, sind wir unschuldig.« Fran grinst und schüttelt leicht den Kopf, was ich einfach ignoriere.

»Endlich verstehst du mich!«

»Aber gerade Täter brauchen Liebe«, so die Mondhaut.

»Jetzt mach's nicht wieder kompliziert, wir haben das jetzt abgeschlossen«, entgegne ich und: »Typisch Mädchen«, denke ich.

Ein lautes Händeklatschen hinter mir ertönt und schaltet alle Gespräche in der Kantine aus. Ich drehe mich um und sehe, wie Rechteck-Rena mich über zwei Tische hinweg angrinst, klatscht und in unsere Richtung tänzelt. An unserem Tisch hört sie zwar auf zu klatschen, aber hampelt weiter:

»Baby Baby, Bitch Bitch, du bist ohne Worte. Jenseits. Einfach jenseits.«

Rena fuchtelt mit den Händen. »Sammaaaa, du bist der Hamma! Du bist Emma, motherfucking Hamma. Give it up!« Rena hebt die Hände und ruft lauter: »Hamma, du bist Emma, das ist doch klar Mann.«

»Was ist das denn für ein Scheißreim?«, kommt aus mir raus.

»Schwester, das ist keine Anmache. Ich drücke meinen Respekt aus.«

Rena hält eine Handfläche an ihre Brust und verbeugt sich leicht.

»Mal eben so den Alten abgeknallt. Bäm! Junge, Junge! Du bist der Hamma, ich's sag's doch, Hamma.«

»Willst du mich jetzt auch provozieren oder sowas?«

»Never. Ich schwöre, du bist die Godmother of Motherfuckinggodness von all den Tussis in diesem Zoo hier.«

»Rena, Habibi, alles gut.« Rainer greift ein, aber lange nicht so lautstark wie zuvor.

»Sprich deutsch mit mir«, fordert Rena und wendet sich wieder mir zu: »Schau mal, Hamma-Emma, falls du es wirklich nicht checkst. Ich biete dir hiermit meine Freundschaft an. Geh gut damit um. Die Ehre hat nicht jede.« Rena hält die Handflächen nach oben als wollte sie herausfinden, ob es anfängt zu regnen. Dabei schaut sie um sich und blickt ihr Publikum an.

»Du bist auch direkt in der Schlichtzelle gelandet, einfach hammaaa.« Rena lacht und klatscht.

»Boah, okay, also wo waren wir?«, frage ich in die Runde am Tisch.

»Wir haben uns gerade über unsere Lieblingsbücher unterhalten«, sagt Fran.

»Sternzeichen!«, sagt die Mondhaut.

»Nix«, sagt Aziza.

»Ich habe nichts gesagt«, sagt Rainer. »Ich sage nie was!«

Rena zieht die Nase hoch.

»Okay, Emma. Whatever. Aber eines solltest du wissen: Du sitzt mit den falschen Leuten hier.«

Rena mustert die Truppe. »Ist unter deinem Niveau, du verblödest noch. Willst doch deine Muttersprache nicht verlernen, Junge.«

»Dann sprich doch bitte mit deiner Mutter statt mit uns«, wirft Fran ein.

»Fran«, sagt Rainer ermahnend und dann zu Rena: »Scheiße Mann, wir wollen einfach keinen Stress.«

»Drauf geschissen.« Rena winkt ab.

»Bald geht hier sowieso eine Bombe hoch, ich schwöre, übertrieben krass wird das. Dann ist jede froh, die auf meiner Seite ist.«

Dann hampelt sie wieder klatschend zurück zu ihrem Tisch. Als hätte sie gewonnen, dabei hat sie das gar nicht.

»Woher weiß die, wer ich bin?«, wundere ich mich laut.

»Noch schockierender ist das rassistische Gelaber! Hallo, Muttersprache?«, flüstert Fran.

»Das ist mir ja so egal, es geht hier schließlich um mich, um mich persönlich.«

»Ach, und Rassismus ist für andere nicht persönlich.«

»Hier wissen *alle* von dir«, sagt Rainer.

»Aha, was denn so?«, frage ich.

»Na, was du gemacht hast.«

»Vielleicht fragt mal jemand, warum sie das getan hat«, ärgert sich Fran.

»Ist gut, Fran.« Wenn ich eins noch weniger will, als dass Leute darüber diskutieren, was ich gemacht habe, dann ist es, dass sie darüber diskutieren, warum ich das getan habe.

»Du hättest Rena mehr die Grenzen zeigen müssen«, fährt Fran fort, als hätte ich sie und die anderen im Stich gelassen.

Mit seinem akkuraten Hemd in der Bundfaltenhose saß er tot auf dem Ledersofa. Der Stoß der ersten Kugel hatte seinen Oberkörper an sie Rückenlehne gepresst, aber er war kein Stück zur Seite gerutscht. Erst nach den folgenden sieben Kugeln kippte er dann ein Stück zur Seite. Die ersten Bluttropfen bahnten sich ihren Weg durchs Hemd. »Da sind wir!«, riefen sie. Zwei kleine Flecken auf dem Bauch, ein winziger auf der Brust, insgesamt viel weniger, als Emma sich über die Jahre *vorgestellt hatte. In ihrer Fantasie gab es immer viel Blut. Marcella saß neben ihm auf dem Sofa, weinte nicht, sondern lutschte am rechten Fäustchen. Die beiden anderen Kinder, die älter als Marcella und jünger als Emma waren, hockten auf dem Teppich vorm Couchtisch. »Was ist …?«, wollte das eine rufen, aber Emma legte ihm den Finger auf den Mund und sorgte weiterhin für Stille. Sie legte die Waffe auf den Couchtisch, ganz behutsam, nahm die kleine Marcella auf ihren Arm und flüsterte den anderen zu, dass sie ihr in die Küche folgen sollten, und zwar schnell. Sie hörten immer auf Emma, zumindest wenn weder die Frau, noch der Mann anwesend waren. Auf irgendjemanden mussten sie dann ja hören. Emma platzierte Marcella auf den Küchenboden und wies die anderen an, sich dazu zu setzen. Dann lief sie aus der Küche in den Flur und griff zum Telefon.*

»Ich habe den Mann getötet«, eröffnete Emma das Telefonat mit dem Polizeinotruf. »Genau, er ist tot, richtig tot. Naja, er bewegt sich nicht und überall ist Blut. Ich habe ihn getötet, wie gesagt. Vor vielleicht zehn Minuten. Erschossen. Nein, ich will ihn nicht anfassen, aber ich weiß, dass er tot ist. Mit einem Gewehr. Ich hatte das Gewehr eben, sowas hängt hier rum. Wieso fragen Sie?«

Ob Emma wisse, dass es viel Geld kosten könne, wenn sie so einen Anruf aus Scherz mache, fragte der Beamte.

»Nein, woher soll ich das wissen? Ich mache aber keinen Scherz. Sollten Sie sich nicht beeilen? Schließlich wurde jemand umgebracht, aber Sie müssen es ja wissen. Ich gehe jetzt wieder zu meinen Geschwistern in die Küche.«

Nachdem Emma doch noch ihren Namen und ihre Adresse durchgegeben und aufgelegt hatte, lief sie zurück in die Küche. Sie setzte sich vor die drei Geschwister auf die kalten Fliesen.

»Egal, je länger die Polizei braucht, desto mehr Zeit bleibt uns jetzt noch miteinander«, sagte sie.

»Wir wollen für immer zusammenbleiben«, sagte der Bruder. Das war das erste, was eines ihrer Geschwister seit den Schüssen sagte. Aber sonst gab es keine Fragen. Sie wollten nichts über den Mann wissen, den Knall der Kugeln oder warum sie überhaupt auf dem Boden saßen.

»Okay, wir spielen ein Spiel. Habt ihr Lust auf ein Spiel?«

»Was denn für ein Spiel?«, fragte die ältere Schwester.

»Ein sehr spannendes. Gleich kommen ein paar Leute, und mit denen verstecke ich mich.«

»Sollen wir dich dann suchen?«, fragte der Bruder.

»Nein, auf keinen Fall dürft ihr mich suchen.«

»Das ist ein komisches Spiel«, fand die Schwester. »Und was dann?«

»Ich weiß nicht genau. Aber ich bin dann erstmal für eine Weile weg. Ihr müsst aber wissen, ich komme bald wieder. Dafür braucht *ihr mich nicht mal suchen, ich komme ganz von alleine, ist das nicht toll?«*

»Das macht doch gar keinen Spaß«, sagte der Bruder.

»Aber es geht auf jeden Fall gut aus. Alle gewinnen bei diesem Spiel. Ich nehme euch zu mir und wir sind eine Familie.«

»Na gut.« Die älteren Geschwister schienen nicht begeistert, Marcella schaute sich nur um.

»Ach, seid nicht solche Spielverderber.«

Emma breitete ihre Arme aus, beugte sich vor und versuchte, all ihre Geschwister auf einmal zu umarmen, die dafür näher rutschten. Wieso kann ich sie nicht noch mehr umarmen, dachte Emma. Aber zum Umwickeln waren ihre Arme zu kurz. Emma ließ von ihren Geschwistern wieder ab.

»Ihr dürft jedenfalls keine Angst haben, und zwar während des ganzen Spiels, ihr seid mutig wie Piraten, bis ich wieder da bin. Ab jetzt wird alles besser. Ich hab' euch sehr lieb. Habt ihr mich auch lieb?«

»Ja«, flüsterte der Bruder.

»Auch wenn ihr mich nicht seht, ich bin immer in der Nähe, ich habe mich nur versteckt.«

»Aber wollt ihr wissen, was das Allerwichtigste bei diesem Spiel ist?« Keine Antwort. »Ihr müsst auf euch gegenseitig aufpassen. Wer am besten auf die anderen aufpasst, gewinnt! Und dem Gewinner bringe ich ein Geschenk mit… den anderen aber auch. Versprochen?«

Emma nahm jeweils eine Hand der beiden Größeren in ihre Hände und küsste sie. Irgendwie wollte sie damit den Pakt beschließen. Sie holte Marcellas Fäustchen aus ihrem Mund und küsste es ebenfalls.

Zum Glück, dachte Emma, klappte das mit der Umarmung nicht, darum versuchte sie es gar nicht erst noch einmal und vermied damit möglicherweise ein paar Tränen. Emma konnte sich nicht er-

innern, wann sie das letzte Mal geweint hätte. Aber wenn etwas sie zum Heulen bringen konnte, dann die Angst um ihre Geschwister.

Da saßen sie nun schweigend auf den Fliesen und warteten. Emma nahm Marcella hoch und setzte sie in ihren Schoß.

»Wann geht denn das Spiel los?«, fragte der Bruder.

»Bald.« Emma überlegte, wie sie das Warten verkürzen könnte. »Nimm bitte kurz Marcella«, bat sie die größere Schwester und reichte ihr die kleinere.

Sie stand auf, lief zu einer Küchenschublade und holte eine Schere heraus. Damit lief sie vor den Spiegel im Flur. Alles war gut, solange sie nichts fragten oder anfingen zu weinen.

Emmas dunkelblonde Haare reichten bis zur Rückenmitte. Sie waren nie kürzer gewesen – außer einmal, als die Frau ihren Pferdeschwanz direkt am Gummi abgeschnitten hatte. Dafür hatte sie sie dieselbe Schere benutzt.

Ein paar Augenblicke, einen leicht schmerzenden Unterarm und ein paar nicht geflossene Tränen später stand Emma mit knapp kinnlangen, zerfledderten Haaren vorm Spiegel.

»Was Rena wohl meinte? Ob sie was Schlimmes vorhat? Die ist schon gruselig.«

Am Abend in der Zelle sitzt Fran mit angezogenen Knien auf ihrem Bett und zieht die Augenbauen zusammen.

»Ach, die redet doch nur. Geh schlafen«, murmele ich müde in meine Matratze.

»Aber das klang wie eine Drohung, das kann dir doch nicht egal sein. Ich denke da nur an die Aktionen, die sie nicht ankündigt. Das Ergebnis sind blaue Flecken und aufgeplatzte, dicke Lippen. Wenn sie etwas ankündigt, kann das ja nur eine Steigerung bedeuten!«

»Woher willst du das wissen? Vielleicht ist es auch genau umgekehrt: Wenn sie etwas ankündigt, passiert nichts. Ich glaube nicht, dass Rena immer alles schafft und wahrmacht, was sie sagt, sonst würde sie jetzt nicht im Knast sitzen.«

»Naja, oder das bringt sie erst Recht in den Knast.« Fran schnauft wieder. »Deiner Theorie nach müssen wir also keine Angst haben, wenn sie etwas ankündigt. Aber wenn sie etwas *nicht* ankündigt …bedeutet das, dass in jeder Sekunde etwas passieren kann?«

»Das kann es sowieso. Immer. Geh schlafen, Fran.«

»Hoffentlich macht sie nichts Schlimmes«, murmelt sie abschließend. Dann geht sie aber nicht schlafen, sondern hüpft vom Bett und zückt ein Blechkästchen aus einem Regalfach von ganz hinten. Sie hält es kurz andächtig fest.

»Ernsthaft? Das ist deine Version von einer Schatzkiste?«

»Warte doch mal. Du musst übrigens nicht alles schlecht machen …«

»Hallo, du bist doch hier die, die den Weltuntergang durch Rena voraussagt.«

Fran schaut ernst aus als sie in das geöffnete Kästchen blickt. Mit spitzen Fingern holt sie ein Gummi heraus. Es ist von derselben schäbigen Sorte, die Fran an ihrem Handgelenk trägt, und die die Mutter in der Küche für Cornflakes-Packungen oder Mehltüten benutzt hatte, wobei ich mich frage, ob die Mutter überhaupt jemals Mehl verwendet hat. Natürlich hängen an dem auserwählten Stück weitere Gummis fest, die Fran vorsichtig abschüttelt. Schon beim Zugucken verliere ich die Geduld.

»Weißt du eigentlich, dass du gerade ein bisschen schielst?«, frage ich. »Und die Knoten musst du mit Gewalt lösen, ach, dann geh eben nicht ins Bett. Gute Nacht.«

Ich drehe mich mit dem Rücken zu ihr, aber Fran redet einfach weiter.

»Das hat meine erste Therapeutin mir gezeigt.«

Nach der Schüttelaktion stellt Fran das offene Kästchen zurück ins Regal, läuft die wenigen Schritte auf mein Bett zu und will zu mir hochklettern. Ich höre, wie sie auf eine Sprosse des Bettgestells tritt, und drehe mich wieder um.

»Moment, hallo, wer hat Sie hergebeten, Frau Fran? Bleiben Sie bloß fern!«, rufe ich.

»Du kannst ja Witze machen, ich bin beeindruckt. Ich muss trotzdem hochkommen.« Schon hängt sie mit dem Oberkörper fast auf mir, die Füße stehen noch unten auf der Sprosse.

»Tu dir nicht weh, wenn es geht,« ermahne ich Fran. »Wie viele Therapien hattest du überhaupt, wenn es eine erste gab?«

»Gute Frage. Es gab Zeiten, da hatte ich zwei oder drei parallel. Als das losging, war ich so sieben.« Fran schaut auf das Gummi in ihrer Handfläche. »Gib mir mal deine Hand«, sagt sie und schnappt sich dabei meinen rechten Unterarm, der näher an ihr liegt. Unsicher wackelnd muss sie beide Hände benutzen, um den Gummi an mein Handgelenk zu wurschteln.

»Ich habe das Teil an deinem Arm gesehen und fand da schon, dass es scheiße aussieht.«

»Die Therapeutin wollte, dass ich das Gummi immer trage und den Trick anwende, wenn ich wütend oder sauer bin oder ohne Grund Angst hatte.«

»Wieso warst du mit sieben Jahren in einer Therapie?«, will ich wissen und ignoriere das Gummi einfach.

»Mein Eltern sagten, sie wollten das Beste für mich.«

»Ach ja, das hab' ich auch ein paar Mal gehört. Nicht, dass die eigentlich Frage gewesen wäre, woher deine Wut, Angst, Traurigkeit überhaupt kam. Was sie dazu beitragen, dass interessiert sie nicht«, rege ich mich auf. »Schließlich warst du ein Kind.«

»War ich gar nicht.«

»Ich auch nicht.«

»Vielleicht gibt es keine siebenjährigen Kinder.«

»Da hast du wohl Recht, Frau Fran.«

»Jedenfalls hatte ich das Gummi später erst Jahre später verstanden und benutzt, als ich Olga Abramovic getroffen habe bei einem ihrer Auftritte. Kennst du Olga?«

»Was?«

»Ich weiß nicht mehr genau, jedenfalls ist sie eine Performancekünstlerin, die zum Beispiel mit Schmerz experimentiert.«

»Ohje, wenn man sonst keine Probleme hat.«

»Sie sagt, Schmerz muss nicht unbedingt was Schlimmes sein, er kann Kunst sein, Meditation, mentales Training, Mittel zur Selbsterfahrung und zum Wachstum.«

»Ich brauche keine Kunst, um Schmerz zu empfinden.« Fran reagiert mit schmerzhaftem Lächeln. »Das war ein Scherz!«, schiebe ich nach. »Ein Schmerz-Scherz.«

»Haha« ,sagt Fran und greift wieder nach meiner Hand.

»Du willst jetzt aber nicht knutschen, oder?«

»Achtung! Hör auf abzulenken. Das hier nenne ich Zippen, weil es sich so anfühlt.«

»Was fühlt sich wie an?«

Ich kann kaum gucken, da zieht Fran mein Gummi-Armband weit nach außen und lässt es zurückschnellen.

»Au!« Eher geschockt als wütend ziehe ich meinen Arm weg. »Das hat wehgetan!«

»Genau! Wenn du Gedanken oder Gefühle hast, die dir nicht gut tun, dann ziehst du daran und lässt es wieder los. Ich nenne es liebevoll Dingsie.« Fran tut so, als wolle sie ihren Angriff wiederholen, aber ich verstecke den Arm hinter meinem Rücken. Fran will meinen Arm hinterm Rücken hervorziehen, wird etwas wild, kommt näher, und ich kriege Panik. Ich stoße mit einer Hand heftig gegen ihre Schultern. Fran schaut geschockt, als sie nach hinten wegkippt, und auch ich erschrecke mich.

Ich greife ihre Oberarme, um die kleine Fran zur mir zurückzuziehen, sodass sie halb auf mir liegt. Wir atmen, als hätten wir uns geprügelt.

»Muss ich das Scheißding jetzt auch Dingsie nennen?«, schnaufe ich.

»Blöde Kuh«, schnauft Fran zurück. »Nach dieser Aktion auf jeden Fall, du hast mich fast runtergestoßen.«

»Naja, wenn du dich auch nicht richtig festhältst… Tut mir leid, war nur ein Reflex.«

»Ich weiß«, flüstert Fran.

»Okay!«, rufe ich. »Ich kann nicht, bitte, ich will dir nicht wehtun.«

Ich setze mich aufrecht und schiebe Frans Hände sanft von mir weg.

»Ich stehe einfach nicht auf Mädchen.«

»Erstens bin ich kein Mädchen und zweitens will ich dich nicht anmachen, also wirklich«, sagt Fran ein bisschen empört.

Ich will mich entschuldigen, aber weiß nicht wofür, bin durcheinander, ein wenig beschämt, da spricht sie schon wieder ruhig weiter.

»Alles gut. Und wenn mal nicht alles gut ist, das Zippen weckt dich auf. Hast du gemerkt, oder? Plötzlich warst du wach.«

»Naja, aber vor Schreck.«

»Genau. Der Schmerz bringt dich zurück in die Gegenwart und erinnert dich daran, dass du deine Gedanken, Gefühle, Ängste nicht haben musst. Weil sie nicht zur Realität gehören.«

Fran strahlt mich an und einen Moment später flüstere ich: »Aber Fran, meine Ängste und Gefühle sind Realität.«

Ich hoffe, dass sie mir verzeiht für alles, was ich ihr antun werde.

»Trag' es bitte erstmal. Du darfst Dingsie behalten.«

»Toll, danke.« Ich rolle die Augen und grinse dabei.

Irgendein früher Morgen, vielleicht schon der 24.

Tiefgrau bis schwarz ästelt sich der Baum in den dunkelblauen Himmel. Die Sonne lugt zaghaft um die Ecke. Ein dicker schwarzer Vogel hat die Krone des Baumes als seinen Platz auserkoren. Er ist ebenfalls schwarz, aber mit gelbem Schnabel. Das Tier flötet irgendwas und beobachtet mich durchs Fenster. Will es mir etwas sagen? Eine Warnung aussprechen vielleicht. Oder um Hilfe bitten. Braucht es Rettung? Brauchen wir Rettung? Kündigt der Vogel eine Katastrophe an? Oder will der Vogel mich einfach ärgern, weil er das freieste Wesen auf diesem Planeten ist, während ich eingeschlossen bin?

»Du guckst, als hättest du noch nie eine Amsel gesehen«, murmelt Fran in ihre Decke. Sie hat wohl meinen irritierten Blick gesehen.

»Ich habe nie auf Vögel geachtet. Was ist mit dem?«

»Was meinst du?«

»Was will dieser Vogel hier ganz allein.«

»Die Amsel singt doch schon seit Wochen am frühen Morgen.«

»Ich weiß, ohne Unterbrechung! Davon wache ich ja dauernd auf. Es ist so still, und dann nur dieser Vogel. Seltsam.«

»Du bist seltsam.« Fran dreht sich noch einmal um.

An einem frühen Abend, als sie und der Mann von einem Ausflug zurückkamen, sammelte Emma all ihren Mut in ihrem Brustkorb zusammen. Was diesen Tag von anderen unterschied? Nichts. Viel-

leicht war jetzt genug Zeit vergangen. Emma hatte es sich immer wieder ausgemalt und sich gefragt, ob sie es tun soll. Emma wollte, dass sich etwas ändert und dabei den Eltern Ärger ersparen. Sie beschützen. Sie hatte keinen Kompass, der ihr sagte, ob ihr Leben schlimm oder gut oder normal war oder ob sie selbst Schuld daran trug, wenn sie sich traurig fühlte. Die schlimmste mögliche Strafe für Ungehorsam war natürlich, dass ihre Geschwister ganz allein ins Heim und nie wieder rauskommen würden. Nie wieder. Emma war elf und durfte kein Sorgerecht übernehmen, um die Geschwister vor dem Heim zu bewahren. Aber vielleicht hatte es mehr wehgetan als sonst an diesem Tag, an dem sie und der Mann vom Ausflug zurückkamen. Er ging nochmal in die Werkstatt, Emma lief ins Haus und fand die Mutter in der Küche vor, als sie sich einen Toast direkt auf der Ablage schmierte. Die Frau trug ein Nachthemd. Sie kam nur noch selten aus dem Bett, noch seltener war sie ansprechbar.

»Na, Kind.« Die Frau drehte sich um ein paar Grad in Richtung Emma, schaute an ihr vorbei, dann wieder auf ihren Toast. Sie legte das Messer daneben ab.

»Mama, Papa tut mir weh«, sagte Emma. »Er hat mir eben besonders wehgetan. Auf dem Ausflug. Ich will das nicht mehr.«

»Ach Emma… also wirklich.«

»Mama, bitte.«

»So ein Unsinn, dein Vater liebt dich und du bist undankbar.« Die Frau biss kopfschüttelnd in den Toast.

»Mama, bitte, ich will das nicht mehr, Mama, Mama.« Emma fing an zu weinen. Die Worte flogen aus ihr heraus wie ein Bass aus einem offenen Nachbarsfenster, es war unaufhaltsam und hoffentlich hörbar für alle Menschen in der Umgebung. Das registrierte auch die Frau.

»Hör auf, halt den Mund! Ist gut jetzt. Hör *auf, nach Aufmerksamkeit zu schreien wie ein fremder Kuckuck im Vogelnest.«*

Die Frau verließ die Küche. Emma hatte ihren letzten Satz nie verstanden. Oder sie würde sich später falsch daran erinnern. Vielleicht hatte die Mutter etwas Schlimmeres gesagt. Oder etwas Schönes. Doch egal, was für einem Impuls Emma an dem Tag Raum gegeben hatte, mit einem Schrei nach Aufmerksamkeit hatte das nichts zu tun. Emma wischte sich eine Träne von der Backe. Normale Kinder weinen auch, dachte sie. Vielleicht war sie normal. Wenn es normal war, dass die Mutter den ganzen Tag im Bett lag, während Emma blutete, wenn es normal war, dass der Mann sagte, Emma sei seine Frau, aber keine Mutter, und wenn es stimmte, dass alle nur das Beste für sie wollten, dann musste alles, was nicht normal war, sehr verwirrend sein. Normal oder krank? Vor der Frage, welches Attribut auf ihre Realität zutraf, konnte Emma seit diesem Tag nicht mehr fliehen. Wer einmal anfängt zu hinterfragen, muss nur bei A anfangen, schafft es vielleicht gerade noch zu B, aber dann fällt das ganze Alphabet zusammen.

Tag 27

Der frühe Morgen macht noch nichts. Habt ihr schon Angst, Bäume? Auch Äste *haben Ängste. Gewächse, Wolken, Vögel, Schatten, Kinder trauern schon, denn sie vertrauen der Sache nicht. Aber seid euch sicher, auf dem Rücken der Dunkelheit wird der Mond zurückreiten, immer immer wieder und ewig. Wenn er kann, dann wacht er. Am Ende ist nur der Mond und die Nacht. Bis dahin nehmt euch vor dem Tag in Acht.*

»Was hat Rena da?«

Fran stellt die Frage an die Mondhaut, Aziza und mich, als wir beim abendlichen Freigang am Tisch im Gemeinschaftsraum sitzen. Wir versuchen, Bridge zu spielen. Wie das geht, haben sie mir in den letzten Wochen beigebracht und ich tue so, als würde es mich interessieren. Auf Frans Bemerkung hin schauen wir in ihre Blickrichtung. Rena läuft uns mit dem Rücken zugewandt zu einem anderen Tisch und trägt einen nicht besonders dicken Verband am Unterarm. Sie hat die Ärmel ihres Sweaters leicht hochgekrempelt, als wolle sie die Verletzung präsentieren.

»Peinlich, der Verband ist für Kinder. Wahrscheinlich hat Rechteck-Rena sich bei ihrem Gezappel den Finger umgeknickt.« Ich tue so, als würde es mich nicht interessieren.

»Stopp, Brudis, stopp! Wundert euch nicht weiter, fragt einfach mich.« Rainer schmeißt sich auf den freien Stuhl neben Fran und fährt fort. »Denn: Wer weiß all die Antworten auf eure Fragen, die ihr euch schon immer zu wagen gestellt …?«

Sie zeigt mit beiden Daumen auf sich selbst.

»Ist dein Satz schon fertig?«, frage ich.

»Hey Emma, was geht?« Wie immer hält Rainer aus Gewohnheit ihre Handfläche hin, bis ihr einfällt, dass ich High Fives hasse sowie absolut alle, die das machen, und sie zieht sie wieder weg.

»Ich fliege morgen in die Karibik, oder was soll schon gehen?«, antworte ich.

»Also wollt ihr's jetzt wissen, oder nicht?« Rainer legt eine Pause ein.

»Das muss ja wirklich noch spannender sein als dein morgendlicher Stuhlgang«, kommentiert Fran.

»Ich hass' dich, Bruder. Lieb' dich aber trotzdem.« Rainer legt den Arm um Fran.

»Yeah Baby«, sagt Fran.

»Kannst du jetzt endlich mal sprechen, Rainer?«, sage ich leise aber forsch.

»Okay, also«, Rainer beugt sich vor. »Rena ist gestern Abend durchgedreht. Die hat irgendwie Deniz in ihrer Zelle angegriffen.«

»Wie? Wieso?«, will die Mondhaut wissen.

»Nach dem Freigang lief Rena mit den anderen wieder an Deniz' Zellentür vorbei, die war gerade in die Zelle, jedenfalls schrie Rena sie an, dass sie im Schlafzimmer nicht rauchen darf. Im Schlafzimmer! Überlegt euch das mal! Crazy Scheiß, Habibis!«

»Hä?«, sagt Aziza. »Man darf in der Zelle nicht rauchen.«

»Ja eben, und die Zelle ist kein Schlafzimmer«, ergänze ich.

»Ach du Kacke«, findet Fran.

»Vallah! Keine Ahnung, Girlys, die ist abgegangen. *Hör auf zu rauchen, oder bist du dumm? Du sollst nicht rauchen …* irgendwie so.«

»Hat die Halluzinationen?«, flüstert die Mondhaut.

»Rena ist stark«, nuschelt Aziza.

»Deniz ist Türkin«, ruft Fran und die Mondhaut fragt:

»Was hat das mit Rauchen im Schlafzimmer zu tun?«

»Nichts, das ist einfach nur Rassismus, der Rest ist dann auch egal«, erklärt Fran. »Überlegt mal, Rena hat wohl mal eine andere bedroht, Aliyah oder so, das war, bevor ich kam. Sie hat marokkanische Eltern.«

»Kann schon sein«, stimme ich zu. »Randgruppen, Ausländer, Schwache, Rena geht gegen die Opfer, das hab' ich auf den ersten Blick erkannt.«

»Ich bin Deutsche«, nuschelt Aziza.

»Nein, wir wissen das«, sagt Fran. »Und wenn nicht, dann wär du auch nicht schlechter als wir, dann wärst du nur eine Ausländerin.«

Ich habe nicht das Gefühl, dass Aziza sich jetzt besser fühlt, und lenke die Aufmerksamkeit wieder auf den Fall.

»Wie ging es weiter?«

»Ist Deniz okay, die Arme?«, wirft Fran ein.

»Kein' Plan, ich glaube nicht, dass Deniz okay ist«, sagt Rainer. »Das muss harter Bitchfight gewesen sein, mit Gerangel und Geschrei. Vielleicht sogar einem Messer oder einer Knarre?«

»Oh Gott«, piepst die Mondhaut.

»Naja, davon habe ich nichts gehört. Jedenfalls hat Deniz Rena in den Unterarm gebissen, weil die von hinten versucht hat, sie zu würgen. Die Schließer kamen direkt«, so Rainer.

»Dann hat sie nicht stark genug zugebissen, so dünn wie der Verband ist«, merke ich an.

»Die Frau ist so mies«, sagt Fran. »Rassismus, was soll das? Niemand muss sich wegen seiner Herkunft minderwertiger fühlen als andere.«

»Ich glaube, für Rena sind alle gleich minderwertig.« Aber zu denen gehöre ich scheinbar nicht, überlege ich still weiter.

»Und jetzt?«, fragt Fran. »Rena wird richtig krass bestraft, oder?«

»I don't know,« Rainer zuckt mit den Schultern. »Mit dem Eingreifen der Schließer bricht die Story ab.«

»Ist Deniz hier?« Fran scannt den Raum mit einem Gesicht von dem ich nicht weiß, ob es Besorgnis oder Sensationslust ausdrückt.

»Ich glaube, dass mich das wütend macht«, stelle ich überrascht fest.

»Natürlich, Rassismus ist das Schlimmste«, meint Fran.

»Das interessiert mich gar nicht, es macht mich einfach wütend.«

»Ja. Und zwar, weil es übles Niveau ist, auf die schwachen Menschen mit Migrationshintergrund los zu gehen.« Sie will meiner simplen Wut einen Sinn andichten.

»Schwach bin ich auch nicht«, ruft Aziza wieder dazwischen.

»Wen interessiert das denn? Ich merke nur Wut und die würde ich am liebsten raus lassen.«

Da fuchtelt Rainer.

»Girls, Rena, Alter, what the fuck?«

Rena aka der Antichrist kommt auf unseren Tisch zu. Ein paar Wochen lang hatte ich meinen Frieden. Ich trat bloß meinen Job in der Küche an, der okay lief, habe tief und fest geschlafen, mir die Zähne geputzt, mich vom Vogel vorm Fenster wecken lassen und mir die halbkurzen Haare gebürstet. Jetzt ist diese Phase vorbei. Rena hat die Ärmel ihres Hoodies hochgekrempelt, um nochmals zu demonstrieren, dass sie ihre Kriegsverletzung nicht verstecken will.

»Bleibt locker«, flüstere ich und merke, wie dämlich diese Bemerkung ist. Wir alle nehmen zeitgleich irgendwelche Karten auf, außer Rainer, die ja erst später dazu kam. Das Schweigen ist besonders auffällig, weil ansonsten immer eine von ihnen quasseln muss.

»Junge, was geht?« Rena schlägt auf meine linke Schulter.

»Wieso fragt mich das heute jeder? Ich flieg' in die Karibik.«

Ich stehe nicht auf. Ich schaue ihr auch nicht in die Augen. Die Psychotante sagt, ich darf keinen Scheiß machen. Und wenn ich jetzt hochschaue oder aufstehe, dann genau um Scheiß zu machen.

»Das ist eine Floskel, Emma«, sagt Fran. »Das macht man so zur Begrüßung und aus Höflichkeit.«

»Danke, Fran«, winke ich ab.

»Hömma, Emma, samma, du bist der Hamma …«

»Das wird langsam alt«, sage ich. »Ich will keinen Stress, alles ist okay, ich bin cool.«

»Mega cool! Wie hast du das angestellt? Fame Diggie, ein' eigenen Hashtag, Junge Junge.«

»Ich versteh' kein Wort.« Jetzt schaue ich doch zu ihr hoch.

»Dein eigener Hashtag! Mega. Du hast damit einen Fankult erreicht, wer kommt auf sowas?« Rena fordert mich mit der Handfläche zum High Five auf, was ich wie immer ignoriere.

»Du weißt, was ein Hashtag ist?«, fragt mich Fran.

»Fran, ich bin nicht dumm, natürlich weiß ich, was ein Hashtag ist. Trotzdem verstehe ich kein Wort.«

»Junge! Du weißt wirklich nichts davon?«, hampelt Rena rum.

»FemmanismNow. Emma? Feminism? Hallo, jemand zuhause bei euch?«

»Du sagst, Emmas Fall hat einen Hashtag?«, will Fran aufklären.

»Ich weiß natürlich auch nichts ganz genaues. Ich hab' nie selbst was gelesen oder gesehen oder so, nur Gerüchte gehört.

Ich bin auch keiner von den Hatern und so, ey, echt nicht, du bist der Hamma, Junge.«

»Woher weißt du, dass es um unsere Emma geht?«, fragt die Mondhaut.

»Mann, das Internet ist voll von dir«, Rena spricht noch immer nur mit mir und ignoriert Marlie. »Die Leute labern sich einen Ast. Ob du den Alten aus Eifersucht gekillt hast, ob der dich von hinten gefickt hat, ob du deine Geschwister gefickt und auch umgebracht hast…«

»Jetzt bist du still!« Ich springe vom Stuhl, stelle mich sehr nah, breitbeinig und mit erhobenem Kinn vor Rena, die etwas kleiner ist als ich. Ich greife mit der rechten Hand um ihren verbundenen, lädierten Unterarm. Ich drücke zu.

»Ey! Was soll das, Mann?« Rena schlägt meine Hand weg. »Ich hab' nichts gemacht!«

»Oh doch, du hast gestern ein Mädchen verprügelt, einfach so. Ohne Grund. Nur weil du ein Schwein bist«, entgegne ich.

»Die Bitch hat mich provoziert. Zugebissen wie ein Kampfhund, völlig wack. Hat sie vielleicht bei den Höhlenmenschen gelernt.« Rena lacht. »Egal, Schmerz ist eine Illusion und die Tussi kriegt nochmal richtig Ärger.«

»Was hast du vor mit ihr?«, fragt Fran.

»Nichts. Für die ist jede Faust zu schade. Das erledigen andere für mich.«

»Ich will mit dir reden.«

Ein zweiter Versuch, diesmal richtig ehrlich. Mittlerweile war Emma fünfzehn Jahre alt, vielleicht regnete es, vielleicht auch nicht. Der Mann arbeitete, die Mutter saß im Nachthemd auf dem Sofa und schaute am laufenden Fernseher vorbei. Natürlich reagierte sie nicht. Emma ging zum Sofa und plumpste mit aller Schwer-

kraft, die sie aufbringen konnte, auf die Sitzfläche. Aber auch die Erschütterung weckte kein Fünkchen der mütterlichen Aufmerksamkeit.

»Dein Ehemann steckt deiner Tochter den Penis ins Loch. Aber nicht nur dahin, sondern auch in alle anderen Löcher. Und nicht nur das…«

»Hallo, ich will fernsehen. Du erfindest das alles.«

Das Halskratzen und der Husten, die nach dem brutalen Oralsex eintraten, konnte Emma der Frau nicht zeigen. Aber das Blut zwischen ihren Beinen oder am After war echt.

»Ach ja? Und was habe ich daran bitte erfunden?« Emma hielt ein Stück Toilettenpapier mit Blutflecken direkt vors Gesicht der Mutter, die im Sitzen ein Stück von ihr wegrückte.

»Was soll das? Mach das weg!«

»Ich mach das aber nicht weg, weil ich das nicht gemacht habe. Das ist die Wahrheit, und die kann man nicht wegmachen. Das ist Blut. Ich musste es heute früh abputzen, weil dein Mann mich in den Arsch gerammt hat.«

»Was hab' ich dir getan?« Die Mutter stand auf und ging einen Schritt zurück.

»Versuch' einer Katze die Jungen wegzunehmen oder ihnen wehzutun. Die wird um das Leben der Babys kämpfen – beißen und kratzen. Jedes räudige, versiffte Straßenvieh beschützt seine Kinder mehr als du.«

Die Frau antwortete nicht. Emma nahm die Teetasse der Mutter vom Couchtisch und warf sie in die Ecke. Sie landete auf der Heizung und zerfiel mit lautem Scheppern in wenige Teile. Es war lauter, als Emma erwartet hatte.

Die Frau drehte sich zur Heizung und wieder zurück zu Emma.

»Was kann die Tasse dafür«, nuschelte sie und erst jetzt fiel Emma der Geruch von Rum auf, der im Tee gewesen sein musste. Die Frau schlug Emma mit der flachen Hand ins Gesicht.

»Auf den Boden! An die Heizung!«

Sie griff ihre Tochter fest an den Oberarmen, doch Emma folgte schon vor Schreck dem Befehl der Mutter und setzte sich auf den Teppichboden neben den Henkel der Tasse. Die Frau zog Emma die Strumpfhose aus, band ihre Hände damit an der Heizung fest und fing an, sie richtig schön zu verprügeln. So würde Emma es später ausdrücken. Die Mutter konnte ihr damit nichts anhaben. Emma regte sich erst auf, als die Frau in die Küche ging und mit einer Schere zurückkam. Noch über dem Haargummi schnitt sie Emmas Pferdeschwanz ab. Am nächsten Morgen vor der Schule löste die Frau die Knoten in der Strumpfhose.

Über die nächsten Jahre versuchte Emma noch einige wenige Male mit der Mutter zu sprechen. Einmal antwortete die Frau mit: »Du bist eine Schlampe«.

Rena ist fortgegangen und Fran beendet die Stille.

»Emma, dein Prozess war nicht öffentlich, oder?«

»Öffentlich? Natürlich nicht!«

»Jemand draußen hat von deiner Story Wind bekommen, krass, Brudi«, meint Rainer.

»Und jetzt kursiert ihr Fall in den Sozialen Medien«, ergänzt Fran.

»Kursieren?«, fragt Rainer.

»Bist du ein Papagei?«, fragt Fran.

»Das kann nicht sein, das ist nicht möglich«, sage ich, als wolle ich meine Unschuld bekräftigen, wobei ich doch nicht mal weiß, worum es geht. Dann die Mondhaut:

»Aber das ist doch gut! Die Menschen sollen wissen, dass du ein Held bist!«

»Heldin!« Fran hebt einen Zeigefinger.

»Aber ich soll auch meine kleinen Geschwister umgebracht haben?«

»Fick das, Bruder, so ist das Internet. Hater eben. Die meisten stehen mega auf deiner…«

Rainer bricht ab.

»Beende den Satz, Rainer«, fordert Fran.

»Ich kann dir auch eine reinhauen«, zische ich.

»Ja sorry…. Ich hab' davon gehört.«

»Du lügst so schlecht«, sagt Fran. »Komm, wir sind Brüder. Wir vertrauen uns doch.«

»Da bin ich mir nicht so sicher«, warne ich.

»Ich will jetzt mal reden.«

»Du redest die ganze Zeit!«

»Ich vertraue Rainer, wir haben alle keinen Bock auf Stress. Also, Bruder, was ist los, rück schon raus.«

»Waddup, waddup, waddup …«, Rainer zappelt nervös und flüstert dann. »Mann, ich hab' halt auch ein Handy wie fast jede hier außer euch Spacken. Da checke ich ab und zu Youtube, Tiktok, dies das, da hab' ich was gesehen und eins kommt zum anderen.«

»Du hast ein Handy?«, fragt Aziza entsetzt und neidisch.

»Die Frage ist nicht, ob Rainer ein Handy hat«, erklärt die Mondhaut, »sondern woher sie es hat.«

»Und was sie auf Tiktok sucht!«, bemerke ich. »Aber was ist das nun mit diesem Hashtag? Was hast du gesehen?«

»Naja«, fängt Rainer an, »ich lieg' da so vor einer Woche oder so im Bett…«

»Du weißt das seit einer Woche?«, ruft Fran. »Das mit dem Vertrauen nehme ich zurück.«

»Jetzt redet mal Rainer«, fordere ich.

»Naja, ich denk noch… schau mal, denk' ich, was machen deine Leute auf Instagram so, und Tiktok, auch, von mir aus, und was seh' ich? Da gehen Posts und Diskussionen ab darüber, was für ein Bullshit es ist, dass du im Knast sitzt. Auch auf Youtube.«

»Das stimmt ja auch!«, sagt Fran.

»Da gibt es Leute, die halten deine Haftstrafe für richtig und andere nicht. Die spekulieren, was mit dir passiert ist, so in der Kindheit und so. Erzählen Geschichten.«

»Na toll.« Mein Kopf passt kaum noch zwischen meine Handflächen.

»Aber Marlie hat Recht, das ist doch mega!«, findet Fran. »Überleg mal. Du stiftest eine Revolution an. Endlich passiert mal was.«

»Du bist nämlich eine Heldin!«, freut sich die Mondhaut.

»Fickt euch«, murmelt mein Kopf zwischen den Handflächen hervor.

»Der Hashtag ist FemmanismNow. Feminismus gepaart mit Emma … Femmanismus. Ihr versteht …« Fran klingt aufgeregt ob ihrer eigenen Klugheit und fährt fort. »Du bist ein Idol. Opfer sollten nicht im Knast sitzen müssen, wenn sie sich einfach nur wehren.«

»Ich dachte nur, geil, ich kenn ein' Promi«, lacht Rainer.

»Ich habe mich nicht gewehrt«, entgegne ich und überlege. »Ich habe aber, also es war meine Intention, als ich Marcella …, ich wollte das Leben meiner kleinen Schwester retten … das wollte ich schon.«

»Oh Emma! Du hast dein Leben gegen das deiner kleinen Schwester eingetauscht«, ruft die Mondhaut begeistert.

»Heul jetzt bitte nicht«, sage ich leicht angeekelt.

»Hast du noch mehr Informationen?«, will Fran wissen. »Wer die Debatte gestartet hat oder wie Emmas Fall an die Öffentlichkeit gelangt ist?«

»Keine Ahnung. Ich muss Datenvolumen sparen.«

»Reden die schon länger? Seit Emma hier reinkommen ist?«, fragt Aziza.

»Und was sagen die Männer dazu?«, will Fran wissen.

»Wir müssen dem auf den Grund gehen.«, wispert die Mondhaut.

»Vielleicht gibt es mittlerweile Gruppen, die eine Demo planen. Oder eine Unterschriftenaktion für Emmas Freilassung. Oder eine Kunst-Initiative!«

Pam, pam, pam!

»Oh mein Gott«, tönt es zwischen meinen Handflächen hervor. Fran beugt sich zu mir. »Wir verstehen, dass du dich aufregst. Aber Diskurs ist wichtig für die Weiterentwicklung der Gesellschaft! Oder?«

»Naja…« Rainer zuckt mit den Schultern.«

»Zum Beispiel: Deutsche Revolution, ohne Flugzettel, ohne Manifeste wäre es womöglich nicht dazu gekommen.«

»Können wir nicht gleich gut miteinander umgehen?«, fragt Aziza.

»Schluss!«, rufe ich.

»Aber Emma …«, säuselt die Mondhaut.

»Nee, nichts *aber Emma* oder *oh Emma* oder *komma Emma*. Wie würdet ihr es finden, wenn Fremde eure Vagina unters Mikroskop legten?«

»Du meinst die Vulva,« korrigiert Fran mich wieder.

»Was?«, frage ich.

»So oder so, es ist total wichtig, was hier passiert.«

»Für wen? Für dich? Es geht nicht um dich, oder? Fragt jemand, was ich will? Du machst dich nur wichtig, Fran. Aber du bist nicht so schlau, wie du denkst. Du weißt nichts! Du hattest nie Probleme. Du bist aus Langeweile kriminell geworden. Weil du langweilig bist.«

»Emma, komm mal runter!«, findet Rainer.

»Für dich mach ich gar nichts.«

»Achtung,« Fran schluckt erst und spricht dann weiter. »Es geht nicht um mich, da hast du Recht, aber genauso wenig dreht sich die Welt um dich und deine angebliche Sonderposition. Es gibt noch andere Mädchen, die missbraucht wurden. Du bist nicht die einzige auf dieser kompletten Scheißwelt, der es schlecht geht. Deswegen kannst du dir noch lange nicht alles erlauben.«

»Wie zum Beispiel einen Mord? Das meinst du doch? Ich bin eine Mörderin.«

Fran steht auf, schaut mich noch einmal mit irgendeinem Blick an, und läuft davon. Ich stehe auch auf und wende mich noch einmal Rainer zu.

»Nur noch eine Sache: Was hast du über meine Geschwister gelesen? Zwei Mädchen und ein Junge? Oder ein Mädchen und ein Kleinkind oder nur ein Junge oder was weiß ich?«

»Nix, ich schwöre.«

»Du lügst.« Mein Blick soll ausdrücken, dass es keine zweite Warnung gibt.

»Habibi, ich sag doch: Datenvolumen.«

Fran und ich liegen im Bett, ohne ein Wort miteinander gesprochen zu haben. Wir sind schon ein paar Mal aneinandergeraten, aber nie so. Ich wundere mich über das Gefühl, das die Situation in mir verursacht.

Tag 43

Hier stimmt was nicht. Und wenn es egal ist, dass Hunde auf zwei Beinen tanzen und Katzen mit dem Schwanz lauschen, dass Regenbogen-Flieder und nicht Staub in der Luft taumelt, während Vögel auf Mäusen reiten. Wenn es egal ist, dass alle Menschen lächeln. Irgendwas stimmt trotzdem nicht…

»Der Frühling ist da!«

Marlie kommt an unseren Mittagstisch und ihr Signal-Singsang bedeutet vermutlich, dass sie sich freut. Es ist das erste Mal seit dem heftigen Streit, dass ich wieder in die Kantine gehe. Wir ignorieren uns noch immer weitgehend, das fühlt sich mittlerweile schlecht an und ich glaube, dass sie sich auch schlecht fühlt. Warum passiert sowas überhaupt? Aber gestern Abend, als Fran in die Zelle kam, hat sie gesagt, Rena habe sie bedroht. Klar, dass ich die Mädchen beschütze und nach dem rechten sehe.

»Der Frühling ist schon länger da«, murmele ich.

»Ja, aber jetzt richtig!«

Die anderen reagieren nicht. Rena sitzt auf der gegenüberliegenden Seite des Raums und hat noch nicht einmal nach uns geschaut. Das wundert mich, denn sonst macht sie zumindest von weitem irgendeine Geste in meine Richtung. Fran sagt nichts mehr über Rena und ich frage mich, ob sie mir Unsinn erzählt hat. Ich wollte nicht mit zur Kantine kommen und sonst reicht alleine meine Körperhaltung, um meinen Unwillen auszudrücken, aber hier drin gerät alles irgendwie durcheinander.

»Strahlt morgens auch die Frühlingssonne durch euch Zellenfenster?«, die Mondhaut hört nicht auf.

»Weiß ich nicht, ich hab' ein Handtuch vors Fenster geklemmt.« Ich zucke mit den Schultern.

»Ach Emma.« Marlie belästigt mich mit ihren Mondaugen. »Das geht doch nicht«, fügt sie an.

»Wenn ich noch einmal von irgendwem *ach Emma* höre, stehe ich auf und gehe.«

»Ich sag ja nur, du musst ein bisschen den Frühling genießen. Das tut dir gut.«

»Ich stehe nicht drauf, wenn jemand mir vorschreiben will, was richtig für mich ist, was mir guttut und wie ich mich fühlen soll. Das ist immer nur gut für den anderen, für mich aber furchtbar.«

»Es ist Frühling, das ist alles«, sagt Fran. »Wovor hast du Angst?

»Hey, deinetwegen bin ich überhaupt erst rausgekommen. Um dich zu beschützen, weil nämlich *du* es warst, die Angst hatte, Mädchen.«

»Hallo, also ich finde, hallo.« Aziza wedelt um Aufmerksamkeit, was sie noch nie getan hat und uns alle deshalb schon zum Stocken bringt. »Ich finde, wir sollten ein Lied machen. Singen, also schreiben und spielen, oder so. Über uns, für uns.«

»Wo kommt das jetzt plötzlich her?«, wundert sich Fran.

»Kannst du sowas?«, fragt Rainer.

»Nö. Ich wollte nur ein neues Thema. Und ich glaube, es wäre gut für uns. Äh, sorry, außer natürlich für Emma.« Ich muss grinsen.

»Doch natürlich, Aziza ist ein großes Musiktalent, oder Aziza?«, erklärt Fran und ist gleich wieder verschüchtert.

»Naja.«

»Geil, wusste ich gar nicht!«, freut Rainer sich. »Mach mal was!«

»Was soll ich machen?«

»Weiß nicht, was du halt so machst, wenn du musikalisch bist. Rappen oder auf den Tisch trommeln oder Beatboxen oder so.«

»So kann ich das nicht. Ich kann überhaupt nichts, lasst mich.«

»Du kannst alles, wenn du nur willst,« skandiert die Mondhaut.

»Du macht das toll und wir wollen nur sehen, wie toll du bist,« sagt Fran.

»Könnt ihr sie mal in Ruhe lassen? Mich nervt das allein schon beim Zugucken«, fordere ich.

»Du hast doch angefangen mit dem Musikscheiß«, sagt Rainer zu Aziza.

»Ja, aber nicht so«, antworte ich darauf. »Ihr könnt Aziza nicht dressieren wie einen Köter, den ihr mit Tätscheln und Leckerlis belohnt, wenn er ein Kunststück macht.«

»Hündin, es heißt *die* Hündin, Aziza ist weiblich«, antwortet Fran.

»Ich mag weder Hunde noch dressierte Leute. Das Leckerli würde ich aber essen«, lacht Rainer.

»Ich mag dich«, sagt Aziza zu Rainer. »Du bist ehrlich.«

Eine Lüftchen voller Scham umweht uns, bis Fran sich mir zuwendet.

»Was summst du immer? Das Lied, bei dem du so zählst. Eins, zwei …«

»Ja, so zählt man meistens.« Bevor die anderen jetzt wieder mit *ach Emma* anfangen, sag ich gleich: »Es ist ein Kinderlied.«

»Kinderlieder, nice«, lacht Rainer.

»Ey!«, rufe ich. »Ich habe es für meine Geschwister erfunden. Es ist kein richtiges Lied, aber es hat sie aufgemuntert, wenn sie Angst hatten.«

»Also ist es ein Lied über Stärke«, analysiert Fran.

»Mach es nicht immer so künstlich kompliziert, du steckst da viel zu viel rein«, entgegne ich.

»Also immer mache ich gar nichts, erstens«, ermahnt mich Fran. »Und drittens, stark sind wir so oder so. Manche wissen es nur nicht.«

»Ja Mann!«, lacht Rainer.

»Yeah Baby.«

»Aber sowas von.«

»Fjeden!«

»Ihr nervt. Und Fran, das mit dem Zählen üben wir nochmal.«

»Scheiß auf Zahlen. Klar nerven wir!«, freut sich Rainer. »So heißt der erste Song. Lasst uns das Musikzimmer buchen und coole Lines droppen.«

»Ich mag es mit Musikinstrumenten«, murmelt Aziza.

»Und dein Kinderlied über Stärke, das es nicht ist, das wird die Bridge«, schlägt Fran grinsend vor.

»Ihr seid so bescheuert«, ich muss auch grinsen. »Egal, ich setze mich von mir aus dazu und bewerfe euch mit Tomaten oder so.«

»Juhu!« Die Mondhaut klatscht und fährt fort: »Emma, und wo du schon dabei bist, über deinen Schatten zu springen…«

Mondaugenblicke, sanftes Lächeln, also kein Lachen, nichts Lustiges, sondern Mundwinkel leicht hochgezogen bei geschlossenen Lippen. Was kommt jetzt?

»Du wolltest ja den Frühling mit mir begrüßen. Du kommst beim Freigang mit raus. Mit mir, ja?«

»Ich begrüße keinen Frühling.«

Fran schaltet sich ein: »Du machst immer so rum.«

»Chill einfach mal«, sagt Rainer.

»Okay, wisst ihr was? Ich mache gar nichts, ihr könnt mich mal.« Ich schaue Fran an. Dann verabredet sich die Mondhaut mit mir für einen Tag in dieser Woche.

Tag 45

»Putzt du noch oder pennst du schon?« Ich bin gerade dabei, heiß anzulaufen, da steht meine Kantinenchefin neben mir und sagt einen der Sätze, die sie immer sagt. »Ich putze. Und jetzt gehe ich zur anderen Arbeitsplatte.« Dort schrubbe ich weiter und stelle mir vor, dass ich mein Gehirn leer schrubbe. *Ach Emma.* Zum Schluss der Schicht bekomme ich eines der Brötchen, das übriggelassen wurde.

Dass etwas konstant nicht normal war, oder dass nie etwas normal war, oder dass nie etwas nicht unnormal war, das wusste Emma spätestens mit neun Jahren. Zum ersten Mal in diesem Jahr war es warm genug, um die Nachmittagsstunden im Freien zu verbringen. Der Mann setzte die Tochter auf sein Moped und fuhr los. Er schien mit seinen 1,90 Metern und langen Beinen viel zu groß für das klapprige Ding, trotzdem hatte er nie einen Unfall. Die Sonne blendete Emma und erschwerte das Gucken.

Weniger Kilometer und sie hatten den See erreicht. Später an diesem Tag würde sie sich fragen, ob die Worte See und Seele sich aus gutem Grund ähneln. Beide sind hübsch von außen und düster im Innern, voll von lauter ungeahntem Zeugs. Je tiefer der Tauchgang, desto dunkler, sagt das Naturgesetz. Emma zog es in die Tiefe. Die Tiefe blieb immer, egal was außen passierte.

Der Mann schaute sich um und gab einen Laut von sich, den Emma als einen Ausdruck guter Laune deutete. Sie liefen ein Stückchen über Gras und Erde zum See, das Moped rollte nebenher. Nach mehrfachem Umschauen hatte er den Platz gefunden, stellte das Moped auf die Gabel, klappte den Sitz hoch, holte eine Decke hervor und legte sie auf die Grasfläche noch ein Stück weiter zum See hin.

»Komm!«, sagte er und setzte sich auf die Decke. Es war kein »komm und genieß die Aussicht« oder »komm, ich hab' Schokolade« oder »komm, hier bist du sicher«. Dieses »komm« war männlich, mit einer Erwartungshaltung und Selbstverständlichkeit, eine Anordnung, der Emma besser folgte. Sie hockte sich neben ihn auf die Decke, schlug die Hände in den Schoß und schaute auf den See. Von außen war das Wasser auch schön, aber sie wollte einfach lieber in die Tiefe. Dann des Mannes Hand in ihrem Nacken.

»Ich muss dich liebhaben.«

Hysterische Vögel, Sonnenstrahlen, Leute noch anstrengender als sonst und eine Luft, die eigentlich nach nichts riecht, aber eben doch anders. Ich versuche das Positive zu sehen: Immerhin riecht es nicht nach Urin oder nach Klamotten, die neben einem Lavendelsack hingen, oder viel zu starkem Morgenkaffee. Das ist also der Frühling ohne den Mann.

»Eins, wir drehen uns im Kreis.« Während ich an der Tischtennisplatte lehne, an der sonst immer jemand spielt, nur heute nicht, summe ich, denke den Reim und zippe mich im Takt. Nach innen Singen habe ich früh gelernt. Weil es so schwierig ist, im Takt zu einem Reim zu zippen, der gar keinen Takt hat, vergesse ich kurz, warum ich hier so stehe.

»Emma!« Marlie kommt auf mich zu, breit lächelnd, wie sie das meistens tut. »Du siehst aus, als hättest du von mir geträumt.«

»Kann nicht sein, ich habe nicht geschlafen, dieser Scheißvogel weckt mich immer.«

»Man kann auch träumen, ohne zu schlafen. Komm!«, ruft sie und ich stocke kurz. Aber dann merke ich, ihr *komm* klingt anders. Kindlich, freundlich, verspielt, einladend.

Ich folge der Mondhaut ein paar Schritte weg vom Gebäude zu einer meterhohen Mauer, auf die sie sich setzt. Ich lasse mich neben ihr nieder. Eine Armlänge Abstand zwischen uns. Überall auf dem Gelände schlendern Frauen entspannt umher, sind albern und lachen. Andere malen gegenüber Farbklatscher auf große Transparente.

»Was ist das hier, Disneyland?«, murmele ich.

»Frauen drücken beim Malen ihre Gefühle aus, verarbeiten Erlebnisse, lernen sich selbst kennen …«

»Ahja, schön für sie. Typisch.«

»Typisch was?«, fragt Marlie.

»Typisch Mädchen.«

»Wieso?«

»Weil der Mist mit dem Malen sinnloser Gefühlskram ist.«

»Also erstens ist nichts sinnlos, was hilft, und zweitens hat jeder Mensch Gefühlskram.«

»Trotzdem machen sowas nur Mädchen.«

Ich höre, wie ein Ball wiederholt auf dem Boden aufkommt, dazu ganz bestimmte und doch undefinierbare Rufe von der Sorte, die immer dann auftritt, wenn ein Ball im Spiel ist. Bei den Basketball-Körben neben den Farbklatschern spielt Rechteck-Rena zwischen ihrem Gefolge Basketball. In letzter Zeit hat sie gar nicht mehr auf mich reagiert, was mich wundert. Rena wirft einen Korb und brüllt. Dann brüllen alle anderen.

»Mädchen malen, Männer machen sowas.« Ich zeige mit meinem Kinn Richtung Basketballkorb. »Das war schon in der Schule so. Beim Sport können die Jungs sich als Sieger darstellen, dafür gibt es Applaus, das lohnt sich für die. Dagegen ist Malen kompletter Schwachsinn, niemand applaudiert wegen solcher Farbklatscher. Sowas fabrizieren nur Mädchen.«

»Ich würde auch für Farbklatscher applaudieren.«

»Du lügst, oder hast du das schon jemals gemacht?« Ich ärgere mich über diesen Mist.

»Na gut … Aber nur weil es nicht so viel Aufmerksamkeit erregt, muss es nicht Schwachsinn sein«, findet Marlie.

»Für die Welt ist es aber so. Siehst du irgendwen hier, den die Farbklatscher interessieren? Nein. Niemand will das sehen! Du bist nicht die Einzige. Es interessiert keinen, es ist scheißegal. Alle starren zum Basketballkorb.«

Während Marlie schweigt, beobachte ich weiter das Basketballspiel, und Marlie bemüht sich, überallhin hinzuschauen nur nicht zum Basketballspiel. Ich frage mich, warum Rena mir nicht mehr so viel Aufmerksamkeit schenkt. Jetzt würde ich gerne den Vogel hören, aber am frühen Abend schweigt er immer. Wahrscheinlich macht er zu dieser Zeit die Bäume unsicher mit seinen Jungs. Zusammen singen sie erst richtig laut. Kann ja nicht immer alleine vor sich hinsingen, so ein Vogel.

»Wie tiefblau der Himmel ist. Ist es nicht herrlich?«, fragt Marlie einige Minuten später.

Ich mustere sie kurz mit gehobener Braue, wende meinen Blick dann wieder den Basketballkörben zu.

»Und diese klitzekleinen Knospen an dem Baum dahinten. Ist das nicht ein Wunder?«

»Willst du mich eigentlich absichtlich ärgern?«, frage ich.

»Ich freue mich, ist das verboten? Natur ist einfach magisch.«

»Ich hasse Natur.«

»Wie kann man denn Natur hassen? Die ist einfach, wie sie ist.«

»Dass etwas einfach so ist, wie es ist, heißt nicht, dass es nicht scheiße ist. Regen geht noch, Regen ist okay …«

»Guck mal, hinter dem Baum ist ja euer Fenster!«, ruft Marlie und zeigt irgendwohin.

»Woher willst du das wissen? Die Fenster sehen doch alle gleich …« Dann entdecke ich eine Glasscheibe, auf deren Innenseite ein Handtuch hängt.

Der Mann hatte Emma am See schon eine Zeitlang »lieb gehabt«, als er einen Spaziergänger bemerkte, der in ihre Richtung lief und bald neben ihnen stehen würde. Er zuckte, zog ihn raus und warf einen Teil der Decke über Emmas Kopf. Ihre Beine schauten noch unter der Decke hervor. Dort wartete sie ziemlich lange. Nach einer Weile hörte sie den fremden Passanten sagen:

»Bisschen jung, deine Freundin.«

Nur einen Moment lang Stille, dann zog der Mann wieder die Decke weg. Emma setzte sich auf und schaute sich um. Der Passant war verschwunden.

»Wieso hat er mich nicht gerettet?«, dachte sie. »Wieso habe ich nicht gerufen?« Im nächsten Moment wusste sie schon die Antwort: Weil sie niemals jemand retten würde.

»Hast du gehört?«, fragte der Mann. »Die Leute sind neidisch, weil ich dich so lieb hab'.«

»Emma, weißt du, wenn du dich über nichts freust, verpasst du was.«

»Ich will mich so wenig wie möglich freuen, dann ist die Enttäuschung auch nicht so groß.«

»Du musst nicht enttäuscht sein. Natur ist immer da.«

»Vielleicht verstehst du es so: Wenn ich immer vom Schlechten ausgehe, freue ich mich umso mehr, wenn eine schöne Überraschung eintritt.« Ich finde, das macht Sinn.

»Aber kannst du dich nicht über normale Dinge freuen? Der Frühling ist doch schön, hoffnungsvoll und fröhlich.«

»Im Frühling ist ein Opfer schutzlos, kann sich weniger verstecken. Als wäre es nackt.«

»Verstehe.« Marlie schaut zu den Wärtern, die ihre Hälse wie ich nach den Basketballkörben recken. Plötzlich streicht eine Hand an meiner Schläfe entlang und mein Kopf schreckt mit einem großen Ruck weg.

»Finger weg!«, rufe ich laut, als ich merke, dass es Marlies Finger waren. Die schaut entsetzt. »Ich dachte, das wäre eine Biene oder so!«, fahre ich fort.

»Bienen sind toll.« Marlie zuckt mit den Schultern. »Aber für die ist es noch zu früh.«

Ich hatte Marlie nie persönlich von meinem Fall erzählt, aber jeder hier weiß davon, denn anfangs erhielt ich zweifelhafte Komplimente wie »gut gemacht« oder »Respekt« von Fremden. Hier im Knast sind alle Straftaten vertreten, von Körperverletzung bis Schwarzfahren, von Diebstahl bis Vandalismus, viele Drogengeschichten, aber niemand, wirklich niemand außer mir ist ein Mörder.

»Manchmal hilft es mir, wenn ich versuche, die anderen zu verstehen.« Die Mondhaut hält ihre Hand, so als wüsste sie jetzt nicht wohin damit, dann legt sie sie ganz nah an meine, jedoch ohne mich zu berühren. »Das macht es leichter, nicht enttäuscht zu sein oder zu hassen oder all das.«

»Wieso soll ich nicht hassen?« Noch bleibt meine Hand dort. »Hass und Wut, wenigstens diese Emotionen habe ich.«

Emma hatte einmal Liebe empfunden. Nur für ein paar Wochen. Es war anders als alles andere. Dann war es wieder weg. Für immer, wie sie wusste.

»Jungeeee!« Rena hampelt auf dem Basketballplatz herum, winkt mir zu und brüllt quer über den Hof, sodass jeder es hören kann. »Make a wish, bitch! Sei bereit für einen fetten Ride. FemmanismNow, Junge!«

Ich würde gerne etwas zurückrufen, aber mir fällt kein Konter ein, der meiner Emotion gerecht würde. Außerdem müsste ich dafür auch so laut schreien, und das ist nicht mein Ding, dieses Lautsein. Das ist Renas Stil. Sie denkt, dass sie non-stop vor Publikum steht. Ein konstanter Akt und konstant provokant, um das Adrenalinlevel zu halten. Wie sich das wohl anfühlt, mit so einer unumstürzlichen Sicherheit durch die Welt zu laufen? Außer Rena habe ich nur Männer mit so einer Selbstsicherheit gesehen. Ich beneide Rena vielleicht ein bisschen. Am Ende spielen wir alle ein Schauspiel, aber im Gegensatz zu Rena tue ich das, indem ich mich als Person verstecke. Ich weiß aber auch nicht mal, wer ich als Person wäre.

Ich drehe mich zur Mondhaut:

»Rena ist gefährlich. Die benimmt sich wie ein Mann.«

»Aber sie hat immer gute Laune und freut sich über kleine Dinge.«

»Niemals macht sie das, die ist ein Mann, ich sag' es dir.«

»Vielleicht ist es andersrum, vielleicht sind Männer wie Rena.«

»Dann sind Mädchen wie du.«

»Das freut mich, dass du so denkst«, findet sie.

Rena und ihre Entourage schubsen und raufen sich, lachen übertrieben, zwischendrin ruft Rena lauter als alle, klopft Sprüche. Ständig High-Fives. Mit der Geste feiert man doch eigentlich eine Leistung oder einen Gewinn, aber weder leisten noch gewinnen die irgendwas. Rena schaut immer wieder um sich, um sicherzugehen, dass alle sie angucken. Dass ich zu denen gehöre, die sie angucken, nervt mich.

»Das war kein Kompliment«, versichere ich Marlie. »Nur eine Feststellung. Typisch Mann, typisch Mädchen, beides unnütz und anstrengend.«

»Ich bin lieb und freundlich wie ein richtiges Mädchen, da hast du Recht, aber wieso findest du Freundlichkeit anstrengend?«, fragt die Mondhaut.

»Ich hasse das.« Ich schüttele den Kopf. »Ich will hier nicht mal sitzen.«

»Du hasst nichts wirklich, du hast nur Angst. So wie vorm Frühling«, sagt die Mondhaut wieder.

»Marlie, jetzt komm,« stöhne ich, während mein Blick auf Rena gerichtet bleibt.

»Du musst vor nichts Angst haben. Für alle hier bist du eine Heldin, die Frauen schauen zu dir auf.«

»Das ist albern, ich habe nie Angst. Absolut nie, wovor denn?«

»Na, dann erst Recht!«, ruft die Mondhaut, macht eine Pause und holt Luft: »Rena regiert alles hier, sie terrorisiert Frauen, die nicht zu ihrer Gruppe gehören, tut ihnen weh.« Ich spüre richtig, wie Marlie mich von der Seite anglotzt. »Du könntest ihr entgegentreten. Du bist die Einzige, die etwas ändern kann. Für alle anderen hier.«

»Andere sind mir egal.«

»Aber, du bist doch eine Heldin.« Ich stehe auf und die Mondhaut sagt hektisch: »Und wenn nicht, mit mir darfst du schwach sein. Das ist für mich auch Stärke.«

Als ich gehe, weiß ich schon, dass ich mich später ärgern werde. Wie kann jemand sein wie die Mondhaut? Naiv vor allem. Ich sei eine Heldin, sagt sie. Alle respektierten mich, sagt sie. Die einzige Erklärung für ihr Verhalten ist, dass sie von mir profitieren will.

In der Anwesenheit von Menschen, die nicht Emma oder der Mann waren, verwandelte die Frau sich in eine andere Person. Plötzlich war sie freundlich und unterhaltsam, lachte besonders viel. Die Anwesenden schienen sie dann ganz toll zu finden und genau das wollte sie erreichen. Emma wusste um das Schauspiel und entdeckte die Lüge in jeder ihrer Gesten. Du lügst, dachte Emma. Andere sind dir scheißegal. Ich bin dir scheißegal. Es geht nur um dich. Insgeheim wusste Emma, dass die Menschen die Frau gar nicht mochten, auch sie taten nur so. Ein Schauspiel für ein Schauspiel. Einmal kam ein Lehrer, also ein fremder Mann, die Sorte Mensch, vor dem die Frau am meisten Theater spielte, zu Emma und sagte:

»Deine Mutter ist wirklich arrogant.«

Der hatte es ausgesprochen. In all ihrem Leid wie auch in ihrem Schauspiel verbarg sich ordinäre Arroganz.

Bei der Mondhaut kann ich keine Lüge entdecken, wie sehr ich es auch versuche. Einerseits will ich ihr diese unmögliche Attitude nicht abkaufen, andererseits weiß ich, dass sie wirklich so ist. Übertreibt sie nicht wenigstens ein bisschen? Ich beobachte mein Gehirn bei diesen Gedanken und stelle fest, dass nicht ich das mache, sondern mein Gehirn. Mein Kopf hat einen eigenen Kopf. Das muss aufhören. Ich drehe mich im Bett um. Wieso hat sie dauernd versucht, mich zu berühren? Körperkontakt macht meinen Körper kontaktlos.

Tag 86

Dunkelheit wäscht Körper rein,
Blaue Luft auf dem Gesicht.
Was jetzt wer sagt, kann wahr nur sein,
Doch keine Seele spricht.
Nur Denken geht, Gedanken liegen
Schwer wie Schicht auf Schicht.
Und ob die wahr sind oder lügen,
Weiß man sicher nicht.

Seit dem Treffen mit Marlie meide ich den Außenbereich nicht mehr so stark wie vorher. Obwohl mich die Erinnerung an das Treffen noch immer schaudern lässt. Ich mag weder Sommer, noch Bäume, noch Menschen, und das unfassbar laute Vogelzwitschern vermehrt sich noch, weil der Baum an unserem Fenster alle Vögel dieser Welt zum Tröten animiert. Aber es ist alles Übungssache, wie Fahrradfahren. Frau K sagt, ich solle öfter aus der Komfortzone treten, weil ich dann merken würde, dass ich mich gar nicht unwohl fühlen muss. Das stimmt überhaupt nicht, es gibt immer einen Grund, sich unwohl zu fühlen. Nach einem Tag, an dem ich draußen war, fühle ich mich, als hätte ich hart gearbeitet, und freue mich noch mehr aufs Bett als sonst.

»Wusstest du, dass es in den tiefsten Bergen in Bayern den Männern verboten ist, in der S-Bahn breitbeinig zu sitzen?«, fragt Fran, während ich schon liege, sie aber noch auf ihrem

Bett sitzt und etwas in einen Block kritzelt. »Damit Frauen nicht immer Platz machen müssen, das finde ich genial.«

»Auf dem bayerischen Land gibt es eine S-Bahn?«

»Ist nur ein Beispiel. Verstehst du?«

»Nein.«

»Allein schon, dass mein Vater zu meiner Mutter *Mädchen* sagt, und sie das auch noch freut. Umgekehrt würde sie nie wagen, ihn *Junge* zu nennen, gar nicht auf die Idee kommen würde sie. Dass Frauen sich immer selbst verniedlichen müssen, während die Männer breitbeinig alles für sich einnehmen. Verstehst du?«

»Was soll man sonst sagen zu einem Mädchen?«

»Frau! Mit 18 bist du volljährig, dann bist du eine Frau.«

»Für den Mann war ich *seine kleine Frau*, seit ich zwölf oder zehn Jahre alt war. Ich wäre lieber wie die anderen ein Mädchen gewesen.«

»Aber das ist doch was anderes.« Kurze Stille. »Sorry, du weißt schon.«

»Ach, das sind sowieso alles nur Worte. Der hat mich nur so genannt, mich aber nie wie eine Erwachsene behandelt. Niedliches Mädchen, das musste ich spielen.«

»Was für eine Scheiße. Ich weiß, warum ich rosa hasse, Mädchen lieben Rosa.«

»Als Kind sagte ich einmal, wenn ich irgendwann ein Mann werden sollte, dann würde ich Rock tragen. Ich sah es nicht ein, dass Männer sich mit Rock lächerlich machen.« Komisch, daran erinnere ich mich.

»Das ist ganz schön blöd von dir, Männer dürfen viel mehr als Frauen.«

»Aber keine Röcke. Und kein Rosa. Und kein breitbeiniges Sitzen in den bayerischen Bergen.«

»Die wollen auch keine Röcke oder Rosa, denn das bedeutet Schwäche für sie. Das ist etwas für Mädchen und Frauen. Dabei wäre alles besser, wenn die endlich die Weltherrschaft übernehmen würden.«

»Du bist so eine Emanze.«

»Feministin, bitte.«

»Was ich eigentlich sagen wollte: Als kleines Kind wusste ich nicht, ob ich Mann oder Frau werden würde.«

»Und jetzt bist du eine Frau ohne Rock.«

»Im Frauenknast gibt es einfach mal gar keine Röcke. Dass ich hier Hosen tragen und breitbeinig sitzen kann, wie ich Lust habe, ist mehr Freiheit als ich jemals davor erlebt habe.« Mein Gesicht lächelt.

»Das Konzept ist aber genau umgekehrt. So hab' ich es zumindest verstanden.« Fran lacht.

»Schau doch mal, egal ob tagsüber oder nachts, hier müssen wir keine Angst haben, wir müssen nicht über unsere Schulter schauen, können lächeln ohne eklige Sprüche oder Geräusche von Männern, müssen uns nicht verkrampfen, um nicht aufzufallen, wir können endlich mal atmen, sein, wie wir sind, ohne die Straßenseiten wechseln zu müssen.«

»Du wechselst die Straßenseiten? Ich hätte erwartet, dass du die Typen eher umhaust.«

»Wieso? Ich schlag' doch nicht einfach so zu. Nur wenn ich mich dazu gezwungen fühle, aber das versteht eben keiner.«

»Ich will mich jedenfalls sicher und frei fühlen, egal wo ich bin, ob ich auffalle oder was ich anhabe«, fordert Fran.

»Ja klar, aber genau das geht eben draußen nicht.« Ich freue mich darüber, dass ich recht habe.

»Deswegen bin ich jetzt hier. Weil ich mir die Freiheit genommen und getan habe, woran ich glaube. Das sollten alle tun dürfen.«

»Und wenn jemand aus Überzeugung den Weihnachtsmann tötet?«

»Stimmt, nur weil jemand etwas glaubt, muss es nicht Sinn machen. Renas Selbstüberschätzung ist sicher auch tief in ihrem Glauben begründet.«

»Ohja, wenn es nach ihr ginge, müssten wir uns alle vor ihr verbeugen.«

»Okay, ich muss meine Theorie von der absoluten Freiheit nochmal überdenken.«

»Der Mann und die Frau waren auch davon überzeugt, dass sie zu allem, was sie taten, das Recht hatten. Einmal schnitt die Frau meine Haare ganz kurz, da gab es Ärger vom Mann.«

»Meine Mutter hatte meiner Barbie die Haare abgeschnitten und grün gefärbt, weil sie Barbies zu blond und zu sexuell fand. Da hab' ich tagelang geheult. Heute verstehe ich es.«

»Du hattest eine Barbie? Was macht man damit?«

»Dasselbe wie mit anderen Spielsachen.«

»An Spielsachen kann ich mich nicht erinnern.«

Emma verbrachte ihre Zeit oft auf einem alten Bunker. Sie haute regelmäßig ab, um wenige Straßen fortzurennen bis zum dem fünf Meter hohen Betonquader, auf dessen Dach sie über eine *Stahlleiter, die an der Rückseite angebracht war, kletterte. Dort oben lag sie am Rand des Dachs und schaute auf die Straße hinab. Sie stellte sich vor, dass auf dem Dach des Bunkers der Himmel anfing. Das war ganz logisch, mit jedem Zentimeter weiter vom Boden musste man tiefer in den Himmel gelangen.*

An einem Tag beobachtete Emma die Frau und den Mann, wie sie unter ihr auf der Straße entlangrannten und nach ihr suchten. Emma wunderte sich darüber. Es war wie in diesen Träumen, in denen Emma auf einem Baum, unter einem Tisch oder hinter einer Schranktür saß und ganz sicher wusste, auch wenn sie die anderen sehen konnte und auch wenn die anderen hinschauten, sie würden sie nicht decken. Sie hatte immer gedacht, das sei völlig unlogisch, aber jetzt wusste sie, dass es doch möglich war. Niemand konnte sie finden. Dass die Eltern sie suchten, tat ihr kein Stück leid. Sie wollten sie sowieso nur benutzen. Alle benutzten sich gegenseitig und nannten das dann Liebe. Dem Bunker war das egal.

Tag 93

Warum bleibt der Baum am Fenster stehen? Dieses stoische Wesen tut nichts als Stehen. Und dann ist der Baum plötzlich grün. Aus dem Nichts.

Kurz nach dem Aufstehen um 6 Uhr überrascht uns ein Besuch von Beamten, die unsere Zellen durchsuchen. »Das passiert regelmäßig ohne Ankündigung«, erklärt Fran. Sie sind streng, als wären wir Verbrecher, also als hätten wir noch etwas verbrochen. Wir müssen uns raus vor die Zellentür stellen, die offen steht, damit sie uns sehen können. Den Toilettenkasten, die Bettwäsche, die Unterwäsche, die Sachen von Fran im Regal, die Schatztruhe mit den Gummis, die Rückseiten der Poster, alles nehmen sie unter die Lupe. »Das machen sie immer so«, flüstert Fran, aber heute seien sie besonders gestresst. Nachdem die Männer ihre Durchsuchung abgeschlossen und die Zelle verlassen haben, setzt Fran sich auf einen Stuhl am Tisch und meint, dass sie so gesucht hätten, als hätten sie wirklich nach etwas gesucht.

»Du brauchst nicht flüstern, Fran, niemand hört uns, und selbst wenn, ist es irrelevant.«

»Das war keine Routine, sondern sie haben eben wirklich etwas gesucht.« Fran findet sich wieder überaus schlau. »Hinter der Gürtelschnalle, im Tennisball über den Zaun, im Kuchen, so kommen die Sachen hier rein.«

»Meinst du nicht, wenn das schon bei dir angekommen ist, dass die Beamten davon längt wissen und solche Gegenstände erst recht gründlich überprüfen?«

»Vielleicht ist jemand korrupt und schaut dann weg. Irgendwo müssen die Handys, Drogen, Messer ja herkommen.«

Mit Waffen kannte Emma sich aus, oder besser gesagt, mit alten Gewehren und Pistolen. Bis zu ihrem zehnten Lebensjahr hatte der Mann sie auf Ausflüge in den Wald mitgenommen, um ihr zu zeigen, wie man mit einer Schusswaffe hantiert. Er sammelte die Dinger. Das waren seine zwei Hobbys, Waffen und junge Mädchen. Aus einem seltsamen Pflichtbewusstsein heraus, musste er zumindest eine Schusswaffe mitnehmen und mit Emma ein bisschen üben. Dort am immer selben Ort, erzählte er davon, wann wer bei welchem Ereignis wen mit so einer Art Waffe erschossen hatte. Das schien ihn bereits zu erregen. Derweil konzentrierte sich die kleine Emma mit aller Willenskraft aufs Zielen, und tatsächlich hatte sie ein Talent im Umgang mit dem unhandlichen Gerät. Fast bei jedem Versuch traf sie eines der beiden Holzbretter, die der Mann an Äste gebunden hatte, und sie beide wunderten sich darüber. Nach Emmas Treffer schaukelten die Bretter wie wild. Emma freute sich. Sie wusste, die Bretter waren extra schmal, weil der Mann nicht wollte, dass sie traf. Tief im Wald, wo sie lange hinlaufen mussten und keiner sie hörte, hatte Emma beinah Spaß daran, dem Mann zu demonstrieren, wie gefährlich sie in Wirklichkeit war. Pam! Noch ein Treffer. Pam! Noch einer. Einen Schritt zurück. Nun das schmalere. Pam, pam, pam! Beim ersten Fehlschuss nach vielen Treffern würde er sagen: »Du kannst das einfach nicht, das reicht jetzt.« Emma wusste, dass er lügt. Sie konnte sogar die Angst in seinem Ausdruck sehen, zumindest wollte sie das. Alles Lügen. Er hob sie auf den Arm, links das Gewehr, rechts das Kind, und lief zur Decke, die er vor der Waffenübung ausgelegt hatte.

»Gut zu wissen, dass wir unschuldig sind. Wir haben nichts gemacht«, sagt Fran extralaut. Und sie hat Recht.

Abend 93

»Marlie mag dich«, meint Fran, während wir noch alleine am Kantinentisch sitzen.

»Fran, das ist Blödsinn.«

»Ich weiß ja auch nicht, was sie an dir mögen sollte«, versucht Fran mich zu ärgern, was natürlich nicht funktioniert. »Sie himmelt dich an, das merkst du doch selbst.«

»Quatsch. Die will bloß von mir profitieren. Sagt, dass ich eine Heldin bin. Auf sowas falle ich nicht rein.«

»Oh Brudi, du lügst so schlecht, dein Grinsen verrät dich!«

»Nenn mich nicht Brudi. Und die ist mir viel zu viel Mädchen.«

»Auch Marlie ist eine Frau.«

»Finde ich nicht. Die Mondhaut ist ein Mädchen.«

»Du kannst das nicht einfach so finden, Emma.«

»Doch, sie tut so unschuldig und trotzdem sexy.«

»Du findest sie also sexy, soso?« .

»Nein, ich meine, sie *versucht* sexy zu sein. Sie guckt immer so gewollt sexy. Gleichzeitig tut sie unschuldig und süß.«

»Solche Dinge sagen Männer, die die Schuld für sexuelle Übergriffe bei Frauen suchen.«

»Komm mir jetzt bloß nicht damit.«

»Hast Recht, Tschuldigung« Fran meint das auch.

»Du findest das doch normalerweise so schrecklich, dieses Gehabe. Selbstverniedlichung hast du es genannt oder so.«

»Naja, wenn Frauen sich nur so verhalten, um Männern zu gefallen, das nervt. Aber das scheint ja hier nicht der Fall zu sein, denn du bist eine Frau.« Fran grinst komisch.

»Hey Emma!« Die Mondhaut steht mit Rainer an unserem Tisch.

»Hey Marlie!«, antwortet Fran und schaut dabei mich an. Marlie schaut irritiert.

»Rainer hat schlimme Nachrichten«, fährt sie fort, während sie sich setzt.

»Stimmt, oh mein Gott, Leute, die haben Aziza gefickt!« Rainer wirft sich auf den Stuhl neben Marlie und ich frage mich, ob ich mir den leichten Luftstoß nur einbilde.

»So aufgeregt hab' ich dich noch nie gesehen.« Fran glotzt Rainer an und kaut fasziniert auf ihrem Daumennagel. »Du macht dir wirklich Sorgen, oder? Du übertreibst nicht maßlos wie sonst.«

»Ich am Übertreiben? Nie! Ich bin immer voll real. Und vallah, ich mach mir schon ein bisschen Sorgen um die Kleine.« Dann fährt sie leise fort: »Heute morgen gingen die Jungs doch durch unsere Zellen. Und bei wem haben sie was gefunden? Ausgerechnet? Wer war das? Fran, rate!«

»Du hast es doch gerade gesagt«, antwortet Fran.

»Richtig!«, sagt Rainer. Wir erschrecken uns alle kurz.

»Was haben sie gefunden?«, will die Mondhaut dann wissen.

»Weiß ich nicht. Drogen, glaub ich…«, spekuliert Rainer.

»Quatsch…«, winkt Fran ab. »Doch nicht unser Mädchen.«

»Ich dachte, wir sind keine Mädchen«, unterbreche ich Fran.

»Mit der Bezeichnung will ich bewusst ihre Unschuld herausstellen«, kontert sie. »Denn das ist sie: unschuldig. Erstens hat sie gar nicht die Fähigkeit, etwas Böses zu tun, drittens hat sie keine Kontakte zu Drogendealern. Nie im Leben. Sie hat gar keine Kontakte. Es nimmt sie doch niemand ernst. Viertens will sie ihre Bewährung nicht versauen, sie soll ja bald rauskommen.«

»Hallo, ich nehme sie sehr wohl ernst«, werfe ich etwas beleidigt ein. »Sie ist eben anders. Außerdem hast du wieder *zweitens* vergessen.«

»Und zehntens, ich kann sie mir so gar nicht auf Drogen vorstellen.«, sagt Fran.

»Nur weil du es dir nicht vorstellen kannst, heißt es nicht, dass es nicht geht«, widerspreche ich. »Vielleicht waren es auch gar keine Drogen, sondern ein Handy. Vielleicht vermisst sie jemanden. Hat sie nicht noch eine Oma oder so?«

»Ja, aber mit der kann sie telefonieren. Oder meinst du, sie will das Handy, um mit ihrer Oma auf Tiktok abzuhängen?«

»Außerdem vermissen wir alle irgendwen«, sagt Marlie.

»Ich nicht«, lüge ich. Ich vermisse meine Geschwister, zumindest sorge ich mich um sie und vermute, dass das dasselbe ist. Aber vielleicht auch nicht, und dann vermisse ich wirklich niemanden.

»Und jetzt?«, fragt Fran.

»No Plan. Elif, die in der Zelle nebenan wohnt, hat Katja erzählt, dass sie gehört haben will, wie Aziza mitgenommen wurde«, so Rainer.

»Ohje, hoffentlich kann sie ihre Bewährung jetzt nicht vergessen«, befürchtet Fran.

»Junge, Junge … Emma, Dilemma!« Zum Ende der Pause läuft Rena an uns vorbei und schaut wie immer nur mich an. »Ich habe dich gewarnt, du chillst mit den falschen Leuten.«

Tag 97

Der Weg führt, wohin die Zehen zeigen. Regeninseln auf Asphalt. Darin schlafen Glühwürmchen, darüber springen Füße. Wacht alle auf! Eine Tropfenkrone nach der anderen, kann niemand sich ausdenken. Jemand sagt, bleib hier, es ist schon Nacht. Die Welt da draußen macht nicht Sinn, sie macht nur, was ihr im Sinn. Da rennen die Füße erst recht.

Manchmal kann ich Blei hören. Oder besser gesagt den Gesang von Metall in Schwingung. Ich weiß nicht, woher das kommt, denn immer, wenn ich mich darauf konzentriere, die Geräuschquelle auszumachen, reißt es ab. Dann frage ich mich, ob ich auch von innen hören kann. Es erinnert mich an den Klang von damals, den ich hörte, wenn ich auf dem Hof der Grundschule meine Ohren an ein Geländer oder eine Kletterstange gehalten habe. Da lief immer ein Ton durch. Mal war es ein Rauschen, mal ein leiser Gesang, mal ein Surren. Ich fragte mich, von welchem Ort auf der Welt dieses Geräusch kam. Vielleicht lag der Ursprung bloß drei Blocks weiter, weil ein Kind in der Geborgenheit seines Hauses aus Versehen seinen Teller gegen eine Heizung geworfen hatte und anfing zu weinen, wonach seine Mutter es wie selbstverständlich auf den Arm nahm, um es zu trösten, es küsste und Lieder sang, statt es zu bestrafen, dann machte sie etwas zu essen für ihr Kind und liebte es so deutlich, dass es nicht umhinkonnte, als seine Ungeschicklichkeit zu vergessen. Wenn ich im Winter morgens zur Schule lief, sah ich solche Mütter mit ihren Kindern durch die Fenster. Es kam mir vor, als stünde ich stundenlang an diesen Fenstern, sie machten mich die Zeit vergessen.

Manchmal kam der Eisenklang von weither, aus einem Urwald vielleicht, wo Jahre oder Jahrzehnte zuvor etwas passiert war, was ein Metallteil aufgefangen hatte, um dann zu schwingen und die Schwingung an andere Metallteile weitergab. Wie auch immer das Geräusch entstanden war, das musste ich gar nicht wissen. Wichtig war, es kam aus der Ferne zu mir, um mich mit einem anderen Teil der Welt zu verbinden. Wenn ich mein Ohr an eine Eisenstange hielt, dachte ich, dass ich mit dem Universum telefoniere.

Andere Male war der Eisenklang so laut und hoch, dass meine Ohren wehtaten. Das passierte immer, wenn ein Schüler völlig ohne Sinn gegen das Gerüst oder Geländer schlagen musste, um eine Erschütterung hervorzurufen. So ist das: Was die Menschenhand forciert, ist brutal. Wie der Tod, wenn er nicht auf natürliche Weise eintritt. Wie das Geräusch, das die Kugeln eines Gewehrs nach dem Abfeuern hinterlassen, lange nachdem die Munition durch den Schaft gerast und nach draußen gelangt ist. Jede weitere Kügel hinterlässt einen Ton, der länger und lauter klingt als die vorige. Die Schwingungen bauen aufeinander auf. Zum Schluss kann die Kugel in einem Baum im Urwald stecken, aber sie hinterlässt ihren Klang dort, von wo aus sie gestartet ist. Ich kann die letzte Kugel immer noch hören.

Das Ende eines Tages. Ich bin alleine auf dem Weg zurück zur Zelle mit all den Frauen und Schließern, passiere den Tischkicker, an dem eben noch drei Frauen stehen, um sich dann der Wanderung anzuschließen. Unsere Beine marschieren. An jedem Abend passiert der große Marsch in die Nacht. Manche heben ihre Füße nicht, andere stampfen, weitere trippeln nervös. Ein Konzert der Schritte, das in der Dramaturgie mit jedem zusätzlichen Beinpaar ansteigt, aber nie einen Wendepunkt erreicht. Den ganzen Tag habe ich die Mondhaut nicht gesehen. Sie geht mir sogar auf die Nerven, wenn ich ihr nicht begegne. Dann frage ich mich, warum sie nicht da ist. Wo soll denn jemand sein, wenn nicht hier? Es gibt doch nur ein Hier. Der Marsch bewegt sich ein paar Stufen hinauf, am Kiosk vorbei, bald würde ich in meiner Zelle sein. Durch den Füße-Hagel kommt ein Geräusch gezielt auf mich zu, nur auf mich. Es ist ein Schluchzen, das ich lange höre, bevor ich es sehe. Sie versucht, Worte zu sagen, ohne sie zu verschlucken. Die Mondhaut steht am dritten Telefon, sieht die Gruppe, mich ebenfalls, legt auf. Das ist seltsam, den ganzen Tag begegne ich ihr nicht, und dann hier, ist das nicht komisch? Ich finde das komisch. Telefonieren ist teuer. Die Mondhaut dreht sich zurück zum Telefongerät, also mit dem Rücken zu uns, zu mir. Ihr Körper zuckt. Sie so zu sehen fühlt sich an wie ein Erdbeben, das sogar einen Bunker zum Einstürzen bringt. Meine Füße bleiben stehen. Sie dreht sich wieder um und lächelt mich mit nassen Augen an. Das verwirrt mich und das mag ich nicht. Ich mag auch nicht, dass sie sieht, wie ich das sehe und nicht mag, und dann merke ich, wie ich sie ansehe und dass ich stehen geblieben bin, um sie anzusehen. Eins, wir drehen uns im Kreis. Zwei, öffnen die Flügel weit. *Pam, pam, pam!* Das Gummiband knallt gegen mein Handgelenk. Die Mondhaut wendet ihren Blick wieder ab. Ist das alles in Zeitlupe passiert? Meine Füße laufen schon wieder eine Weile.

Immer wieder tauchte eine Seite an Emma auf, die vorher keinen Mucks gemacht hatte und die sie selbst wunderte. Emma war fünfzehn Jahre alt und jedes Lebewesen in der Kleinstadt feierte Fasching.

Während der letzten beiden Wochen hatte sie von Hand ein Kostüm genäht aus Leggings und einem Body, den ihre Cousine ausrangiert hatte. Der Body und die Leggings waren hautfarben. Emma nähte schwarze Pailletten auf und fixierte einen Fuchsschwanz, den sie in einer der unteren Schubladen im Flurschrank neben Patronenkästchen des Mannes gefunden hatte. Am Faschingssonntag, die Frau lag wie immer im Bett, der Mann saß vorm Fernseher, schminkte Emma sich wie ein Kätzchen, kletterte kurz nach Mittag durch das Fenster übers Dach davon. So wie Katzen das eben machen, dachte sie. Mit dem Bus fuhr sie in das Zentrum der Kleinstadt. Sie hatte erwartet, dass sie sich schüchtern fühlen würde, zu hautfarben, zu sexy, zu noch-nie-jemals-ausgegangen-und-schon-gar-nicht-alleine. Doch sie fühlte das Gegenteil, alle Schuld und Scham waren in ihrem Katzen-Catsuit verschwunden. Das war vermutlich der Sinn vom Karneval, dass man vor sich selbst flüchten konnte. Emma zog alleine von Bar zu Bar. Sie fiel auf unter den vielen betrunkenen Menschen. Sie konnte mit Männern flirten, dachte sie. Zwar hatte sie das nie zuvor getan, aber sie wusste, das musste Flirten sein. Sie war gut. Ihr Flirten war kein Zeichen von Schwäche, so wie sie es immer empfunden hatte, wenn sie ihre Mitschülerinnen beobachtete. Ihre Version war kein Anbiedern, sie machte sich nicht süß und hilflos, fand sie. Sie fühlte sich mächtig. Draußen war es schon dunkel, drinnen voll, laut, heiß und feucht. Emma tanzte gerade in der Enge zwischen betrunken Männern, als sie einen festen Griff am Oberarm spürte, von dem sie noch Tage später blaue Flecke haben würde. Der Vater zerrte sie aus dem Gasthaus. Er habe sie beobachtet, sagte er. Geschämt habe er sich für sie.

»Ich dachte, du bist meine kleine unschuldige Frau«, sagte er im Auto.

»Deine Frau sagt, ich bin eine Schlampe.«

Er gab ihr eine Ohrfeige und sie grinste. Er war eifersüchtig. Bis sie 18 war, konnte sie nicht von ihm weglaufen, aber sie konnte im heute schon zeigen, dass er ihr nichts anhaben konnte.

»Ich hatte nie vor, mit einem der Männer zu schlafen, Männer sind eklig«, sagte sie.

»Das ist scheißegal, was du denkst«, antwortete er. »Es komm darauf an, was die Männer denken. Und die denken, dass sie dich abschleppen können. Nur darauf kommt es an.«

Am nächsten Morgen konnte Emma nicht in die Schule gehen, weil ihr alles wehtat. Seit diesem Tag gehörte jede Art von Flirten zu den widerwärtigen Dingen, mit denen eine Frau sich einfach nur selbst erniedrigen würde.

Nacht 97

Love is weak, hate is strong.

Die Headline in Blutrot spritzt quer über eines der Poster, das Fran mit Tape an die Zellenwandgeklebt hat.

»Fran? Kann ich dich was fragen?«

»Seit wann interessiert dich meine Meinung? Du hast mich schon öfters Sachen gefragt, wenn ich schlafen wollte.«

»Du bist doch sonst die, die nicht aufhören kann zu quatschen.« Spätestens jetzt waren wir beide hellwach.

»Schon. Aber ich frag' dich auch tagsüber Sachen. Verstehst du? Ich hab' mich schon öfters gefragt, wann du mich auch mal tagsüber was fragst, zum Beispiel am Morgen oder beim Essen.«

»Ich hab' keine Ahnung, was du damit sagen willst. Außerdem heißt es öfter, nicht öfters.«

»Als würdest du dich am öftesten oder gar immer nur nachts trauen, mich was zu fragen.«

»Fran, kann ich jetzt?« Ich höre Fran an einem ihrer Finger schmatzen. »Woran merkst du, wenn du jemanden gerne hast?«

»Daran, dass ich die Person nicht töten will?« Fran kichert.

»Das sind für mich ja nicht so viele«, sage ich. »Und woran noch?«

»Ich weiß nicht, vielleicht daran, dass ich gerne mit der Person zusammen bin. Dass ich diejenige respektiere. Stimmt nicht, meine Eltern habe ich respektiert. Dich mag ich zum Beispiel. Also gerade nicht, aber sonst schon, glaub ich.«

Wir schweigen eine Weile.

»Ich glaub, ich mag dich auch.«

»Ernsthaft?« Fran sitzt plötzlich im Bett und glotzt zu mir rüber.

»Hilfe, ja, nee, war ein Scherz.«

»Doch, du hast es gesagt, du hast es gesagt. Ist das so schlimm für dich?«

»Keine Ahnung, ich weiß nicht mal, ob es stimmt?«

»Es ist eben ein Gefühl.«

»Aber wie fühlt sich das an?«

»Ich merke es zum Beispiel daran, dass ich es blöd fände, wenn dir etwas passieren würde. Ich will, dass es dir gut geht. Und ich würde auch gerne etwas dafür tun, dass es dir gut geht, einfach, weil es mir dann auch besser geht. Jemanden gern zu haben heißt vielleicht, dass ich mich nicht nur um mich selbst sorge, sondern auch um dich, weil ich dich gern habe.«

»Achso, dann mag ich dich doch nicht.«

»Du bist so blöd!« Fran legt sich wieder hin.

»Ich bin nicht wie du. Du sorgst dich immer um andere. Heißt das dann auch, dass du all diese Leute magst?«

»Nein. Mich um Menschen zu sorgen muss nicht heißen, dass ich sie mag.«

»Hä? Das macht alles keinen Sinn.«

»Was weiß ich, es tut mir halt mehr weh, wenn mit dir was ist, als mit anderen.«

»Aber mit mir ist nie was.«

»Emma, mit dir ist dauernd was.«

»Quatsch.« Ich hab' keine Ahnung, was Fran meint. »Du kennst mich nicht mal.«

»Mann, du nervst. Wie damals nach unserem Streit, da ging es mir nur scheiße. Also magst du mich jetzt, oder nicht? Das musst du doch wissen.«

»Vorhin habe ich die Mondhaut gesehen. Sie stand am Telefon. Sie hat geweint und mich dabei angelächelt. Was heißt das? Wie kann jemand weinen und dabei lächeln?«

»Vielleicht war sie erst traurig und hat dann eine Frau gesehen, die sie mag. Und das hat sie zum Lächeln gebracht.«

»Du meinst, sie mag jemanden?«

»Mann, sie mag dich, du blöde Kuh.« Idiot.«

»Das glaube ich nicht.«

»Was nur daran liegen kann, dass du dich selbst nicht magst und deswegen nicht sehen kannst, dass dich jemand mag.«

»Ich kann mir nicht vorstellen, dass jemand mich einfach so mag. Leute kommen halt an, wenn sie etwas von mir wollen. Wie Sex zum Beispiel. Oder dass ich Held spiele.«

»Heldin! Du bist eine Heldin.«

»Nix da.«

»Aber es stimmt. Ich werde auch nur gemocht, wenn ich die Erwartungen anderer erfülle.«

»Das tust du doch nicht. Du bist doch genau, diejenige die du sein willst.«

»Ich bin die, die ich sein will, weil ich keine Ahnung habe, wer ich wirklich bin. Oder noch schlimmer, ich bin die, von der ich *denke*, dass ich sie sein will.«

»Aber ich weiß nicht mal, wer ich denke, dass ich denke, dass ich … Wie war das?«

»…wer ich sein will.«

»Aha. Aber immerhin weißt du das! Ist es nicht vielleicht so: Wenn du das weißt, dann weißt du auch, wer du bist?«

»Wenn du was weißt?«, fragt Fran.

»Vergiss es.«

»Also, könnte ich die Person sein, die ich sein will, wäre ich der Endboss.« Fran macht wieder so ein Lachgeräusch.

»Na gut, aber trotzdem, du hast Selbstliebe oder so, richtig?«

»Was meinst du?«

»Keine Ahnung, du musst das doch wissen. Die Psychofrau sagt immer, ich muss mich selbst lieben. Was meint die damit?«

»Puuuh …«, pustet Fran in ihren Bart.

»Ich finde mich nicht scheiße, aber keine Ahnung, wie Liebe sich anfühlt, egal für wen … Ich weiß nicht mal, woher ich weiß, ob ich meine Geschwister vermisse, oder einfach alles, was sich komisch anfühlt, nur so nenne. Oder ob jedes Gefühl nur eine Variante von Wut oder Trauer oder Hass ist.«

»Oder Angst?«

»Niemals! Ich habe nie Angst!«

»Ich schon, ich habe Angst, dass mein Leben von vorher weg ist. Ist das nicht verrückt? Ich vermisse mein Leben von vorher, dabei ging es mir viel schlechter bei den Eltern als jetzt.«

»Mein Bruder ging mir immer so auf die Nerven, manchmal hätte ich ihn am liebsten gegen die Wand geklatscht, und jetzt, wo er seit Monaten weg ist…«

»…wird die Liebe mit jedem Tag größer.«

»Liebe …«, ich puste in meinen Bart. »ist eine Variante von Wut und macht nur, dass es noch mehr wehtut. Ich vermisse meine Geschwister nicht, aber mache mir Sorgen um sie.«

»Verständlich. Aber wenigstens ist dein Vater jetzt weg.«

»Warum habe ich das vorher nicht gemerkt? Also, dass ich die Geschwister vermissen kann. Ich habe gemerkt, wenn wir uns gestritten haben oder wenn sie mir auf die Nerven gingen. Ich habe mir Sorgen um sie gemacht. Wenn der Mann oder die Frau sie schlecht behandelt haben, das hat mich verrückt gemacht, aber das hieß für mich nie, dass ich sie mag. Und jetzt, wo ich sie vermisse, ist es zu spät.«

»Ach Quatsch. Du bist einfach ein Mensch, herzlichen Glückwunsch. So geht es allen, glaube ich.«

»Kann ich also nie wissen, wenn ich etwas mag, bevor es weg ist? Das ist doch total sinnlos. Wann mag ich etwas? Wen mag ich? Mag ich Aziza? Mag ich den Baum da draußen? Mag ich den Vogel, weil er mich so nervt wie damals meine Geschwister. Wird der Vogel irgendwann weg sein?«

»Irgendwann im Sommer ist die Amsel erstmal weg, ja.«

»Verdammt, dieses Scheißvieh geht mir mit seiner Pfeiferei so auf die Nerven und ich habe jetzt schon Angst vor dem Moment, an dem es das nicht mehr tut und ich mich nicht mehr genervt fühlen kann.«

»Siehst du?« Fran macht ein sehr ausgiebiges Lachgeräusch. »Vielleicht ist das die Antwort. Man muss sich nur vorstellen, wie es ohne jemanden oder etwas wäre.«

»Also meinen Erzeuger wollte ich immer loswerden, so lange ich mich erinnern kann.«

»Wolltest du ihn auch schon immer töten?«

»Zumindest schon Jahre, bevor es passiert ist.«

»Den hast du richtig verabscheut. Sowas passiert nur einmal im Leben.«

»In deinem Leben vielleicht.«

In manchen Morgenstunden, wenn sie allein war und vorm Aufstehen noch einen Moment im Bett lag, stellte Emma sich vor, wie die Mutter Kakao für sie machte und Brotscheiben toastete. Während ihres dreizehnten Lebensjahres, haute die Frau dreimal ab. Warum gerade in dem Jahr, was damals anders war als sonst, verstand Emma nicht. Beim ersten Ausreißen nahm die Frau das Baby mit, das zu dem Zeitpunkt ein halbes Jahr alt war. Beim zweiten Mal ließ sie die Kleine da und nahm Emmas roten BH mit. Beim dritten Mal hinterließ sie eine verwüstete Küche, als wollte sie damit Brücken abreißen und ausdrücken, dass sie jetzt wirklich weg war, und zwar endgültig. Niemand hatte nach ihr gesucht, trotzdem kam sie irgendwann zurück. Manche Menschen kommen draußen nicht klar, sagte der Mann dazu. Ihren BH sah Emma Monate später einmal an der Frau, wahrscheinlich konnte sie sich nicht mal daran erinnern, dass er Emma gehört hatte. Und eines Tages, wenige Tage nach Emmas vierzehntem Geburtstag, war die Frau noch einmal weg und diesmal kam sie nicht wieder. Emma vermisste die Frau nicht mehr als bereits all die Jahre zuvor, die sie im Bett verbracht hatte.

»Warte, das ist genial!«, ruft Fran. »Ich hab's!«

»Ohja, das muss ich unbedingt hören«, antworte ich in übertrieben aufgeregtem Ton.

»Also, meine Theorie ist: Vielleicht lieben wir alles.«

»Quatsch. Dein Schnarchen hasse ich, wenn du mich fragst.«

»Ich meine, vielleicht lieben wir als Menschen von Natur aus erstmal alles. Es gehört einfach zum Menschsein. Wie ein Default Setting.«

»Was heißt das?«

»Es ist die Grundeinstellung eines Handys, zum Beispiel. Am Anfang ist der Klingelton immer ein unfassbar nerviger. Bis du etwas anderes einstellst, gilt das Default Setting.«

»Das verstehe ich nicht.«

»Eben! Die Grundeinstellung ist so normal für uns Menschen, dass wir es nicht bemerken, weil wir uns so daran gewöhnt haben. Wie der Herzschlag oder die Atmung, beides ist immer da, aber wir spüren es erst, wenn es nicht mehr da ist.«

»Wenn wir nicht atmen, sterben wir und spüren erstmal gar nichts mehr.«

»Du bist zu schlau für mich.«

»Du bist so doof.«

»Man stirbt nicht unbedingt. Hast du als Kind nie das O2-Experiment gemacht?«

»Meinst du Telefonieren über O2, bis die Leitung brennt?«

»Ich meine Sauerstoff, O2, das lernt man in der Schule. O2 und H2O und CO2. In Chemie?«

»Ich erinnere mich nicht an die Schulfächer.«

»Jedenfalls ging das O2-Experiment so: Ich habe im Bett die Decke über den Kopf gezogen und gewartet. Ich wollte wissen, wie es sich anfühlt, wenn der Sauerstoff abnimmt, und wie lange ich das aushalte.«

»Spinnst du?«

»Nein!«

»Das war keine Frage.«

»Jedenfalls fiel das Atmen immer schwerer und irgendwann habe ich nichts mehr in die Lunge bekommen, auch wenn ich versuchte einzuatmen.«

»Wer hätte es gedacht?«

»Du nervst. Das zu fühlen ist was ganz anderes, als man denkt. Wie erleichtert ich war, als ich wieder die Decke weggezogen habe. Darüber, dass es Luft gibt. Wahnsinn.«

»Was ist los mit dir?«

»Wir wissen gar nicht, wie krass Luft ist. Weil wir sie als selbstverständlich sehen. Mit der Liebe ist es vielleicht dasselbe. Wir bemerken sie erst, wenn sie weg ist oder so.«

»Das würde umgekehrt heißen, wir merken nie, wenn wir jemanden mögen.«

»Also, wenn du darauf achtest, kannst du es schon merken, wie du dann auch deinen Atem bemerkst. Oder du bist total verliebt, das wäre dann sowas wie ein Sauerstoff-Schock.«

»Bruder, das muss ja schrecklich sein.«

»Oder das Augen-Experiment. Vielleicht hast du dir auch mal ganz lange ein Auge zugebunden, bis du dich fast daran gewöhnt hast?«

»Fran, was ist los mit dir, war dir so langweilig?«

»Im Gegenteil! Es könnte ja in der Evolution einer Menschin auch passiert sein, dass sie nur ein Auge hat aus irgendwelchen Gründen.«

»Ich kenne absolut kein Wesen, das nur ein Auge hat.«

»Das ist ein Gedankenspiel. Ich bin mit der Augenklappe von meinem Piratenkostüm in die Schule gegangen. Erst war ich mega irritiert, ich hab' mich halb blind gefühlt.«

»Lass mich überlegen… Weil du halb blind warst?«

»Aber am zweiten Tag hatte ich mich fast daran gewöhnt, als könnte ich normal sehen. War das krass, als ich die Augenklappe abgenommen und wieder richtig sehen konnte.«

»Also bist du wie ich erstmal pessimistisch und gehst von weniger aus.«

»Der Pessimist bist du. Pessimismus ist emo.«

»Du bist emo, schau dir mal deine Poster an. Mein Default-Setting ist Hass. Anders geht es nicht.«

»Das stimmt nicht. Wer atmet, liebt.«

»Ich atme aber auch.«

»Emma, so lange du atmest, bist du ein Mensch, in dem Liebe steckt.«

»Iiih, du bist eklig!«

Ich quietsche und kräusele mich unter meiner Decke zusammen.

»Was summst du denn da immer?«, höre ich Fran da draußen fragen.

»Wie, du hörst das? Ich singe nach innen.«

»Klar, schließlich tust du es immer, wenn es extrem still ist. Magst du die Stille nicht?«

»Wieso sollte ich die nicht mögen?«

»Weil du alles nicht magst?«

»Ich denke, wir lieben pauschal alles.«

»Genau, aber in der Stille ist alles weg, und das fühlt sich an, als wäre der Atem weg.«

Die Frau spinnt. Ich warte, bis Fran eingeschlafen ist, was ich daran höre, dass sie den Atem stärker ausstößt, und klettere nochmal aus dem Bett, um auf die Toilette zu gehen. Im Halbschlafdunkel renne ich mit einem Zeh gegen ein Bettbein oder Schrankbein oder Stuhlbein. Das tut kurz ganz schön weh, aber ich halte mir den Mund zu, weil es mir so leichter fällt, nicht zu wimmern. Cornflakes blitzen noch vor den Augen, als ich mich auf die Toilette setze und pinkele. Nur ein paar Tropfen, so unbefriedigend. Weißblaues Licht kommt durchs Fenster. Ich stehe wieder auf und will die Spülung drücken, da sehe ich in der Schüssel etwas Hellrosafarbenes liegen. Etwas Kleines mit Armen und Beinen. Dunkle Flecken statt Augen, faltig und unheimlich. Da liegt ein Embryo in der Kloschüssel! Ich drücke die Klospülung, knie mich vor die Toilette und beobachte, wie sich der Wasserhurrikan über den Embryo stürzt.

Am nächsten Morgen fällt mir auf, dass in unserer Zelle gar kein Poster mit einer blutroten Headline hängt.

Tag 99

»Was haben Sie mit Aziza gemacht?«

Am Vormittag sitze ich der Psychofrau gegenüber und bin sauer. Auf sie, auf den Knast, auf die Topfpflanze und den Bilderrahmen, der auf ihrem Schreibtisch mit der Rückseite zu mir steht, sodass ich das Bild nicht sehen kann. Es ist eigentlich wie immer, wenn ich hier im Raum sitze, aber heute gibt es einen Grund zum Sauersein.

»Sie meinen Aziza Nassar?«

»Sag ich nicht.«

»Eine der Musliminnen.«

»Ist doch egal, was sie ist, sie ist ein Mensch wie wir alle!«

»Das klingt nicht nach Ihnen.«

»Sowas sag' ich auch normalerweise nicht. Also was haben Sie mit ihr gemacht?«

»Ich kann dazu nichts sagen, Emma. Es geht ihr aber gut.«

»Aziza sollte bald auf Bewährung rauskommen. Hat sich das jetzt erledigt?« .

»Auch dazu kann ich nichts sagen.«

»Scheiße.«

»Sie stehen für Aziza ein, das ist schön. Schön ist auch, dass Sie Freunde gefunden haben.«

»Woher wollen Sie wissen, dass es Freunde gibt und davon auch noch mehrere?«

»Sie machen sich Sorgen um ihre Freundin.«

»Nein, es geht ums Prinzip. Aziza würde nie etwas Schlimmes anstellen. Sie wäre für sowas, also, sie ist dazu nicht clever genug. Sie gehört zu den Opfern.«

»Emma, denken Sie nicht, dass Sie die Frauen hier kennen.«

Jedes Mal, wenn die Frau *Emma* sagt, fühle ich mich an die Wand gedrängt.

»Das tue ich auch nicht, wie gesagt, es geht ums Prinzip.«

Emma und ihre drei Jahre jüngere Cousine beschlossen eines Frühlings, zusammen auszureißen. Emma war schon oft aus ihrem Fenster übers Dach auf die Garage geklettert, von wo eine Leiter nach unten führte, die sie selbst dorthin gestellt hatte. Über zwei Wochen planten die Mädchen ihr Projekt und sammelten Sachen, von denen sie dachten, sie könnten sie brauchen draußen in der Freiheit. Emma klaute ein Taschenmesser und Pflaster aus der Kommode, eine Taschenlampe, Hammer und Nagel, einen Kompass aus der Garage. Die Cousine steuerte Kekse, Äpfel, eine Tafel Schokolade, einen Teddybär und eine Haarbürste bei. Emma sagte dazu nichts, schließlich war die Cousine erst 10 Jahre alt. Emma legte ihren eigenen Rucksack und den der Cousine sowie zwei Jacken unters Bett. Sie band zwei Wolldecken mit einer Kordel zusammen, um sie später noch an den Rucksäcken zu fixieren. Dann kam die große Nacht. Die Cousine sollte bei Emma übernachten, aber die beiden blieben heimlich wach und warteten im Bett ab. Lang genug, dass es schon dunkel war, kurz genug, dass der Mann noch vorm Fernseher saß und abgelenkt war. Um zweiundzwanzig Uhr stiegen die beiden aus dem Bett, holten leise die Sachen hervor und halfen sich gegenseitig, die Rucksäcke aufzusetzen und die Decken anzubringen.

Als sie aus dem Fenster kletterten, roch es nach gemähtem Gras. Der Frühling kehrte ein und Emma wusste, dass es höchste Zeit war abzuhauen, bevor es warm genug für Ausflüge wurde.

»Ich schaff' das nicht«, winselte die Cousine auf halber Kletterstrecke und rutschte auf ihrem Hintern am Dach entlang, bis sie stoppte. »Ich kann nicht.«

»Hey, hey, das geht nicht, gib jetzt nicht auf!«, flüsterte Emma ihr von hinten zu. »Nur noch ein paar Schritte und dann haben wir es geschafft. Dann sind wir frei.«

»Warum wollten wir nochmal ausreißen?«

»Du jammerst wie eine Katze, die die Wohnung nicht verlassen will, weil sie nie den Himmel gesehen hat und sich davor fürchtet. Kein Wunder, dass die anderen in deiner Klasse dich nicht ernst nehmen. Wir müssen das jetzt machen!«

»Warum bist du so zu mir?«

Die Cousine schien kurz vor einer Panikattacke.

»Du musst einmal in deinem Leben Mut haben. Warte, ich helfe dir.«

Emma nahm der Cousine den Rucksack ab, während die versuchte, sich im Sitzen an der ein oder anderen Ziegel festzuhalten, und warf den Ballast zusammen mit ihrem eigenen vom Dach. Dann reichte sie dem Mädchen die Hand.

»Ich halte dich fest, vertrau mir. Nimm meine Hand. Ich lass' dich nicht los, fest versprochen. Komm. Los!«

Emma wusste, sie konnte das Mädchen im Falle eines Falles niemals halten, aber es nützte ja nichts. Im Falle einer Umkehr, würde das eine ebenso lange Kletterstrecke zurück bedeuten. Es war also in jedem Fall gar keine Frage! Außerdem sollte das Baby sich nicht so anstellen. Die Heulsuse. Höhenangst kannte Emma nicht. Sie hatte generell keine Angst, oder vielleicht war Angst ihr Default-Setting und sie bemerkte das Gefühl nicht. Den Fluchtdrang konnte sie hingegen spüren. Wut kannte sie. Rage auf jeden Fall. Aber Angst erwischte sie nur in bestimmten Situationen. Der Mond war nicht voll, aber hell genug, dass er ihnen den Weg in die Freiheit leuchtete und eine kristallweiße Decke über die Wiesen legte. Den ganzen

Weg über würden die Ausreißerinnen keine Taschenlampe brauchen. In der Nachbarschaft bellte ein Hund. Emma und die Cousine würden rennen und das Bellen hinter sich lassen.

»Mögen Sie Aziza?«

»Wieso sollte ich? Ich kenne die Verlierer hier alle nicht, sagten Sie doch selbst.«

»Aber was fühlen Sie?«

»Ich weiß nicht, woran man merken soll, ob man jemanden mag. Und das Beste daran ist: Niemand kann es mir beantworten.«

»Dass man eine Person mag, merkt man zum Beispiel, wenn man sich um sie sorgt.«

»Wenn es sich also schlecht anfühlt? Ich will mir keine Sorgen machen, ich will keine Angst haben, ich will niemanden vermissen. Dann mag ich doch besser niemanden, nein danke!« Ich verschränke die Arme.

»Na, was haben Sie im Sinn?«, fragt die Frau.

»Nichts macht nie Sinn. Oder andersrum?« Die Welt macht nur, was ihr im Sinn, stelle ich fest. »Ich habe gestern ein Embryo in unserer Toilettenschüssel gefunden.«

»Ein Embryo?«, fragt die Frau.

»Nein, einen Elefanten. Sind Sie ein Wellensittich!«

»Sie haben von einem Embryo in der Toilette geträumt.«

»Das war wirklich da.«

»Und wo ist das Embryo jetzt?«

»Weg.«

Ich frage mich, ob ich auf einen Schlag glücklich wäre, wenn mir nur einmal jemand glauben würde. Aber die Leute sind unfähig, Sachen zu glauben, wenn sie nicht wollen. Selbst eine Supernova direkt vor ihren Augen würden sie leugnen.

»Wo ist es denn hin, das Embryo?«

»Ich habe es weggespült. Ich hab' Panik gekriegt.« Die Frau neigt den Kopf und ich nochmal: »Können wir das Thema wechseln?«

»Sie sind gut im Ignorieren.«

»Sie ignorieren! Sie wollen mir anhängen, das ich lüge. Wie meine Mutter.«

»Sie möchten Ehrlichkeit?«

»Ja! Unbedingt.«

»Dann müssen Sie dem Monster – also dem Embryo und allen bösen und guten Menschen – in die Augen schauen und mit mir herausfinden, was ehrlich vor sich geht.«

Meine Augäpfel wollen aus ihren Höhlen fallen.

»So meinte ich das nicht.«

»Sie dürfen also ignorieren. Dachte ich mir«, grinst die Frau.

»In fast allen Fällen heißt Ignorieren Überleben«, entgegne ich.

»Aber den meisten Fällen heißt Wahrheit Leben.«

Zum Schluss sagt die Frau, dass meine Bewertungen im Knast sehr gut aussehen. Ich hätte Anschluss gefunden, sagt die Frau, arbeitete sorgfältig in der Kantine und falle nicht negativ auf, was wiederum bedeute, dass ich Ärger aus dem Weg gehe, sagt die Frau. Wenn ich so weitermache, bekomme ich die Bewährung.

Abend 99

»Aziza! Vorhin bei der Psychofrau hab' ich noch über dich gesprochen.«

Und jetzt steht sie hier an unserem Bridge-Tisch, setzt sich neben Rainer, gleich zu Beginn des abendlichen Freigangs. Aziza hat ein Snickers in ihrer Hand.

»Diggie, was geht?«

Rainer scheint sich schon zu freuen, während wir noch verdutzt sind. Und, dass Rainer so natürlich strahlt, verdutzt mich noch mehr. Die legt ihren Arm um Azizas Hals und nimmt sie in eine Art Schwitzkasten.

»Was machst du, crazy Biatch? Du Gangsta, du bist krasser am Abgängstern als wir alle hier zusammen, is' ja übertriiieben. Hömma auf mit dem Scheiß, echt ma', oder ich kill dich …«

Rainer quasselt. Dabei rüttelt sie ihr Opfer sanft in der Armbeuge, sofern das überhaupt geht. Aziza quietscht verzückt vor sich hin und hat offensichtlich Spaß.

»Seit wann versteht ihr euch so gut?«, frage ich.

»Wir verstehen uns schon immer nicht, siehst du doch«, witzelt Rainer. Ich sehe Rainer eindeutig auf der Seite der Täter. Aber Aziza steht auf der Opferseite, was also passiert hier? Ich bin verwirrt.

Aziza sagt nichts, auch dann nicht, als Rainer mit der Würgeaktion aufhört. Sie schämt sich vielleicht, aber trotzdem vertraut sie uns, sonst wäre sie nicht hier. Mag sie uns? Weiß sie nicht, ob sie uns mag?

Rainer hebt plötzlich den Kopf, um mit ihrem Blick kurz im Raum festzuhängen.

»Die da hinten ist übertrieben nice, damn!«

»Du bist doch gar nicht lesbisch.« Aziza sagt was.

»Nein? Stimmt. Haha, mir ist wohl langweilig.«

»Das merkt man«, findet Aziza wieder.

»Also kann man jemanden aus bloßer Langeweile mögen?«, stöhne ich.

»Keine Sorge, Langeweile, Homosexualität, trifft alles nicht auf dich zu, richtig Emma?« Fran grinst mich komisch an.

»Was grinst du mich so komisch an?«

Fran grinst immer noch komisch und blickt zwischen der Mondhaut und mir hin und her.

»Was?« Rainer klatscht in die Hände und gibt wieder jede Menge Geräusche von sich. »Ihr zwei? Emma und Marlie? Geht da was? Echt jetzt, Girlys?«

»Seid ihr bescheuert? Außerdem geht es hier um Aziza.« Ich drehe mich ihr zu: »Was ist passiert? Jetzt sag bitte!« Ich schaue Aziza flehend an.

»Sie will eben nicht reden«, lenkt Marlie ein.

»Wir haben schon über ihre Lippe nicht gesprochen. Schweigen ist Lügen. Erst die Lippe und jetzt das. Daran sind wir alle schuld. Jetzt halten wir mal endlich unsere eigenen Schnauzen, bis Aziza spricht.«

Fast fühlt es sich an, als würde ich das, was ich sage, ernst meinen. Aziza habe ich jetzt noch mehr verschreckt. Warum kann ich nicht so sanft wie Fran oder die Mondhaut sein? Warum muss ich so wütend werden? Ich weiß warum: Weil ich alles so sehr hasse.

»Ich war das nicht«, nuschelt Aziza schneller, als ich dachte. »Ich war das nicht. Ich habe nichts versteckt. Ich habe nichts in der Zelle versteckt oder im Klo oder in der Dusche oder …«

»Wir verstehen, was du sagen willst«, lenkt Rainer ein. »Und ich wusste es, oder wusste ich es nicht? Diese Motherfucker hier.«

»Wir wissen, dass du unschuldig bist. Jetzt hast du wieder uns und wir beschützen dich«, erklärt Fran.

»Ach!«, rufe ich dazwischen. »Man merkt's, wie viel ihr das bringt. Keiner kann Aziza beschützen. Seht ihr doch. Was für ein Blödsinn.«

Aziza wirft mir einen kurzen zustimmenden Blick zu und senkt ihn dann wieder.

»Doch das bringt was, zumindest jetzt. Ein schlimmer Moment fühlt sich immer besser an, wenn man ihn nicht auch noch alleine erleben muss.«

»Davon weiß ich nichts.« Ich zucke mit den Schultern. »Aber ich weiß, dass einen das nicht vor Leuten wie Rena beschützt.«

»Sie haben aber was bei dir in der Zelle gefunden, oder?«, fragt die Mondhaut Aziza.

»Nein. Haben sie gar nicht.«

»Wie nein?«, fragt Rainer verwirrt.

»Sie haben nichts gefunden, nicht bei mir.«

»Bei wem denn sonst?«, hake ich nach.

»Draußen auf dem Hof. Irgendwelche Drogen im Anhänger.« Azizas Kopf schüttelt sich.

»Moment, easy, easy Brudi«, fordert Rainer. »Fang von vorne an.«

»Na, ich dachte, ich hätte ihn verloren. Ist von meiner Oma. Sie hat ihn mir einmal geschenkt, obwohl ich gar nicht Geburtstag hatte, mit einem Foto von meinem Hamster drin. Den hatte ich so liebgehabt, aber da war er schon tot.«

»Okay, nicht so weit vorne. Meinst du den Kettenanhänger?«

»Aziza trägt doch immer diese Kette mit einem riesigen Anhänger«, erinnert sich Fran. »Da dachte ich immer, der passt nicht zu einem jungen Mädchen.«

»Sie ist ja auch eine Frau«, foppe ich Fran.

»Der war ja auch von meiner Oma«, sagt Aziza. »Naja, jedenfalls kann man da was reintun.«

»Okay, und was ist mit dem Anhänger?« Rainer wird ungeduldig.

»Naja, jedenfalls hab' ich meine Kette seit Tagen nicht gesehen.«

»Ach krass, was für Fotzen.« Rainer scheint schon zu verstehen. »Wo haben die den Kettenanhänger gefunden?«

»Draußen. An der Tischtennisplatte.«

»Wie kann man an der Tischtennisplatte etwas verstecken? Beton mit Platte drauf«, räume ich ein.

»Ich hab' da nichts gemacht. Ich bin abends vom Rundgang in die Zelle und, naja, hab' ich mich gleich, einen Schrecken hab' ich gehabt. Da standen vier Männer in der Zelle, haben alles durchsucht.«

»Und am nächsten Morgen haben sie scheinbar die anderen Zellen durchsucht, um herauszufinden, ob und wo es eine Quelle für das Zeug gibt.«

»Wäre diese Quelle da nicht schon vorgewarnt gewesen?«

»Wahrscheinlich. Immerhin haben sie mir meine Pornohefte gelassen«, witzelt Rainer.

»Nein, Brudi, wir wollen es nicht wissen«, ruft Fran.

»Ich schon«, sagt Aziza.

»Und was haben die Beamten gesagt?«, fragt Fran.

»Einer hat den Kettenanhänger hochgehalten und mich gefragt, ob ich den schon mal gesehen habe. Da hab' ich gesagt, naja, ja hab' ich gesagt. Das ist ja meiner. Da hab' ich mich kurz gefreut, ich dachte ja, ich hab' den verloren. Dann haben sie mich gefragt, woher der Inhalt kommt, den sie darin gefunden haben.«

»Und dann hast du gesagt, die Drogen kommen nicht von dir?«, fragt Fran.

»Nein, sie hat gesagt, sie hat die aus einem Stuhlbein geschnitzt«, murmele ich.

»Ich wusste nicht mal, was da drin war.«

»Was sonst als Drogen? Ein Gewehr kann es ja wohl nicht gewesen sein«, werfe ich ein.

»Weiß nicht.« Aziza wieder verschüchtert.

»Aber, das ist doch klar, dass du das nicht warst. Wahrscheinlich hat jemand den Kettenanhänger gestohlen«, denkt Fran laut.

»Ach, Fran, Herzlichen Glückwunsch, dass du das jetzt auch feststellst«, sagt Rainer. »Mann, die Hurensöhne, was fürn Fick, und wie ging es weiter? Hast du Angst gekriegt.«

»Nicht so sehr. Die Beamten waren ruhig, nicht böse oder so.«

»Nein? Ich wollte gerade schon eine Hatespeech gegen das System ablassen.« Ich bezweifle, dass Rainer auch nur weiß, was System heißt. Ich weiß es ja nicht mal so richtig. »Und war das nun Ecstasy?«

»Weiß nicht, das hieß anders, weiß nicht…« Aziza überlegt.

»Alter, die weiß nicht mal, wie der Shit heißt, den sie angeblich versteckt hat«, ruft Rainer in die Luft, als würde sie mit einem Geist sprechen. »Wer ist denn so übertrieben wack und verdächtigt die? Unsere Biatch ist so eindeutig unschuldig, niemand ist so unschuldig wie unsere kleine Biatch.«

Wie ein Mensch gleichzeitig so nerven und so Recht haben kann wie Rainer, ist mir ein Rätsel.

»Wir sind alle schuldig, sonst säßen wir nicht hier.« Ich widerspreche Rainer einfach so gerne.

»Irgendwas mit A. Oder K?« Aziza scheint nachzudenken. »Und *in* am Ende, also *iiiin*, wie Mediziiiin.«

»Ohje.« Ich lache fast.

»Ketamin?«, rät Fran.

»Genau das ist es!«, ruft Aziza.

Wir alle glotzen Fran mit großen Augen an.

»Ich hab' das in Bio gelernt, glaub ich, irgendwas macht man damit.«

»Sich wegballern?«, grinst Rainer.

»Sehr witzig«, winkt Fran ab. »Okay, ich hab' das mal recherchiert. Meine Eltern hatten mir so Tabletten verordnet, als ich aufs Privatgymnasium kam, damit ich mich besser konzentrieren kann und nicht so schwierig bin. Als Schülerin hatte ich nur Einser, aber als Person war ich schwierig, vergaß und verlor dauernd Sachen, machte ständig dumme Fehler. Schon richtig dumm. Ein Riesenchaos gab das immer.« Frans Augen rollen.

»Etwas zu vergessen ist doch nicht gehirnamputiert!«, rufe ich und bin ernsthaft erschrocken. Ich habe Fran noch nie so schlecht über jemanden reden gehört, sie ist doch sonst so verständnisvoll.

»Jedenfalls hab' irgendwann mal so Wirkstoffe gegoogelt und dabei bin ich auch auf dieses Ketamin gestoßen. Das muss richtig high machen. Also richtig. Oder es zieht dir so die Schuhe aus, dass du dich gar nicht mehr rühren kannst.«

»Okay …?« Ich bin immer noch erschrocken.

»Ja, das war es ganz sicher«, murmelt Aziza. »Ketamin. Ketamiiiiiiiin. Ja, naja, ich weiß nicht.«

»Solchen Tussis wie dir haben wir das Zeug an der Schule abgekauft«, grinst Rainer. »Sie wollten es nicht nehmen, wir wollten irgendwas nehmen, scheißegal. Wir haben die Teile gehackt und gezogen. Hat meistens hyper gemacht. Von anderen wurden wir aggressiv, gut zum Kloppen …«

»Ich war das aber nicht. Ich bin doch nicht dumm!« Aziza verkrampft die kleinen Muskeln in ihrem Gesicht, also so ziemlich alle, die in so einem Gesicht vorhanden sind, als wäre sie sich selbst nicht so sicher, dass sie nicht dumm ist. »Jedenfalls habe ich das nie verkauft oder gekauft oder gehobelt.«

»Du hast nichts in den Anhänger gesteckt?«, will Fran wissen.

»Nein.«

»Bist du sicher?«

»Nein!«

»Sie meint *ja*«, füge ich hinzu.

»Also ja?«, fragt Fran.

»Nein!« Aziza schaut mich böse an. Wieso ich? Ich bin die Einzige, die sie versteht.

»Hast du vielleicht gedacht, es wären Medikamente?«, bohrt Fran weiter. »Oder hat dir das mal jemand gegeben, damit du es im Anhänger versteckst und darauf aufpasst? Bist du dir wirklich wirklich sicher?«

»Welchen Teil von *ich bin nicht dumm* hast du nicht verstanden, Fran?«, frage ich.

»Wir sind uns einig, dass Aziza verarscht wurde, das hat nichts mit dumm zu tun«, so Fran weiter. »Oder es hat doch jemand geklaut? Wann hast du den Kettenanhänger zuletzt gesehen?«

»Weiß nicht. Das haben die Beamten mich auch gefragt. Schon länger nicht«, nuschelt Aziza. »Ich bin auch so, verliere öfter was.«

»Aber warum sollte jemand ihr etwas anhängen wollen?«, rätselt die Mondhaut. »Das macht keinen Sinn. Aziza ist harmlos.«

»Na genau deswegen«, kombiniert Fran. »Die wollten ihr nichts anhängen, die wollten es dort aufbewahren, wo es am wenigsten vermutet wird. Beim perfekten Opfer.«

»Aber Aziza ist doch kein Opfer, sie ist eine Badass-iza, oder nicht?« Rainer schubst Aziza fast vom Stuhl, die kichert.

»Was heißt das?«, quietscht sie.

»Badass Azizia, verstehst du? Badass-iza, Bad Azziza!« Rainer hält die Handfläche hoch. »Bad Azziza Monsterbiatch!« Aziza quietscht wieder und schlägt ein, also sie klatscht unbeholfen mit der Handfläche auf Rainers.

»Okay, wartet hier.«

Ich stehe auf, schaue mich noch einmal um und laufe dann durch die Tischreihen des Aufenthaltsbereichs. Ich bin auf einer Mission, blicke in keine Gesichter, verlasse die Kantine und erreiche die Toiletten auf dem Flur. Rena hat nicht am Freigang teilgenommen, was nicht zu ihr passt, denn sie würde niemals freiwillig ihren Auftritt verpassen. Was macht sie, wenn sie nicht frisst, grölt und Publikum hat? Existiert sie dann überhaupt? Als ich die Toilettentür öffne, lausche ich erstmal, ob jemand drin ist. Nichts höre ich, nicht mal ein winziges Tröpfchen. Aber das Metall schwingt durch den Raum. Die Toilettentüren stehen fast alle offen, viele Deckel sind hochgeklappt. *Stell dir vor, in jeder Pfütze läge ein Embryo. Pam!*

»Ey!« Als ich an den Pseudo-Bridgetisch zurückkomme, habe ich meine Theorie ausgearbeitet und merke, dass ich zum ersten Mal *ey* gesagt habe, also ein eindringliches bestimmtes *ey!*.

»Wo warst du?«, fragt die Mondhaut.

»Also erstens geht dich das nichts an und zweitens habe ich Rena gesucht. Ich kann sie nicht finden, die ist nicht hier, nicht in der Toilette, nicht draußen, das kann kein Zufall sein.«

»Du warst nur ein paar Minuten weg«, meint Fran zu wissen.

»Vielleicht ist sie einfach in ihrer Zelle?«, überlegt Rainer.

»Aber das ist es ja, warum gerade heute? Die war bisher immer hier. Immer.«

»Stimmt. Die heckt was aus«, stimmt Fran zu. »Da ist was im Baum.«

»Im Busch«, sagt Rainer.

»Jedenfalls muss Rena irgendwie schuld sein an Azizas Problem. Wer sonst?«, wirft Marlie ein.

»Kann schon sein«, so Rainer. »Ich hab' Rena in der Gemeinschaftsdusche mal dealen gesehen. Irgendwas Kleines hat sie da weitergegeben. Kleiner als ein Handy oder ein Messer oder ein Vibrator.«

Wir geben alle Laute des Ekels von uns, dann dreht Fran sich zu Aziza.

»Aziza, es ist jetzt wirklich an der Zeit, dass du uns sagst, wer dich geschlagen hat.«

»Und wo und wie? Und überhaupt?«, füge ich hinzu. Endlich.

»Woher kam die Lippe? Du musst es uns jetzt sagen«, findet auch Marlie.

Aziza röntgt wieder den Tisch und nickt.

»Naja, das war nicht Rena, es war eine von ihren Freundinnen. Ich wollte vom Hofgang zurück, alleine, ich mag das nicht alleine. Ich will nie mehr alleine sein. Naja, jedenfalls musste ich an Renas Gruppe vorbei, die standen am Eingang, und so, ganz leise, da hat eine, naja, die eine von denen hat sich so hingestellt. Direkt vor mich, ganz nah. Ich wollte vorbei, aber die wollte mich nicht lassen. Ist so hin und her, das hat mich so nervös gemacht. Hat gefragt, wo ich hinwill. Wo willst du hin? Wo willst du hin? Und dann, ob ich dumm bin. Bist du dumm oder was? Bist du dumm? Warum ich nicht antworte. Ob du dumm bist, ob du dumm bist. Ich bin aber nicht dumm! Das habe ich irgendwann gerufen.«

»Die Fotzen«, Rainer verschränkt die Arme.

»Und dann wurde es aber schlimmer. Dann hat die eine, naja, die eine andere hat irgendwas an meiner Hose gemacht. Als hätte sie was gesucht. Was hast du da, hat sie gefragt. Was hast du da? Nix, hab' ich gesagt. Ich wollte weg und dann hat die andere eine ihren Ellbogen so in mein Gesicht.«

»Dann hat sie dich geschlagen«, schließt Fran ab.

»Weiß nicht. Die hat so getan, naja, als dann ein Schließer kam, als wäre sie gestolpert oder so. Als wär ich einfach so umgefallen. Einfach so, weil ich dumm bin. Und wenn ich gesagt habe, dass das nicht stimmt, haben die gesagt, dass ich verrückt bin.« Aziza ist wird immer leiser, und ich kann sehen, wie die Weiber am Nachbartisch dumm gucken und flüstern. Ich werfe ihnen einen warnenden Blick zu und ziehe ein bisschen die Lefze hoch.

»Ich bin nicht verrückt, naja, ich weiß auch nicht.«

»Das nennt sich Gaslighting.« Fran ist wieder schlau. »Dabei machst du anderen weiß, dass sie nicht die Realität sehen, weil sie dumm sind oder verrückt oder hysterisch.«

»Genau, ja, so, genau, so war das. Also ich bin nicht dumm oder verrückt. Sag ich doch.« Um Aziza weht ein Wind der Erleichterung.

»Du wurdest also nicht nur geschlagen, sondern auch noch brutal umgeworfen«, fasse ich zusammen. »Und Rena war schuld. Richtig?«

»Ich weiß nicht, es ging so schnell.« Aziza denkt nach.

»Ich wäre auch umgefallen«, lacht Rainer. »Aber sowas von. Und ich hätte mich viel schlimmer verletzt dabei, ehrlich, du warst noch cool, Badass-iza Monsterbiatch.«

Ich weiß nicht, ob Aziza schniefend lacht oder lachend schnieft, als sie und Rainer sich sanft angucken.

»Danke, dass du uns das erzählst. Das erfordert viel Mut. Und jetzt hast du deine Angst besiegt, siehst du?«

Die Mondhaut legt ihre Mondlicht-Decke über Aziza und ich frage mich natürlich, wovon sie spricht. Ich erzähle nicht alles und bin nicht immer ehrlich, aber nicht aus Angst. Ich habe nie Angst.

»Dann hat die eine mich vom Boden aufgehoben«, fährt Aziza fort. »Gelacht hat die. Ich hab' Blut geschmeckt. Lippe taub. Die hat gelacht.«

»Nicht mal einer der Männer hat dir geholfen?«, will ich wissen.

»Nein, aber als ich stand, naja, da hatte ich irgendwie die Hände in den Hosentaschen, das hab' ich gar nicht gemerkt, weil, ich weiß nicht, ich hatte eben Angst, und da hat der eine mich aufgefordert, ich soll gefälligst meine Hände aus den Taschen nehmen.«

Emma und ihre Kumpanin rannten durch die Felder, kicherten wie verrückt, waren euphorisch darüber, dass sie es wirklich getan hatten. Vor allem natürlich Emma. Sie wollte nur rennen und nie mehr aufhören, jetzt oder nie, mit jedem Meter fühlte sie sich freier. Der Horizont präsentierte nur seinen Umriss und schien zum Spucken nah, sie müssten nur weit genug rennen. Dort, auf der anderen Seite dieser schwarzen Kante unterm fast vollen Mond wartete ein glückliches Leben.

Doch so weit wollte die Cousine in der ersten Nacht noch nicht. Müde sei sie, jammerte die Cousine, aber so lange sie noch nicht wegen ihrer Eltern heulte, war die Mission noch nicht verloren. Es stand zu viel auf dem Spiel, als dass Ungeduld jetzt alles kaputt machen durfte. Emma führte ihre Cousine zu dem verlassenen Grundstück. Es grenzte fast ans Naturschutzgebiet, was auch bedeutete, dass hier die Zivilisation, wie Emma sie kannte, zu Ende ging. Überhaupt war dies der Beginn vom Ende. Einige größere Löcher unterbrachen die Regelmäßigkeit der Zaunmaschen. Emma selbst hatte einige dieser Löcher bei früheren Besuchen verursacht..

»Du willst da doch nicht rein?«, flüsterte die Cousine.

»Du wolltest doch schlafen. Achte darauf, dass deine Füße in genau dieselben Löcher treten, in die ich vorher steige.«

Auf der anderen Seite des Zauns wucherten hohe Gräser und Unkraut, die Bäume und Büsche ließen kaum Mondlicht hindurch.

»Hier waren schon vorher Leute.«

»Na klar, es ist perfekt. Aber jetzt ist keiner hier.«

»Woher willst du das wissen?«

Alleine würde die Cousine sowieso nicht zurückklettern, sie saß in der Falle, also sah Emma sich auch nicht zu einer Erklärung gezwungen.

»Es ist alles gut, vertrau mir einfach«, sagte sie nur.

Emma leuchtete ihnen mit ihrer Taschenlampe den Weg durchs Gestrüpp, manchmal verhakten sich Dornen in ihrer Leggings. Wie Dämonen, die einen auf dem Weg in den Himmel aufhalten wollen, fantasierte Emma. Nach einer ganzen Weile erreichten sie das Haus, oder das, was davon übrig war. Die zwei großen Fenster an der Front hatten keine Scheiben mehr. Deshalb war es auch die beste Stelle, um hineinzuklettern.

»Da wären wir. Herzlich willkommen in deinem neuen Zuhause.« So präsentierte Emma stolz den Raum, der vielleicht einmal ein Wohnzimmer gewesen war. »Das war ein Scherz«, schob sie nach, als sie den geschockten Blick ihrer Cousine sah. Es roch nach Steinstaub. Vorige Besucher hatten die Wände besprüht, Graffiti konnte man das nicht nennen, ringsrum Bierflaschen, Kippen, ein Stoffknäuel in der Ecke, möglicherweise eine Hose, und mitten im Steinstaub auf dem Boden eine dreckige Matratze.

»Da schlafen wir aber nicht drauf!«, schnaufte die Cousine noch.

»Natürlich nicht«, stimmte Emma zu.

Sie holte eine Decke aus ihrem Rucksack, breitete sie auf dem staubigen Boden aus, setzte sich im Schneidersitz darauf und wartete darauf, dass die Cousine es ihr gleichtat.

»Komm!«

»Das ist so hart da auf dem Boden«, meckerte die Cousine.

»Geht eigentlich. Der Staub ist nochmal eine Unterlage.« Sie lachte. »Das war ein Scherz, jetzt komm.«

»Hoffentlich sind hier keine Spinnen, ich hasse Spinnen«, flüsterte die Cousine, als sie schon auf der Decke lag. Dann schlief Emma ein.

Eine Maus flog auf einer Kuh durch die Nacht. Die Kuh strengte sich an, gen Himmel aufzusteigen und nicht immer tiefer zu sacken. Das war schwer, aber auf dem Boden warteten Menschen, die ihr ans Leder wollten. Die Maus half mit und wedelte. Einmal unten, und alles wäre vorbei. Die Angst aber konnte der Kuh nicht helfen. Sie strampelte, strengte sich so an, doch sie kamen der Erde immer näher. Im letzten Moment, bevor die Menschen ihre Arme ausstrecken und die Hufe greifen wollten, öffnete die Maus ihre Flügel und nahm die Kuh mit.

Dieser Traum wiederholte sich seit Jahren. Immer dann, wenn die Kuh tief genug überm Grund war, dass Menschen nach ihren Hufen greifen konnten, wachte Emma auf. Und erst, als die Sonne schon über den Horizont lugte, schlief sie noch einmal ein. Der Frühsommerregen hatte sich wohl den ganzen Morgen lang über den Boden hergemacht, das konnte Emma riechen. Emma war alleine. Ihre Cousine hatte ihre Decke dagelassen, ob aus Fürsorge oder weil sie Emma nicht wecken und einer Diskussion entgehen wollte, wusste Emma nicht. Sie nahm noch einmal einen tiefen Zug vom Regen-Erde-Aroma und machte sich auf den Weg zurück.

»Flucht ist keine Option«, überlege ich.

»Wieso Flucht?«, fragt Fran.

»Ich meine, also, Flucht ist eine schöne Idee und so, aber geht immer schief. Egal.« Ich winke ab und wende mich Aziza zu. »Die Beamten haben dich behandelt, als wärst du die Schuldige gewesen. Ist das nicht schon Mobbing oder sowas?«

»Nicht die Schuldige, aber die Dumme. Da waren ja mehrere, die behauptet haben, dass es ein Unfall gewesen ist. Und ich bin nur eine. Ich bin immer nur eine.«

»Also doch die Schuldige. Und du hattest natürlich Angst, etwas zu sagen?«, fragt Fran.

»Ich weiß nicht. Hab' ich schon, irgendwie. Aber vielleicht war es doch ein Unfall. Vielleicht bin ich wirklich über meine eigenen Füße gefallen. Vielleicht bin ich die Doofe und nicht die anderen.«

»Seht ihr? Gaslighting!«, ruft Fran.

»Mein Gott, am Ende ist Aziza nur so, weil andere ihr weismachen wollen, dass sie dumm und verrückt und schuldig ist.« Ich fühle mich, als hätte jemand eine Lampe in meinem Kopf angeknipst.

»Aber ich bin nicht dumm«, murmelt Aziza. »Und auch nicht verrückt.«

»Na, aber woher willst du das wissen, wenn andere dich so behandeln?«, will Fran wissen, und ich merke, dass sie meine Theorie irgendwie verdreht.

»Fick, was andere sagen«, brummt Rainer nach einer Weile. »Wir haben es mit Badass-iza Monsterbiatch zu tun.«

Wir lachen alle, nicht weil es lustig ist, aber weil Rainers Gequatsche die Anspannung des Moments durchbricht. Habe ich jemals mit so vielen Menschen über dieselbe Sache gelacht? Vermutlich meinen wir alle etwas anderes, aber der Auslöser ist derselbe.

»Und Rena war dabei, sagst du?«, will ich wissen.

»Ja. Aber die war das nicht. Die, also die, die das war, war noch kleiner als Marlie, aber fies. Irgendwie schwarzgelbe Haare.«

»Die mit den Block-Stränen?«, fragt Rainer. »Vallah, das ist die Sabs. Die ist erst 16 aber richtig wack. Die Popo soll bei einer Durchsuchung ihres Zimmers eine Reihe von Waffen gefunden haben.«

»Die Popo?«, frage ich.

»Na, die Bullen, die Polizei, Popo halt. Die Sabs hat im Internet derbe HaterSpeeches verbreitet.«

»Und trotzdem hat niemand dir geglaubt?«, frage ich.

»Weiß nicht. Zum Schluss hat der eine Mann nur so geschaut und gesagt, ich solle nächstes Mal aufpassen.«

»Unglaublich«, sagt Fran. »Man sieht ihr die Unschuld doch an.«

Eins, wir drehen uns im Kreis. Scheiß im Endloskreis. Ich zippe mich.

»Wenn man einer Person etwas ansieht, heißt das, dass man der Person etwas anzieht?«, überlege ich. »Wie ein Kostüm, das überhaupt nichts mit der Person zu tun hat. Oder ein Rock, den du hasst wie die Pest, weil du alle Röcke hasst wie die Pest.«

»Ich finde Röcke süß«, sagt die Mondhaut.

»Habibis am Spinnen hier«, lacht Rainer. »Ich glaube, der Beamte hatte einfach Angst vor Sabs.«

»Genau, das wollte ich sagen.« Ich lege meine heißen Handflächen auf den Tisch. »Rena warnt uns ständig vor einer schrecklichen Katastrophe. Die heckt was aus. Die will Geld machen oder ausbrechen oder den Knast abbrennen oder eine Apoka…

»Apokalypse?«, beendet Fran das Wort.

»Irgendwas hat die vor, irgendwas Krasses…! Und Aziza benutzt sie für ihre fiesen Pläne.«

»Warum bist du eigentlich so auf Rena fixiert?«, fragt Rainer. »Ich mein', die anderen sind auch ohne Rena Bitches. Hast du irgendwas mit der?«

»Was meinst du? Sie ist der Boss. Sie ist die Königin der Bitches. Der Täter, meine ich. Oder willst du die verteidigen?«

»Habibi, easy. Ich gehöre nicht zu den Bösen«, meint Rainer.

»Ach so, ich aber?«

»Nein, egal. Aber Rena und ihre Bitches, glaube ich, haben auch ein paar Schließer in der Tasche.«

»Wie macht sie das?«, fragt Fran.

»Es heißt, dass sie fiesen Mist gebaut hat, wegen dem sie im Knast sitzt. Aber was, weiß ich nicht«, Rainer schaut mich kurz an und dann an die Decke.

»Was denn, hallo?« Ich klatsche direkt vor Rainers Kiefer in die Hände. »Du hast doch eine Idee, hey, raus damit.«

»Keine Ahnung, sind nur Gerüchte«, Rainer schaut mich wieder an, atmet aus.

»Sag es jetzt gefälligst, ich warne dich«, rufe ich, und Rainer schaut Fran an.

»Du kannst es uns ruhig sagen«, entgegnet Fran.

»Naja, mit Frauen und Mädchen aus Ungarn und Polen und so. Aber es ist nur ein Gerücht!«

Pam! Pam! Pam! Wieder Stille. Aber diesmal sind wirklich alle still. Nicht nur ein bisschen still, keine gibt einen Mucks von sich.

»Human trafficking? Fuck«, sagt die Mondhaut.

»Fuck!«, ruft Aziza.

»Wohl eher female Trafficking, aber ja – fuck«, findet auch Fran.

»Ich werde gleich zur Doppelmörderin«, kündige ich an.

»Fuck.« Die Mondhaut sagt nie *fuck* und jetzt gleich zwei Mal.

»Jup«, antwortet Rainer. »Einen normalen Knast, wo Erwachsene sitzen, würde so eine nicht überstehen. Ihr Alter liegt gerade so an der Grenze. Wahrscheinlich ist sie deswegen hier reingerutscht, damit sie noch eine Chance hat.«

»Die Chance, noch mehr Leute abzufucken?«, frage ich.

»Was hat die mit den Frauen denn gemacht?«, will Aziza wissen.

»Badass-iza, ist doch klar. Money haben die gemacht. Im Darknet und so…« Rainer streckt den Hals: »Junge, das Girl dahinten ist so nice, dann bin ich wohl doch lesbisch.«

»Darknet, wie kann die sowas machen?« Fran regt sich sichtlich auf.

»Rena ist ein Arschloch, aber nicht dumm,« sagt Rainer.

»Ja, leider bedingt das eine das andere nicht«, stimme ich zu.

»Aber sie ist dumm genug, um nicht ewig unentdeckt zu bleiben. Wurde hochgenommen, weil einer einen Späti mit einer Knarre beklaut hat, die natürlich nicht angemeldet war, und weil der Idiot auch noch im Krankenhaus gelandet ist. Die Bullen haben irgendwie seine Nachrichten getrackt und die führten wiederum zur Spur eines Nachbarn, der damit gar nix zu tun hatte. Irgend sowas.«

»Das macht keinen Sinn«, findet Fran.

»For real, girlfriend? Das ist doch der Sinn der Sache, verstehste?« Rainer versteht sich als Geheimagentin.

»Ist doch absolut egal«, will ich abschließen. »Sie steckt hinter Opfer-Trafficking – sie ist der Teufel. Und natürlich hat die was mit Azizas Kettenanhänger zu tun. *Das* macht Sinn.«

»Klar«, sagt Rainer. »Sie hat draußen 'ne Menge Friends und, dass sie sich hier so aufspielen kann, das ist kein Zufall. Das ist die Arbeit ihrer Vorgänger, alle kriminell, alle aus einer Gang, über Generationen.«

»Haben Gangs nicht immer einen Namen?«, überlegt Fran.

»Den weiß ich nicht, und ich finde wirklich, ich habe jetzt genug gesagt.« Eben war Rainer noch so geil drauf alles auszuplaudern, jetzt verschränkt sie die Arme.

»Hier stimmt doch was nicht. Täter erfahren mehr Schutz und Privilegien als Opfer, Opfer werden behandelt wie Täter. Frauen sind Männer, die keine Männer sind. Das ist alles verdreht, seht ihr das nicht?« Ich fühle mich schlau und zugleich verwirrt. So müssen sich Menschen fühlen, die wirklich schlau sind. »Lasst uns dem Teufel den Kopf abhacken«, lautet meine Forderung.

»Nein, nein, bitte nicht. Nichts machen, einfach nichts machen.« Aziza stellt die Ellenbogen auf den Tisch und vergräbt ihr Gesicht zwischen den Händen.

»Doch Aziza, wir müssen etwas machen. Täter sind Arschlöcher. Die wollen nur Macht erlangen. Und warum? Weil sie können. Rena wird nie aufhören.« Ich zippe mich.

»Im Prinzip hast du Recht. Macht existiert nur, wenn sie ausgeübt wird«, philosophiert Fran. »Und Macht und Macht gesellt sich gern, deswegen zentriert und akkumuliert Macht sich…«

»Was für'n Akku?«, fragt Rainer.

»Nicht der aus einem Handy«, antworte ich.

»Worauf ich hinauswill«, fährt Fran fort, »Macht funktioniert nur, wenn es Schwächere gibt, die Macht über sich ergehen lassen.«

Ich schließe die Augen und hebe die Arme über meinen Kopf, um konzentriert und akkumuliert zu signalisieren, dass alle mal bitte die Schnauze halten sollen, damit ich verdammt nochmal in Ruhe nachdenken kann. Nach einem wirklich langen Moment des Nachdenkens stelle ich meine Ellenbogen zurück auf den Tisch und beuge mich vor.

»Hacken wir dem Teufel den Kopf ab.«

»Das hast du eben schon gesagt«, stellt Fran fest. »Und dafür hast du jetzt so lang gebraucht?«

»Aber jetzt ohne Zögern, ohne Gnade, ohne Angst. Täter sind Täter und Opfer sind Opfer«, fasse ich zusammen.

»Das macht keinen Sinn«, findet Fran.

»Wir müssen das Ruder umdrehen.«

»Du meinst den Spieß, den dreht man um.«

»Fran, du drehst doch dauernd alles um, also Worte. Ruder, Spieß, Schusswaffe. Was ich meine ist, dass wir jetzt zu Tätern werden, die Täter zu Opfern machen.«

»Täterinnen, und stolz darauf!«, ruft Fran und klatscht.

»Game on!« Rainer nickt mir zu.

»Jetzt gib mir bloß nicht High-Five, Brudi!« Ich erschrecke mich. Hätte ich eine coole Sonnbrille, hätte ich die jetzt auf.

»Emma!« Die Mondhaut klatscht sanft in ihre kleinen Hände und schaut mich an, als wäre ich endlich die Heldin, die sie sich wünscht. Ich bin keine Heldin, abgesehen davon, dass ich meine kleine Babyschwester gerettet habe. Aus meinem Bauch steigen ein paar Seifenblasen auf, um im Atemweg zu platzen. Ich rülpse unauffällig.

»Ich will Rena und Sabs aber nicht hauen«, flüstert Aziza.

»Wir müssen strategischer arbeiten«, erkläre ich. »Wir könnten Rena was anhängen, sowie sie es mit Aziza gemacht hat.«

»Emma, du bist so schlau!«, überlegt Fran. »Die Waffen des Feindes anwenden, wie im Krieg.«

»Danke, Fran. Also, welches Verbrechen könnte Rena begehen?«

»Warum nicht wirklich was mit Waffen?« Rainer lehnt sich in meine Richtung. »Ein Faustmesser zum Beispiel, das ist klein, wir könnten es ihr zustecken.«

»Ein Faustmesser, das klingt schön fies«, finde ich.

»Das Teil passt auch unter eine große Gürtelschnalle«, weiß Rainer. »Ich hab' Freunde draußen und kenne hier den Hausarbeiter. Ich erkundige mich.«

»Rainer, du bist zu gebrauchen, wer hätte es gedacht?«, gebe ich zu. »Sonst noch jemand eine Idee?«

»Vielleicht Drogen, das wäre wirklich Gleiches mit Gleichem vergelten«, schlägt Fran vor.

»Ist mir zu heikel, kann ich von draußen nicht besorgen«, so Rainer. »Das müssten wir hier drin kaufen. Kostet halt.«

»Meine Eltern könnten Geld überweisen«, sagt Fran.

»Mein Vater bestimmt auch ein bisschen.«, wirft die Mondhaut ein.

»Meine Oma vielleicht auch.«, ruft Aziza.

»Geil! Mein Vater kann mir vermutlich nichts überweisen.« Ich versuche zu lachen.

»Wir dürfen nicht so laut sein!«, zischt Fran. »Jedenfalls bin ich bei allem dabei. Ich will das machen, endlich wehren wir uns.«

»Vielleicht kann ich mich mal umhören und in Erfahrung bringen, wo man Zeug herkriegt.« Ich versuche, mich auch irgendwie einzubringen.

»Weißt du überhaupt bei wem?«, fragt Rainer.

»Na, dafür hab' ich ja dich.«

»Kriegerinnen kämpfen. Keine Chance für Täter«, murmele ich.

»Täterinnen.« Fran wieder.

»Nein, Fran!« Ich bin ein bisschen sauer. »Ich weiß eben *nicht*, ob Rena Täterin oder Täter ist. Schau sie dir an. Ehrlich gesagt glaube ich, es gibt keine Täterinnen! Es gibt einzig und allein Täter, weil alle Täter Männer sein müssen!«

»Emma is back in da Hater-Mode«, brummt Rainer.

»Eher im Heldin-Mode«, schwärmt die Mondhaut. »Endlich hat sie es verstanden.«

»Das hat nichts mit dir zu tun!«, rufe ich noch genervter und merke dann, dass ich nicht noch genervter sein sollte.

»Dass was passiert, ist gut«, stimmt Fran Marlie zu. »Aber was du gerade gesagt hast, liebe Emma.« Sie hebt ihren Zeigefinger in meine Richtung. »Das geht einfach mal gar nicht.«

»Ja, Mama.« Ich schäme mich ein bisschen und weiß nicht mal, wofür. »Aber hey, es passiert was!«

Meine linke Hand hebt sich von meinem Schoß und legt sich auf die Mitte der Tischplatte.

»Ja Mann«, ruft Rainer und legt ihre rechte darauf.

»Yeah, Baby.« Fran tut es uns gleich.

»Sowas von,« brüllen Rainer und ich leider gleichzeitig und kommen uns mit den Händen in die Quere.

»F'jeden!«, Fran, die Mondhaut und Aziza haben es irgendwie geschafft, gleichzeitig ihre Hände auf unsere zu legen.

Das müssen wir wohl nochmal üben, obwohl ich das nie wieder machen will. Trotzdem, es ist still. Alle lächeln, nur ein bisschen, es ist ein bestimmtes Lächeln. Wir wissen, wir machen das. Das ist besser als High-Five. Zumal acht Frauenhände leichter sind als eine Männerhand. Und leicht, leicht wie Blei, das will ich sein. In dem Moment ist der erste Gong zu hören.

»Okay, cool!« Ich ziehe meine Hände wieder unterm Haufen hervor und auch die anderen holen ihre verdattert zurück. Nur noch ein paar Minuten, bis der Freigang zu Ende ist. Wir fangen alle an, unkoordiniert die Karten auf dem Tisch zusammenzuraffen, wobei natürlich alle nur von Ost nach West und von Süd nach Nord fallen.

»Vorsicht, Girlfriends«, warnt Rainer. »Wir müssen uns Zeit lassen.«

»Nee, wir müssen los«, sagt Aziza.

»Ich meine mit unserer Mission: Es fällt auf, wenn wir rumflüstern, rumrennen und alle auf einmal einen krassen Geldeingang auf dem Konto haben.«

»Rumrennen? Ich hab' Zeit, ich geh erst mal nicht woandershin«, lache ich.

»Ich bleibe vermutlich auch noch ein bisschen länger, bis hier entschieden wird.« Aziza lacht auch ein bisschen.

»Stimmt, was ist jetzt mit deiner Bewährung?«, fragt Fran und Aziza zuckt gleichgültig mit den Schultern.

»Egal«, sagt sie. »Ich meine, wo soll ich hin? Besser hier. Danke, Emma.« Azizas Blick wirkt auf mich wie toxische Teufels-Strahlen, die mein Gehirn zu Pudding machen. Ich reagiere sofort:

»Wir sollten dich anders nennen, Aziza. Du bist jetzt nicht mehr weich…«

»Ich war noch nie weich«, brummt sie.

»Weich ist okay, das bist du eben. Also, was ich meine, du bist gleichzeitig stark, kein Opfer. Du bist eine Kriegerin!«

»Badass-iza, sag ich doch!«, ruft Rainer.

»Naja«, murmelt Aziza und ich beschließe:

»Du bist jetzt Az.«

»Ehrlich?«, freut sich Aziza. »Az. Az. Das ist cool!«

»Was ist an Badass-iza nicht cool?«, fragt Rainer beleidigt.

»Brudi, es geht jetzt darum, dass jede von uns sich so stark fühlt, wie es nur geht. Richtig?« Fran und ihre ernsthaft liebende Laberei lullt alle so ein, da kann Rainer gar nicht anders als willenlos nicken, sagt aber dann:

»Na gut, wo Aaaaz jetzt ein' so coooolen Namen hat: Was geht mit Fran?«

»Fran ist schon ein Spitzname, du Hirnmonster«, singt Fran.

»Du heißt jetzt Fae!«, wirft plötzlich die Mondhaut ein. »Das ist englisch für Fee. Weil du die gute Seele unter uns bist.«

»Und du bist Moon!« Schießt es aus mir heraus. »Also, das ist am wenigsten eine Abkürzung, aber es passt einfach. Weil du der Mond bist, der in einer Frühsommernacht den Weg leuchtet und alles unter eine silberfarbene Decke packt, während ich, also irgendwer über Felder rennt. Und ich bin gerade nur total irritiert, deswegen rede ich soviel Scheiß. Wo bleibt eigentlich der zweite Gong, müssen wir nicht aufstehen?« Ich stehe auf.

»Oh Emma!« Marlie lächelt zwar, aber ihre Augen schauen traurig. Versteh' ich nicht, das Syndrom hatte sie schon an der Telefonstation.

»Schau dir Marlie an, Moon meine ich«, sagt Fran. »Sie ist so süß und bewegt von dir.«

»Zwischen euch beiden geht was!«, juchzt Rainer, während sie ebenfalls aufsteht.

»Ey …«, winke ich ab.

»Ich find's schön«, schwärmt Moon.

»Vallah. Aber ich bleib bei meinem Namen«, ruft Rainer. »Ich bin schließlich hier die Älteste und Erfahrenste.«

»Ja Rainer, du bist unser großer Brudi und dein Name ist einfach zu schön«, Fran steht auch auf und legt ihren Arm um Rainer.

»Sehr gut!«, schließe ich ab. »Und ich? Falls jemand wissen will, wer ich bin: Ich bin ab heute nur noch M.«

Tag 117

Fae, mein Gott, mein Gott, hörst du das? Nein? Ich auch nicht, ist das nicht schrecklich? Dieser Morgen klingt nicht wie alle anderen. Von heute auf morgen hat der Vogel aufgehört zu singen. Jetzt bleibt wieder nur das leere Summen – und es macht mich wahnsinnig.

»Mein Vater überweist mir 300 Euro!«, freut sich Fae.

Wir sitzen beim Nachmittagsfreigang draußen neben den Sportgeräten auf dem Boden und tun so, als würden wir irgendwann in diesem Jahr nochmal Sport machen. Wollen wir aber nicht. Ich zumindest. Die Geräte sehen aus wie die komischen Dinger auf manchen Spielplätzen, eher so wie Foltergeräte. Außerdem ist es heute so heiß, dass Luft holen bereits Sport ist. Ich höre Rena und ihre Anhänger wie immer beim Basketballspiel grölen. Das ist auch nicht wirklich Sport. Es war Moons Idee, dass wir uns hier treffen und *trainieren*. Ich bin nur hier, um zu erfahren, wie es um unsere Mission steht.

»3k? Sick!«, ruft Rainer.

»Brüll nicht so«, zische ich.

»Das sind keine k,« korrigiert Fae. »K sind tausend.«

»Emma, du musst dich schon richtig dehnen«, Rainer steht auf und läuft hinter mich. Plötzlich spüre ich, wie sie ihre Hände auf meinen Rücken setzt und mich nach vorne Richtung Knie drückt.

»Hey hey, seh' ich aus, als wollte ich mich dehnen?«, rufe ich.

»Alter, bist du steif!«

»Nimm deine Finger weg, und ich heiße M!«

»Okay, du kannst das eh nicht.« Rainer lässt von mir ab.

»300 Euro, das reicht vielleicht fast für ein Smartphone«, meint Moon.

»No way… das geht hier ab 1000 los. Wir wollen doch ein iPhone, oder?«, fragt Rainer.

»Hey, das Telefon ist nicht für dich!«, wende ich ein.

»Klar, aber meinst du wirklich, Rena gibt sich mit etwas anderem ab? Never …«

Rainer stellt sich breitbeinig hin und biegt ihren Oberkörper vor und zurück, dabei fuchtelt sie konzentriert mit den Armen.

»Az, soll ich dir gleich mal zeigen, wie man sich bei 'nem Street Fight wehrt?«, stöhnt sie.

»Nein danke!«, antwortet Az.

»1000…«, murmelt Fae. »Hätte ich das gewusst, meine Alten hätten mir auch mehr zugesagt.

»Egal, nicht aufgeben. Wir sind im Krieg. Wir müssen kämpfen. Kannst du die vielleicht nochmal kontaktieren?«, frage ich.

»M, was hast du in der Zwischenzeit erreicht? Hast du einen Preis oder eine Quelle für ein Handy hier drin herausgefunden?« Rainer setzt sich vor mich in eine Hocke und kippt fast um.

»Soll das eine Übung sein?«, frage ich. »Also, ich habe mich umgehört, aber noch keine Info bekommen.«

Rainer guckt schief: »Erstens: Das nennt sich Stretching. Hello? Zweitens: Willst du damit sagen, dass du nicht lieferst?«

»Es ist nicht so einfach, ich versteh' das schon«, mischt Moon sich ein. »Die Frauen hier machen mir auch Angst.«

Wenn sie in der Nähe ist, fühlt sich alles anders an.

»M? M!«, ruft Rainer.

»Ja! Die bin ich.«

»Schläfst du, Girlfriend?«

»Wieso? Ich hab' jedenfalls keine Angst vor den Frauen hier!«

»Aber ich meine, du musst doch nur nachfragen.« Rena ist mittlerweile auf ihren Hintern geplumpst. »Ich mein' du bist doch down mit Rena. Geh zu ihr.«

»Ich bin nicht down mit Rena, eher bin ich ganz unten mit ihr! Außerdem wollen wir ihr schaden, nicht am Ende noch etwas von ihr kaufen.«

»Das wäre ja richtig geil«, findet Fae. »Ihr eigener Deal wird zu ihrem Verhängnis. Ruder umdrehen, weißt du?«

»Die findet dich geil, also worauf wartest du? In der Gemeinschaftsdusche kannst du sie ansprechen. Nur so als Vorschlag.« Rainer lacht.

Prinzipiell haben sie Recht. Ich muss nicht lange recherchieren, niemand von uns kommt so leicht an die wahre Quelle jeglicher krimineller Möglichkeiten wie ich.

»Was sagst du?«, hakt Rainer nach und schwitzt.

»Was? Das mit der Dusche? Ich zieh' mich doch nicht aus vor der.«

»Naja…« Rainer zieht die Schultern hoch.

»Ich hasse die, ich will die nicht nackt um etwas bitten. Wenn sie überhaupt jemals duscht, was ich mir nicht vorstellen kann.«

Keine sagt etwas, alle gucken nur, und deshalb ziehe ich die Karte, gegen die niemand etwas einwenden kann: »Ihr wisst schon noch, warum ich hier im Knast gelandet bin, oder? Am Ende kriege ich eine Panikattacke oder sowas.«

»Sie hat Recht, das geht nicht«, sagt Fae, und die andern nicken. Dabei weiß ich nicht mal, ob das mit der Nacktheit den Ausschlag gibt, oder ob ich eben einfach nicht will.

»Wir finden schon einen Weg. Es geht schließlich um unsere Mission, Junge. Kriegerinnen kämpfen.« Rainer steht auf und springt von einem Bein aufs andere. Ihr T-Shirt und alles darin schwingt mit.

»Du weißt schon, dass wir deinen Bauchspeck sehen können, oder?«, lacht Fae.

»Ey, ist kein Speck, das sind Muskeln, kleiner Spack.«

»Du großer Speckspack!«, rufe ich, alle lachen.

»Ich hatte aber auch meine Probleme«, sagt Fae zu mir. »Hab' mich gefühlt wie ein korruptes Schwein, als ich meine Eltern am Telefon nach dem Geld gefragt habe.«

»Wieso? Deine Eltern haben doch Geld«, wendet Moon ein.

»Das ist es nicht. Sie sind Heuchler. Geld ist das Wichtigste in ihrer Welt und dann tun sie so, als ob sie für die Schwachen einstehen. Dass ich jetzt von ihrer Heuchlerei profitieren will, macht mich zur Heuchlerin.«

»Naja, wenigstens haben deine Eltern Geld«, murmelt Az. »Wenigstens hast du Eltern.«

»Eltern sind Schrott, Az«, finde ich.

»Ich hatte auch keine richtigen Eltern«, erklärt Fae. »Statt Liebe oder wenigstens Akzeptanz habe ich entweder Pillen oder Geld oder die nächste Therapie bekommen. Weder um das eine, noch das andere habe ich sie gebeten. Ich hatte mir geschworen, dass ich sie nie um etwas bitte. Bis vor …«

»Aber Money? Money, Cash, Doe, Bling Bling, kannste alles mir geben, halt einfach. Und die Pillen auch«, Rainer lacht.

»Das war klar, dass du darauf so einen Quatsch ablässt«, antwortet Fae und lacht ebenfalls.

»Ja Mann.«

»Danke, Fae, dass du so stark warst und das gemacht hast«, sagt Moon. Sie faltet ihre feinen, weißen Hände, um dann die Arme über dem Kopf auszustrecken. Meine Augen müssen da hingucken. Warum tun sie das und warum kriege ich sie nicht dazu, woandershin zu gucken?

»Ich versuche, es so zu sehen: Ich habe ein kleineres Opfer für den großen Gewinn gebracht«, sagt Fran. »Und so wie meine Eltern werde ich nie, lieber sitze ich im Knast.«

»Ich bin auch nur im Knast, weil ich getan habe, woran ich glaube«, stimme ich in das Lied ein, das sich direkt verlogen anfühlt, weil ich gar nicht weiß, woran ich glaube.

»Ich nicht.« Rainer zuckt mit den Schultern. »Ich habe einfach so kriminelle Sachen gemacht und war mir immer bewusst, dass ich sie mache. Warum? Weil ich aus'm Ghetto bin.«

Für einen kurzen Moment fühlt es sich an, als würden wir uns alle gerade selbst verarschen.

»Die Frage ist doch, würden wir es wieder tun?«, finde ich. »Also meine Antwortet lautet auf jeden Fall: ja!«

»Sagen das nicht alle, die ihre Taten rechtfertigen wollen?«, fragt Fae. »Und wer darf überhaupt entscheiden, was Gut und Böse ist?«

»Fae, jetzt hör aber auf«, rufe ich. »Du hast jahrelang Verbrechen begangen und tust so, als wäre es für die gute Sache gewesen.«

»War es auch! Verdammt, warum fühlt sich das jetzt anders an? So als hätte ich einen Deal mit dem Teufel gemacht? Wie bei Faust. Shakespeare, wisst ihr?«

»Weil es dir näher geht«, sagt Moon leise.

»Es tut mir leid.« Az steht auf. »Ich will nicht, dass ihr euch meinetwegen schlecht fühlt.«

Sie dreht sich und will langsam loslaufen, bis auch ich aufstehe und ihr Handgelenk greife.

»Az!« Mehr muss ich nicht sagen, damit sie stehen bleibt.

»Wir machen das nicht nur deinetwegen«, sagt Fae.

Doch!, denke ich. Oder nicht?

»Genau, so wichtig bist du uns auch wieder nicht«, lacht Rainer.

»Wir wollen uns endlich wehren – im Namen all der Opfer hier. Richtig, M?«, fragt mich Moon.

»Ich war zwar nie ein Opfer, aber egal, Hauptsache Action.« Rainer hebt eine Faust.

»Du hast uns dazu inspiriert und dafür danken wir dir.«

Fae lächelt Az an, die schon wieder auf dem Boden sitzt.

»Ich weiß noch was: Rache!«, fügt Rainer hinzu. »Wir wollen uns rächen, das finde ich gut.«

»Ich bin down mit Rache«, stimme ich als einzige zu.

»Brutal, Bruder!«

Rainer hebt ihre Handfläche und ich beobachte, wie sich die meine hebt und Rainers Geste mit High Five quittiert. Ich ziehe meine Hand zurück und schaue angewidert in die Fläche, die ich dann an meiner Hose abwische. Was macht mein Körper heute für Dinge? Das muss an der Hitze liegen. Ich brauche einen Moment, um mich zu sammeln, und fahre dann fort:

»Selbstjustiz, Rebellion, Rache, wie auch immer ihr es nennen wollt. Es ist gut, denn es geht gegen einen Täter.«

»Ich weiß nicht, also naja, das finde ich schon etwas hart.« Az muss den Moment natürlich verderben.

»Nur ein Gedankenspiel. Wenn ich draußen wäre, an wem sollte ich mich eurer Meinung nach rächen?«, fragt mich Fae.

»An deinen Eltern. Die haben dich verraten.«

»Aber alle Menschen im Knast wurden irgendwie, naja, Eltern, Omas, Lehrer, von irgendwem wurden sie alle am Anfang verraten, oder?«, wirft Az ein.

»Nein, manche sind Täter ohne Grund. Nur, weil sie böse sind. Mach's nicht so kompliziert«, insistiere ich. »Also, wie würdest du dich rächen?«, will ich von Fae wissen und freue mich ein bisschen. »Vielleicht etwas heftig Kriminelles anstellen, von dem dann auch die Freunde deiner Eltern erfahren?«

»Das wäre dumm«, findet Fae. »Damit würde ich nur mir selbst schaden. Und meine Eltern würden sich freuen, weil sie sich bestätigt fühlten.«

»Denken wir mal an die ganzen Bitches aus deiner Schule«, überlegt Rainer. »Das wär' so ein harter Diss für die, wenn du richtig durchstarten würdest und so einen Lifestyle wie Saweety hättest. Autos, Häuser, Pool, Boys und Girls …«

»Das passt nicht so zu mir, Rainer«, grinst Fae. »Und die haben selbst alle genug.«

»Ich weiß doch, dass du unsere kleine Weltretter-Superbitch bist.« Rainer robbt Richtung Fae und legt ihren Arm um sie.

»Naja, aber …« Fae stockt kurz und windet sich aus Rainers Arm. »Aber du hast Recht. Vielleicht würde ich eine Aktivistengruppe gründen, die gegen Menschen wie meine Eltern demonstriert und richtig Impact hat. Wie Fridays for Future.«

»Was haben die gegen deine Eltern?«, fragt Az.

»Na nix, vom Impact her«, antwortet Rainer.

»Und ich würde allen zeigen, dass sie nicht so schön sind, wie sie denken. Nur weil sie Markenklamotten tragen und coole Eltern, süße Jungs und 300k haben«, überlegt Moon.

»Was willst du?«, fragt Rainer entsetzt.

»Ich will allen zeigen, wie schön Frauen ohne all das sind und wie wichtig es ist, dass sie sich untereinander lieben.«

Bilde ich mir ein, dass Moon mich dabei anschaut? Mein Hals kratzt.

»Wie willst du das denn anstellen?«, will Rainer wissen.

»Ich werde meiner Sozialarbeiterin sagen, dass sie blöd ist«, überlegt Az. »Die, zu der ich immer musste. Ins Gesicht werde ich ihr sagen, dass nicht ich dumm bin, sondern sie. Sie ist dumm. Und dann sag' ich das auch zu meinen Lehrern und allen anderen.«

Az streut ein schüchternes Lächeln in die Runde.

»Nice Brudi, aber sowas von«, Rainer streckt Az die Hand zum High Five entgegen und Az trifft wie immer nur ein Viertel von Rainers Handfläche.

»Vielleicht sollten wir uns ab jetzt *Die Brudis* nennen«, sage ich in Rainers Richtung, um sie zu ärgern.

»Ich find's cool«, meint Az.

»Du findest alles cool, was Rainer ausbrütet…«, lacht Fae.

»Ach die Süße, wenigstens *ein* Groupie«, meint Rainer und rückt an Az heran.

»Bleib weg mit deiner Axelschweißhöhle!« Az duckt sich weg.

»Was hat sie gesagt?«, lacht Fae. Wir alle lachen, sogar ich, und Az ist stolz darauf, etwas so Lustiges gesagt zu haben.

»Na gut, aber fragt mich mal eine von euch, von welcher Rache ich manchmal träume?«, meckert Rainer. »Ich hau' so 'ner Alten aus meiner Gang auf die Zwölf. Dachte, die wär meine Freundin, und dann hat mich die Fotze gefickt.«

»Gewalt hilft auch nicht, Brudi«, meint Fae.

»Nein? Dann nicht«, erwidert Rainer, und zum ersten Mal glaube ich, etwas Trauriges in ihrem Blick zu sehen.

»Vielleicht sollten wir wirklich einen Song über uns machen, wie M uns versprochen hat«, meint Az.

»M, stell' mal deinen Reim vor!«, meint Fae zu mir.

»Wir haben doch darüber gesprochen, Fae. Außerdem: Ich will keinen Song mehr machen, in Wirklichkeit wollte ich das nie.«

»Du willst nie was!«, antwortet Fae.

»Richtig!«

»Aber wenn du so ein Geheimnis daraus machst, wird es noch interessanter. Eins, wir drehen uns im Kreis, so fängt das an, oder?« Fae kneift mir in die Seite.

»Und dann: Zwei, wir sind soweit«, dichtet Moon weiter.

»Öffnen die Flügel weit!«, kommt aus mir raus. »Drei, fliegen durch Raum und Zeit. Eins zwei drei, wir sind frei…«

»Sorry, ich will nicht lachen …«, prustet Rainer. »Nein wirklich nicht, aber Brudis, das ist richtig wack!«

»Ich finde es wunderschön!«, sagt Moon. »Was für eine Melodie hat es?«

»Keine. Wichtig ist einfach, dass die letzte Zeile ganz ganz laut gerufen wird.«

»Können wir für unsere Hymne verwenden …«, findet Moon.

»Nur, dass wir das Gegenteil von frei sind, falls das hier noch keiner gemerkt hat. Abgesehen davon, dass es ein Kinderlied ist«, meckert Rainer.

»Wir haben uns, also meine Geschwister und ich, wenn wir das gesprochen haben, immer schneller dreht mit ausgebreiteten Armen«, erzähle ich.

»Wenn ich mich schnell drehe, muss ich kotzen«, sagt Az. Dann summt sie für eine Weile und kippt ihr Köpfchen sanft hin und her.

»Und du, M?«, fragt Fae.

»Was und ich?«

»An wem würdest du dich rächen wollen, wenn du draußen wärst?«

»Ich habe mein Leben lang an Rache gedacht. Die habe ich nun ausgeübt. Das reicht für mich.« Ich schaue in die Runde. »Und jetzt bin ich hier.«

Es ist kurz vor 21 Uhr. Fae und ich putzen die Zähne. Sie sabbert dabei auf ihr Shirt.

»Wie du auffiehft!« Ich zeige auf ihr Shirt.

»Oh!« Fae guckt nur. »Kann if dif waf fragen?«

»Fpuck erftmal auf, du Fpack.«

»Felber Fpack!«

»Fpuckfpack!« Wir prusten, Zahnpastaschaum fliegt um uns herum.

»Ja gut, jetzt muss ich auch nicht mehr ausspucken«, stellt Fae fest.

Nachdem wir die Münder doch nochmal ausgespült haben, schmatzt Fae mich an:

»M?«

»Ja, Spucki?«

»Glaubst du, wir kriegen das hin mit der Revolte gegen Rena? Oder gibt das am Ende nur Ärger, auch mit den Beamten, meine ich?«

»Seit wann interessieren dich Konsequenzen mit Beamten?« Ich spüle nochmal mit Wasser. »Die haben dich doch draußen auch nicht ausgebremst.«

»Hier drin ist das was anderes. Hier sitzen wir in der Falle.«

»Fae, draußen sitzen wir genauso in der Falle, nur sind die Mauern und Stacheldrähte nicht so sichtbar wie hier.«

»Ich hab' einfach ein bisschen Angst.«

»Am Ende geht es nur darum, dass wir uns wehren. Und das tun wir.« »Du hast heute für deine Verhältnisse viel gelacht«, meint Fae, während sie ins Bett klettert.

»Ja … ist mir auch aufgefallen«, gestehe ich.

»Und weißt du, was mir noch aufgefallen ist? Seit ein paar Nächten schreist du im Schlaf.«

»Echt? Was denn?«

»Meistens ist es nicht definierbar. Manchmal verstehe ich *Hilfe!*, manchmal sowas wie *nein!*, aber jedes Mal weckt es mich. Kannst du dich an die Träume erinnern?«

»Ach Fae, ich weiß doch kaum, was Träume und was Erinnerungen sind. An den Großteil der achtzehn Jahre vorm Knast kann ich mich auch gar nicht erinnern.«

»Da solltest du mal mit der Psychologin drüber reden.«

»Quatsch. Ist wahrscheinlich normal. Worüber ich mir größere Sorgen mache, ist, dass der Vogel aufgehört hat zu singen.«

Beim Blick in die offene Toilettenschüssel überlege ich kurz, ob ich da eine Silhouette im Wasser gesehen habe. Dann beschließe ich, dass es mir zu gut geht, um mir über Schatten Gedanken zu machen. Ich klappe den Deckel runter und gehe ins Bett.

Tag 123. Die Anderen, Teil 2.1: Franziska

Der Besucherraum ist groß und hell, mehr dann auch nicht. Nur an der Hälfte der Tische sitzen Menschen. Fae hat einen ausgesucht, der an der Wand steht. Dort wartet sie auf ihre Eltern und schaut sich um, stoppt aber bald ihren Rundblick, um Augenkontakt aus dem Weg zu gehen. Man schaut sich hier nicht einfach so in die Augen und wenn doch, dann weil man etwas von der anderen will. Eine Frau aus Renas Knast-Gang ist hier, Rena selbst aber nicht. Hoffentlich kommen Mama und Papa bald, denkt Fae. Sie fragt sich, ob die leeren Tische darauf hindeuten, dass viele Frauen niemanden haben, der sie hier besuchen könnte. Sie empfindet kurz Mitleid für diese Frauen, ist sich dann aber nicht sicher, ob es ihr so viel anders geht.

Eine kleine Revolution, das würde ihr guttun. Nicht nur ihr, sondern allen. Die Gruppe braucht eine Aufgabe, vor allem aber sie. Seit Fae im Gefängnis sitzt, fühlt sie sich… nicht. Sie fühlt einfach nicht, und Gefühle hatte sie zuvor eine Menge. Vielleicht ist das dieses *depressiv*, was zu sein sie als Kind nie erwogen hatte, bis sie anfing darauf zu hören, was Eltern und Ärzte ihr attestierten. Hier drin kann sie nichts unternehmen gegen schlimme Dinge, die da draußen passieren. Wenn sie nichts hat, wogegen sie kämpfen kann, wofür sie aufstehen muss, würde sie im Bett bleiben, wenn sie könnte. Eine Welt ohne Probleme wäre für sie erst ein richtiges Problem. Das Knast-Projekt mit den anderen verändert nicht die Welt, zumindest nicht die Draußenwelt, aber die Drinnenwelt kann es möglicherweise ein bisschen besser machen, und das muss jetzt eben reichen. Vielleicht würde man sich die Geschichte von dem Coup noch Jahre später draußen erzählen. Das wär's, wenn aus ihrer Gruppe uncooler, unsicherer Frauen eine Legende würde, ein Vorbild für andere da draußen. Ein Knastmärchen.

Fae weiß, wenn Mama und Papa gleich da sind, kippen sie ihre Sorgen wieder über ihr aus und fragen sich, wie es so weit kommen konnte mit ihrer Tochter. Dabei haben sie ihre Tochter dazu gebracht. Seit Kindertagen musste sie den Eltern zuhören, wenn sie von großen Heldinnen, Revolutionärinnen, Aufmüpfigen und sozialen Bewegungen der Geschichte erzählten. Wahre Geschichten von Ungleichheiten, Unterdrückung und Rassismus und Diskriminierung, gegen die großartige Menschen gekämpft hatten. Das ginge nicht, keiner unternähme mehr etwas, schon gar nicht die unpolitische Jungend heutzutage, stimmten sie die typische Tirade der älteren Generationen an. Und dann warfen Mama und Papa mit Namen und Zahlen um sich. Wandelnde Geschichtsbücher sind sie, Faes streberhafte, vorbildliche Intellektuelltern. So nannte Fae sie irgendwann. Fae beschloss, auch eine Heldin zu sein, über die alle einmal Geschichten erzählen würden. Für die gute Sache wäre sie auch ins Gefängnis gegangen. Ganz so glamourös, wie sie damals dachte, ist das mit dem Knast in Wirklichkeit nicht, aber man nimmt, was man kriegt. »Die Revolution ist das Größte, alles andere ist Quark«, das hat diese feministische Künstlerin einmal gesagt, ihre Lieblingskünstlerin eigentlich, wie auch immer die wirklich heißt. Faes Rebellion fing klein an. Als Kind befreite sie Hündinnen und Hunde aus Nachbarsgärten. Als sie dann erfahren musste, dass die Tiere entweder wieder zu ihren Besitzerinnen zurückliefen, verhungerten oder ins Tierheim kamen, hörte sie damit auf. Mit elf Jahren ging sie auf ihre erste Demonstration. Sie wusste immerhin, dass sie gegen Nazis demonstrierte, warf ein Ei auf einen Vertreter der rechten Partei und rannte weg. Danach lag sie mit Herzklopfen im Bett und stellte fest: Krawall machen fühlt sich ganz schön gut an. Kleinere kriminelle Taten folgten erst ein Jahr später. Oder waren manche davor schon kriminell? Die Trennlinie erschloss sich Fae damals und ehrlich gesagt auch bis heute nicht. Erst kürzlich lernte sie bei der Gruppe Rebellious Extention, dass es Strategien gab, um in den Grauzonen der Legalität zu agieren. Aber da war es schon zu spät. Da hatte sie bereits begonnen, in Boutiquen und Supermärkten zu klauen und ihre Beute an Obdachlose zu verteilen. Einmal fand die Putzfrau Herrenanzüge unter Faes Bett, sagte aber nichts dazu. Fae wusste das, weil die Sachen eines Tages weg waren und niemand sonst sich ihrem Bett auch nur näherte, auch die Intellektueltern nicht. Ab dem Moment begriff Fae: Sie konnte anstellen, was sie wollte. Es interessierte niemanden. Sie war einfach nicht wichtig genug, gehörte nicht zu den Mächtigen, die die Geschichten regierten. Sie war keine revolutionäre Persönlichkeit, sondern jammerte nur rum auf hohem Niveau. Dann begegnete sie Olga, oder wie die Künstlerin hieß, beziehungsweise nur einem Plakat von ihr, auf dem es um eine Performance zum Thema Schmerz ging. Die Besucher konnten sich Torturen aller Art zufügen und so in der Künstlerin Reich zu Kunst werden. Das war Märtyrertum. So begann Fae, sich für die weniger sichtbaren Menschen, also Frauen in der Kunst, der Geschichte und im Allgemeinen zu interessieren. Nach ihrem letzten Anzug-Klau probierte sie weitere Dinge aus, wagte mehr, verpasste SUVs laaaange dicke Kratzer, besprühte Fassaden von Banken und schnitzte Zeichen mit Rasierklingen auf ihren Unterarm, um zu schwören, dass sie immer hinter den Unerhörten stehen und sich nie mehr hilflos und klein fühlen wollte. Ob das normal war, dass sie zur Rasierklinge griff, bezweifelte sie insgeheim. Dass sie von Monat zu Monat aggressiver und krimineller wurde, weil auch die Intellektueltern, die das System vertraten, mehr und mehr rebellierten, war ihr nicht klar. Alles, was Fae unternahm, hatte mehr Sinn, als das, was andere taten. Kriminalität gegen größere Kriminalität. Andere Unerhörte gesellten sich zu ihr, oder halt einfach umgekehrt. Und so wurden ihre Intellektuelltern langsam zu Kriminelltern. Fae grinst die Tischplatte an über diesen Gedanken. Als ihr Vandalismus an den Skyscrapern der größeren Banken herauskam, verstanden die Kriminelltern ihre Tat nicht als legendären Akt der Revolution. Eh klar! Sie gaben sich auch keine Mühe, ihre Scham zu verbergen. Vermutlich wollten sie erreichen, dass auch Fae sich schämte. Aber heute, wo sie hier sitzt, schämt sie sich nicht mehr. Im Gegensatz zu ihrem Herren (dem Vater) und seinem *Mädchen* hat sie die Dinge erlebt, statt nur darüber zu reden, ist selbst zur Tat geschritten, statt am Ende zu heucheln und so zu tun. Als die Polizei Fae wegen mehrerer Anzeigen zuhause abholte, war das unheimlich, aber nur, weil Fae nicht wusste, was nun im Detail mit ihr passierte. In einem Lager von Faes Gruppe fanden Beamte Utensilien für einen Aufstand im großen Stil im Wert von 80 000 Euro. Schon lustig: Niemand hätte im Traum von Fae erwartet, dass sie kriminell werden könnte. Ohne ihre Intellektualten wäre sie nicht so weit gekommen, sich am Ende doch noch zu einer Legende zu mausern.

»Franziska!« So peinlich, dass ihre Mama diesen Namen direkt quer durch den Raum ruft, als sie mit ausgestreckten Armen und besorgtem Blick an den Tisch kommt. Der Vater hinterher. Fae steht auf, um die Umarmung entgegenzunehmen. Als sie sieht, wie böse der Beamte schaut, der an einer Wand ohne Tisch hockt, setzt sie sich wieder hin, die Eltern nehmen die Stühle gegenüber.

»Ich heiße jetzt übrigens Fae… nicht dass es euch interessieren würde.«

»Was?«, fragt die Mama.

»Egal, nenn mich Fridolin.«

»Was redest du? Wie geht es dir? Kannst du schlafen?«

»Ja, Mama. Mir geht es gut. Ich hab' Freunde hier. Wir haben Ziele zusammen und unternehmen Dinge.«

»Sofern man hier etwas unternehmen kann, in diesem Käfig«, schimpft der Vater, und sein Mädchen tritt ihm sanft gegen das Schienbein. Er atmet laut aus und lacht:

»Also Liebes, Folgendes: Der Anwalt ist an deinem Fall dran. Das ist ein richtiger Terrier«, lacht der Mann, um sich dann zu räuspern. »Kostet ein Vermögen, aber Weltklasse.«

»Klar muss das auch ein Mann sein.« Fae rollt die Augen.

»Sie ist unglaublich, *jetzt* wird wird sie politisch«, sagt die Mutter zum Vater.

»Wir würden auch eine Frau beauftragen, wenn es eine Anwältin mit solchem Biss gäbe. Aber die gibt es eben nicht, Frauen haben das nicht im Blut. Der Punkt ist«, fährt Faes Herr fort, »es sieht sehr gut aus für uns, wir kommen aus der Krise raus, mach' dir keine Sorgen.«

»Ich mache mir keine Sorgen.«

»Natürlich klappt das alles nur, sofern du nichts Neues anstellst«, fügt die Mutter an und hebt ihren Zeigefinger, was sie immer macht, wenn sie kurz vorm Austicken ist.

»Aber Papa, ihr sollt nicht so viel für mich ausgeben. Ich kann meine Strafe absitzen, Verantwortung übernehmen, das habt ihr mich gelehrt.«

»Wir geben das Geld nicht nur für dich aus. Dank dir sitzen wir genauso in der Sch … wie du!«, so die Frau.

»Naja, nicht genauso …« Fae kippt den Kopf von rechts nach links.

»Strafe absitzen ist richtig,« findet der Vater. »Aber wer entscheidet über das Straf*maß*? Deines ist absurd. Du bist noch ein Kind.« Dann schwenkt er den Blick zu seiner Frau. »Glaub mir, ich kenne mich mit solchen Sachen aus.«

So sieht das perfekte Mansplaining ihres alten Herrn aus, denkt Fae. Perfekt, weil beinahe subtil und getarnt als etwas, was er nur gut meint.

»Ich will keine Sonderbehandlung, bloß weil ihr reich seid. Ich habe etwas Großes getan, auch ich darf eine Heldin sein. Wir dürfen alle Heldinnen sein, meine Freundinnen hier und ich.«

»Dieses Kind ist verrückt!« Die Mutter spannt ihre Lippen an. »Es geht nicht immer nur um dich. Du hast uns zerstört.«

»Wir kriegen das schon hin, mein Mädchen,« versucht der Mann zu schlichten.

»Sie spricht von ihren Freundinnen? Wer soll das sein? Nur Kriminelle, Asoziale!«

»Viele Heldinnen und Helden der Geschichte wurden ihrerzeit auch verkannt.« Fae stellt fest, dass sie zum ersten Mal die Gelegenheit hat, den Eltern ihre Sichtweise zu erklären, weil sie nicht weggehen können. Dafür sind die beiden zu eitel. Sie müssen sich bis zum Ende der Besuchszeit einer Konversation stellen.

»Ihr habt mir das alles beigebracht, es ist alles eure Schuld!«

»Wir lehren Theorie«, so wieder der Vater. »Wir halten Vorträge, schreiben hochwissenschaftliche Artikel in anerkannten Publikationen, aber nicht damit unsere Tochter alles verdreht, sondern damit auch sie vielleicht einmal promoviert.«

»Papa, du laberst nur rum.«, fuchtelt Fae. »Frau K sagt immer: Kinder *sind* nicht das Problem. Sie *haben* ein Problem.« Sie deutet auf ihre Eltern.

»Du wagst es!«, ruft die Mutter und steht auf. »Du hast ein kleines Vermögen von uns gestohlen und das Finanzamt auf uns gehetzt!«

»Es ist nicht meine Schuld, dass ihr das Finanzamt bescheißt und das jetzt rauskam. Ihr seid nämlich selbst Kriminelle! Ihr habt angefangen.«

»Okay, okay, Liebes, setz dich …«, der Vater zwingt die Mutter zum Sitzen und nickt dem Beamten zu, als gehöre ihm der Laden. Die Mutter heult.

»Also, wenn ihr ehrlich seid, habt ihr effektiv gegen mich ausgesagt. Gegen eure Tochter! Ihr habt mich in den Knast gebracht.«

»Es tut uns leid,« sagt der Vater mit leidendem Unterton. »Aber was erwartest du? Verantwortung übernehmen, sagst du selbst.«

»Ich bin ein Kind!«

»Jetzt bist du auf einmal wieder ein Kind, dann willst du wieder wie eine Erwachsene behandelt werden … Entscheide dich mal.« Die Mutter im Siegerton.

»Nicht wie eine Erwachsene.« Fae weint jetzt auch ein bisschen, macht eine Pause, um sich zusammenzureißen, und wiederholt: »Ich will nicht wie eine Erwachsene behandelt werden. Ich will respektiert werden. Und vielleicht geliebt.«

»Ach, wir lieben dich doch«, säuselt der Vater. Fae weiß, es tut ihm wirklich leid auf eine verschrobene Weise. Sie spürt den unerträglichen Drang zu gehen, wäre da nicht noch eine Aufgabe. Jetzt oder nie.

»Naja, aber ich wollte auch sagen: Es tut mir leid. Ich hätte euch das nicht antun sollen.«

»Was von all diesen Katastrophen meinst du genau?« Die Mutter zupft ein Taschentuch aus der Tasche ihres Blazers und schüttelt es großzügig auf. Der Mann tätschelt ihren Schenkel.

»Das mit dem Diebstahl, klar, das war keine Glanzleistung.«

»Nun gut. Entschuldigung angenommen«, schließt der Vater direkt ab. »Brauchst du etwas?«

»Also wenn ihr was für mich tun wollt…«, schnieft Fae, da sie praktischerweise noch verheult ist. »Ich brauche Geld.«

»Natürlich! Was sonst?«, näselt die Mutter, während sie mit dem Taschentuch tupft.

»Ich kriege so wenig zu essen hier, alle anderen Frauen kaufen sich zusätzliches Essen, weil sie sonst buchstäblich verhungern würden. Ihr könnt sehen, wie krass ich abgenommen hab', oder? Seht euch meine Beine an!« Fae steht auf und präsentiert sich ab der Hüftlinie nach unten, wobei man unter der weiten Hosen sowieso nichts erkennen kann, schon gar nicht Gewichtsschwankungen.

»Jaja, wir sehen das …« Mama macht eine Geste, mit der sie peinlich berührt ihre Tochter zum Hinsetzen auffordert. Fae wusste, dass das zieht. Die Krimineltern sind stets offen für die kleinen und großen Lügen, die das Leben leichter machen. »Außerdem will ich Hygieneartikel kaufen.«

»Hygiene ist essentiell«, sagt die Mutter. »Ich sehe ja, wie ungepflegt du bist. Und du isst nichts, ist mir sofort aufgefallen!«

»Wie viel brauchst du, reichen 300 Euro?«, fragt der Vater und schaut dann zu seiner Frau.

»Das billige Zeug verkaufen die hier zu Wucherpreisen, ich weiß das aus einem Artikel. Die zocken die jungen Menschen auch noch ab.«

»Das reicht. Also das Geld. Danke, Papa. Mama.«

»Gerne«, antwortet die Mutter und zwingt sich zu einem Lächen.

Tag 147. Die Anderen, Teil 2.2: Marlie

»Hallo, mein kleines Mädchen. Ooh. Warte...«

»Papa, ich hab' nicht viel Zeit.«

»Ja, warte.«

Ein Rascheln am anderen Ende der Leitung und dann ist Moons Vater erstmal weg. Drei, vier Minuten, Moon schaut auf die riesige digitale Knastuhr an der Wand.

»Oooh, da bin ich wieder, siehst du, ging doch schnell.«

»Nein, ging es nicht.«

»Mein liebes Mädchen, du weißt, wie lieb ich dich hab.«

»Papa, du klingst nicht gut.«

»Ach. Mir geht es gut. Mir geht es gut.«

»Papa?« Wieder eine Pause von einer Minute. »Papa?«

»Marlene? Marlene, bist du da?«

»Papa, ich bin die ganze Zeit da. Ich kann nicht mehr so lange reden.«

»Oh, entschuldige, ich weiß, ich weiß. Hast du mit deiner Mutter gesprochen?«

»Papa. Mama ist schon seit sechs Jahren weg.« Moon kann nicht umhin, als sich vorzustellen, wie ihr Vater gerade auf dem ekligen Sofa liegt oder dem Teppichboden davor. An all diesen Stellen hat sie ihn schon vorgefunden, aber vielleicht liegt er heute auch ganz woanders. Befände er sich im Bad auf dem Boden, wäre der Klang seiner Stimme ein anderer. Moon will nicht weinen. Sie steht jetzt bei Emma und hat einen Auftrag, für Emma.

»Papa, ich brauche deine Hilfe. Ich brauche Geld, kannst du mir was überweisen?«

»Naja, ich guck mal. Ja, natürlich.«

»Machst du das auch?«

»Meine Süße, ich gebe dir die Welt, du hast alles verdient.«

»Du musst einen Antrag ausfüllen, den musst du an die Einrichtung senden.«

»Ja. Gut.«

»Papa!«

»Marlene?«

»Das ist wichtig.«

»Wie geht es deiner Mutter, hast du mir ihr gesprochen? Es tut mir alles so leid.«

»Papa…« Verdammte Scheiße.

»Ich sag ja, mir tut das alles so leid.«

»Bitte nicht, dir muss nichts leidtun. Alles ist gut. Du musst mir nur Geld überweisen, das ist jetzt deine Aufgabe. Du hast eine Aufgabe, das ist doch gut, oder? Für mich! Du hilfst mir damit sehr.«

»Du bist so sanft und gleichzeitig so stark, mein kleines Mädchen. Ich bin stolz auf dich. Übrigens war gestern, ich meine, ich hab mit Tante Rosa telefoniert. Sie war im Urlaub. Sie richtet dir schöne Grüße aus. Oder wer war das?«

»Das hast du mir schon beim letzten Telefonat erzählt.«

»Ach ja.«

»Aber deine Schwester spricht seit Monaten nicht mehr mit uns, wie du doch weißt. Sie ist weggegangen, nachdem sie die Treppe runtergefallen ist und im Krankenhaus war. Sie hatte zu viele von deinen Tabletten. Deswegen musste ich doch weg. Und was macht du dort, wo du bist? Ist es schön? Hast du Spaß?«

»Papa!«

»Es tut mir leid. Ich bin schuld. Du bist mein einziger großer Erfolg.«

»Du bist nicht schuld. Vielleicht ein bisschen.« Und ich bin nicht dein Erfolg, denkt Moon bei sich.

»Rosa war immer eifersüchtig.«

»Papa. Ich lege jetzt auf, ja?«

»Meine kleine Marlene.«

»Ja, ist alles gut. Ich leg' jetzt auf. Trink bitte etwas Wasser. Und denk bitte an das Geld. Ich hab' dich lieb.«

Tag 163

Inmitten von Hunger, Armut und Krieg, warum tut ausgerechnet die Liebe so weh? Nicht dass ich die Erfahrung jemals gemacht hätte, ich beobachte es nur. Egal, was sonst stattfindet, alles tritt nach hinten, weil die beschissene Gefühlswelt das Befinden diktiert und sich als wichtig aufspielt, obwohl auf dieser Welt ganz andere Dinge wichtig sein sollten. Egal, was du eigentlich willst, du willst nur das eine. Wie sollst du deine Träume wahr machen, wenn sie vom Dämon gefressen werden? Du willst keine leeren Gedanken denken und nichtige Dinge tun.

»M?«

Moon strahlt mich an, als wäre sie total überrascht, mich zu sehen. Als wäre die letzte Begegnung drei Jahre her, dabei sind wir uns vorhin beim Mittagessen erst begegnet. Es ist gerade abendlicher Freigang, ich sitze mit den anderen Brüderinnen am Tisch und schaue ihnen beim Kartenspiel zu, als Moon sich dazusetzt und Fae dies direkt zum Anlass nimmt, mich anzugrinsen.

»Hey Moon, nett dass du mich auch so lieb begrüßt«, sagt sie künstlich beleidigt.

»Hey Fae, hey Az, hey Rainer!«, begrüßt Moon brav die Frauen und strahlt auch sie zu meiner Verwunderung an. Sie wirkt, als würde sie mit allen flirten, alle lullt sie ein, und ich weiß nicht warum, aber es regt mich auf.

»Schaut mal bitte!«, fordere ich und halte eine Feder aufrecht zwischen Daumen und Zeigefinger.

»Das ist eine Feder«, sagt Rainer leicht schnippisch.

»Danke, du Kackhaufen, niemand weiß doch, worum es hier geht?« Ich bereue schon, dass ich die Feder anspreche.

»Seit wann sagst du *Kackhaufen*?«, fragt Rainer.

»Nie sag' ich das, aber es fühlt sich nicht so schlimm an wie *Arschloch*, und darum geht es nicht …«

»Die Feder lag heute Morgen auf Ms Bett«, unterbricht mich Fae und alle gucken dumm.

»Danke, Fae, das hätte ich gerade noch selbst sagen können.«

»Wie, die lag auf deinem Bett?«, fragt Moon, scheinbar ehrlich interessiert.

»Ja, genau! Ist das nicht schräg?«, rufe ich.

»Die Feder lag heute morgen auf Ms Bettdecke, als sie aufgewacht ist«, erklärt Fae.

»Ja, und ich glaube, die kommt von dem Vogel, der immer singt, jetzt aber aufgehört hat, also, vor einiger Zeit schon. Ich habe mich gefragt, warum das Tier nicht mehr singt, und jetzt liegt die Feder einfach so auf meiner Bettdecke. Wie kann das sein? Also, wie kommt diese Feder auf einmal durch den kleinen Schlitz des Fensters, vor dem auch noch mein Handtuch hängt?«

Die anderen schauen mich irritiert an, ich weiß nicht, ob sie irritiert sind, weil sie meine Irritation verstehen, oder ob sie mich für verrückt halten.

»Eine Feder kann vieles bedeuten«, philosophiert Moon. »Zum Beispiel kann es eine Nachricht von einem Engel sein.«

»Is' klar, du kleine crazy Biatch«, Rainer dotzt sanft mit der Faust gegen Moons Schulter.

»Eyyyyy«, kichert die und dotzt unbeholfen zurück. »Ich mein's ernst!«

»Natürlich tust du das!«, entgegnet Rainer.

Sie steht auf, um sich hinter Moon zu stellen und sie vermeintlich aus Spaß zu würgen.

»Kannst du mal aufhören? Was machst du, du Idiot?«, donnere ich Rainer entgegen. Die lässt sofort ab und hält in einer Verteidigungsgeste ihre Hände hoch:

»Okay, hast Recht, hast Recht, sorry, ist dein Mädchen … sorry.«

»Ja, meine Güte, ist ja gut, setz dich einfach hin.« Ich bin etwas verwirrt. »Und Moon ist nicht mein Mädchen!«

Eine peinliche Stille überfällt unseren Tisch, bis ausgerechnet Moon sie unterbricht:

»Also, M, wenn alles nichts ist, welche logische Erklärung hast du für die Feder?«

»Naja …« Ich stocke. »Natürlich keine! Und das macht mich so nachdenklich.«

»Verrückt«, kommentiert Fae. »Nicht nachdenklich, verrückt macht es dich. Du bist heute morgen durch die Zelle gesprungen, als wäre eine tischgroße Spinne im Raum.«

»Ich habe keine Angst vor Spinnen,« lüge ich.

»Das ist eine Metapher …«

»Ich glaube!«, ruft Moon. »Ich glaube, ein Engel will dir mit der Feder sagen, dass alles gut wird und dass du vertrauen sollst.«

»Engel? Ernsthaft?«, rufe ich beinahe hysterisch.

»Das ist eine Metapher«, sagt Fae wieder.

»Verstehe ich nicht, schön, wenn ihr alle Bescheid wisst. Aber wem soll ich jetzt bitte vertrauen?«, frage ich mit übertrieben zynischem Ton. »Rainer? Du glaubst auch nicht an Engel, du vertraust auch niemandem, sag doch mal …!«

»Ach! Jetzt willst du auf einmal meine Meinung hören?« Rainer verschränkt trotzig die Arme. »Was regst du dich überhaupt so auf, wir spielen doch nur?«

»Vertrauen sollst du,« so Moon wieder, »dem Moment. Deiner Intuition. Den Dingen und Wesen und Situationen und

Gefühlen, denen du im Affekt eigentlich am wenigsten vertrauen willst. Mir zum Beispiel.«

»Engel, Wesen … Gefühle! Ich weiß nicht, was du von mir willst.«

Während ich innerlich um mich schlage und mich gegen alles wehre, was mir entgegenkommt, überlege ich, ob vielleicht Moon ohne es zu wissen der Engel ist, von dem sie selbst spricht. Sie penetriert mich mit ihrem intensiven Blick:

»Hast du Lust, eine Runde mit mir zu laufen?«

»Also, wir haben das mit der Feder immer noch nicht geklärt!« Ich zippe mich, während meine Augen Fae fixieren, die aber nur zustimmend nickt. Das war doch klar. Wieso hab' ich sie überhaupt angeschaut, wenn ich doch weiß, dass sie mir ohnehin in den Rücken fällt?

»Geht ihr zwei nur, aber holt uns gefälligst in zehn Minuten ab«, sagt Rainer. »Wir bleiben hier am Tisch.«

»Versprochen. Komm, M!« Moon hält mir ihre Hand hin, die ich nicht nehme, was mich wiederum dazu bewegt, aus schlechtem Gewissen aufzustehen. Aber mitgehen ist eben nicht so schlimm wie die Hand nehmen, und meine Gedanken machen keinen Sinn.

»Nur ein paar Minuten, dann sind wir wieder da «, betone ich und schaue demonstrativ auf die Uhr, die ich nicht trage.

»Sonst rufen wir einen Suchtrupp«, witzelt Fae.

Moon und ich gehen nebeneinanderher. Wir wissen, beim Gehen haben wir mehr Privatsphäre als beim Stehen oder Sitzen.

»Ich wollte dir nur sagen…« Moon stockt. »Das ist mir unangenehm.«

»Dann sag es einfach nicht!« Ich will es gar nicht wissen, rechne aber mit einer Art Liebeserklärung.

»Ich glaube nicht, dass mein Vater mir Geld überweisen wird«, gesteht Moon.

»Ach so, was für ein Glück. Ich meine, wir haben sowieso das Geld von Faes Eltern.«

Und schon steigt das Wasser in Moons Augen hoch.

»Oh, Moon, hey, hey, nicht weinen.« Ich nehme Moons Gesicht in die Hände und entdecke plötzlich kleine punktuelle Wunden auf ihrer linken Backe.

»Was ist mit deinem Gesicht passiert?«, frage ich entsetzt.

»Ach das ist nichts!«

»Lüg nicht. Wer hat dir das angetan? War das Rena?«

»Niemand war das!«

»Okay, noch einmal …« Jetzt erhebe ich meine Stimme. »Was ist mit deinem Gesicht passiert?«

»Bitte nicht, lass das, nichts ist passiert. Es war nur ein Kuli.« Eine von Moons kleinen Händen krallt sich in meinem T-Shirt fest, ich schaue nach unten und realisiere, dass sie ihre linke Hand dafür gewählt hat. Mir war nie aufgefallen, dass Moon Linkshänderin ist.

»Moon! Was hast du getan?« Mein Körper stirbt von innen. »Was hast du getan? Warum hast du das deinem Gesicht angetan?«

»Ich kann nichts richtig machen, M.«

Schluchzend fällt mir Moon um den Hals. Ich weiß weniger als gar nicht, was ich tun soll. Generell weiß ich schon nicht, was ich tun soll, aber was Moon betrifft, weiß ich noch weniger als nichts.

»Ich bin schrecklich, alles ist falsch.« Ich spüre Moon tränennasses Gesicht seitlich an meinem Hals und ihre kleinen Hände, wie sie sich jetzt hinten in meinem T-Shirt festkrallen.

»Hör auf, Moon, dein Gesicht ist perfekt«, flüstere ich. »Du bist perfekt. Du machst jeden Moment richtig, nur weil du da bist. Ohne dich wäre alles wirklich schrecklich.«

Das Garagentor fiel Emma als erstes auf. Es war jener Morgen, ein Sonntag, an dem sie alleine vom Fluchtversuch mit ihrer Cousine zurückkam. Die beiden hatten bewusst eine Samstagnacht für die geheime Aktion auserkoren, weil der Mann an diesen Abenden früh auf dem Sofa einschlief und erst spät wieder wach wurde. Auf dem Nachhauseweg hatte Emma sich geärgert. So ein perfekter Plan, und trotzdem… Fluchtversuch, lächerlich. Das war ihre Wahrheit, und im Gegensatz zu ihrer Cousine hatte sie die Flucht nicht als Spiel gesehen. Der würde sie was erzählen, wenn sie nachhause kam. Da ihre Eltern im Nachbarort wohnten, wartete die Cousine vermutlich gerade in Emmas Haus darauf, abgeholt zu werden. Emma vergaß, wie sauer sie war, als sie schon von weitem das Garagentor sah. Es war nie geschlossen. Emmas rannte sofort los. Sie japste, als sie die rechte Seitenwand der Garage erreichte, an der eine Tür hineinführte. Aber auch die war verschlossen.

Emma ließ die Decken fallen, rüttelte an der Klinke, rief den Namen der Cousine, schlug erst mit den Fäusten gegen die Tür, dann mit dem Rucksack. Doch waren diese Schläge vermutlich zu dumpf, nicht laut, nicht brutal genug, also benutzte Emma wieder ihre Fäuste, abwechselnd mit den Handflächen, nur härter als zuvor, immer härter. Als sie realisierte, wie sehr ihre Hände wehtaten, vermutlich schon seit längerer Zeit, gab sie auf. Sie nahm ihren Rucksack, lief durch die Terrassentür ins Haus und legte sich auf ihr Bett. Beinahe war sie eingeschlummert, als sie das Garagentor hörte. Ihre Hände taten immer noch weh. Jemand stieß die Haustür auf und ließ sie wieder zufallen. Emma hatte Angst, die Treppe hinab und ins Wohnzimmer zu laufen, wo der Mann sich meistens aufhielt, um nach ihrer Cousine zu schauen. Irgendwann würde er sowieso nach oben kommen und sich zu ihr aufs Bett legen. Emma malte sich schon aus, wie sie ihn dann fragen würde:

»Wo ist sie?«

»Deine Cousine? Gegangen.«

»Wurde sie abgeholt?«

»Bestimmt. Sie hat ein Handy und kann ihre Eltern anrufen. Sie wohnt ja in der Nähe.«

Ein Handy hatte sie in der Tat, fiel Emma ein. Das beruhigte sie. Sie sagte sich, dass ihre Cousine damit zur Not um Hilfe hätte rufen können. An diesem Tag legte der Mann sich nicht zu Emma ins Bett.

Ich höre eine Frau laut in unsere Richtung lachen, während wir hier stehen und Moon für alle sichtbar an meiner Schulter heult.

»Ihr seid so süüüß, ihr kleinen Lesben. Seid ihr auch schon horny?«

Pam! Pam! Pam!

Ich winde mich aus Moons Griff und drücke sie vorsichtig von mir:

»Hauptsache, du läufst nicht auch weg.«

Mein Körper dreht sich zu der lachenden Tussi: Klein, schmal, schwarzgelbe Haare. Es ist Sabs. Meine Beine stürzen auf sie zu, die linke Hand greift ihre rechte Schulter, dann knallt mein rechter Ellenbogen in ihr Gesicht. Ein Ellenbogen spürt nichts, der kann einfach zuschlagen, dafür wurde er ganz klar konzipiert. Sabs fällt auf den Boden und reißt mich mit. Ein paar Knöchel landen auf meiner Wange. Zum Glück nicht auf dem Auge oder der Schläfe.

»Fick dich«, murmele ich.

»Mann, was willst du?«, höre ich Sabs rufen. »Sei nicht so empfindlich!«

Aber wenn ich einmal dabei bin, gibt es kein Zurück, keinen Schmerz, keine Limits, alles weg, nur die Arbeit mit Faust und Handfläche zählt. Erst danach kommen die Schmerzen, irgendwann. Um uns herum eine Wolke aus Rufen. Wir werden angefeuert. Moons Stimme kann ich als einzige ausmachen. Sagt sie *hört auf*, oder *hör auf*? Das ist ein Unterschied. Ich will auch, dass die Kriminelle aufhört, dazu bringe ich sie ja gerade.

»Fick dich, du Täter, fick dich!«

»Chill! Darf ich nicht mal ein bisschen Scheiß machen?«

Sabs gibt sich plötzlich als Opfer, das sich selbst verteidigen muss, was meine Rage nur mehr entfacht. Doch in dem Moment, als Renas Stimme durchs Gewirr zu mir dringt, vergeht mir direkt die Lust. Ich bin doch nicht zu ihrer Unterhaltung hier. Ich halte Sabs' Arme nur noch fest, während ich mich auf ihren Solarplexus setze und sie rückseitig auf den Boden presse. Meine Knie stelle ich jeweils auf einem ihrer Arme ab, meinen eigenen rechten Unterarm habe ich dort angesetzt, wo der Hals der Täterin anfängt, meine linke Hand stützt sich auf dem Boden ab. Nicht mal eine menschliche Bulldogge kann sich in dieser Position rühren

»Sabs, es reicht!« Rena steht hinter uns. »Komm, Schluss jetzt, entschuldige dich bei Emma.«

»Was? Was soll ich mit der …?« Sabs will mich beleidigen, und ich gebe gerade mehr Gewicht auf meinen rechten Unterarm, da flattert ein Schatten direkt an meinem Gesicht vorbei. Mein Körper hebt sich nur ein Stück, damit ich mich umdrehen und schauen kann, was für ein Vogel das war, und schon landet eine Faust in meinem Gesicht. Zum Glück war es eine linke, und Sabs ist Rechtshänderin, ich falle eher vor Schreck zur Seite.

Während ich daniederliege und die Hand über meine rechte Wange lege, ruft Rena: »Schluss jetzt, Sabs! Entschuldige dich! Das gibt richtig Ärger.«

Dann kommen endlich die Schließer und fordern, dass wir aufhören.

»Sie wollte sich gerade bei mir entschuldigen!«, stöhne ich, als ich aufstehe, einen kurzen Moment lang die Balance suche und meine Klamotten zurechtrücke.

»Wofür denn? Die hat angefangen!« Sabs hat sich mittlerweile aufgesetzt. »Ich habs ja gewusst, aber dass du so wack und gewalttätig bist …«

»Scheißegal, hat jemand den Vogel gesehen?«

Ich schaue mich im Publikum um und bemerke, wie die mich alle entweder so anschauen, als hätte ich einen Boxkampf gewonnen oder als wäre ich jetzt vollends wahnsinnig geworden. Einer der Beamten fragt in die Gruppe, was passiert sei. Die Frauen schütteln kollektiv die Köpfe und zucken mit den Schultern. Moon ist weg.

»Ich bin hier nicht der Täter, ich bin das Opfer«, sage ich zu den Beamten. Die scheinen das jedoch nicht so zu sehen.

Tag 182. Die Anderen, Teil 2.3: Nicole

»Die Hurentochter. Kriegt es nicht auf die Kette, mich zu besuchen.«

Rainer sitzt abends allein am Tisch und wartet auf die Frauen, die hier immer Bridge spielen. Bridge ist so ein Ding hier im Knast. Und beim Warten kommt Rainer ins Grübeln wie so oft in letzter Zeit.

Klar kann so ein Besuch im Knast nerven mit dem ganzen Papierkram, aber hey, Kata ist ihre Freundin. Da verbringt man ein halbes Leben mit einer Gang, tut draußen alles für die Idioten, und kaum sitzt man, wird man sitzengelassen. Dann ruft man jemanden von der Zelle aus mit dem Handy an, wenn man einmal alleine ist, gefährdet damit wieder einmal die Bewährung, und dann heißt es: »Hey Bae, ich hab' keine Zeit.« Da hat man nur ihretwegen endlich ein Phone geschossen, ruft an, und dann hat die Hoe keine Zeit.

Von den anderen, Moon und Fae, und wie auch immer die sich nennen, darf natürlich keine wissen, dass Rainer Datenvolumen bis zum Abwinken hat. Wäre schön blöd, wenn sie wegen des dieses Fights mit Rena ihre Connection nach draußen opfern müsste. Außerdem tut sie ja auch was für die anderen: Sie wird Kata auch nochmal fragen, ob die was reinholen kann.

Klar ist das nicht ganz uneigennützig. Zum einen hat Rainer somit einen Grund, Kata nochmal zu kontaktieren. Außerdem ist sie froh, wenn Rena mal eine reinkriegt. Die ist ihr schon die ganze Zeit im Weg. Hoffentlich bewegt Kata dann auch ihren Arsch her.

Am meisten nervt hier die Warterei. Warten auf das Mittagessen, warten darauf, dass man aufstehen kann, warten darauf, dass man ins Bett kann, warten auf die anderen, warten darauf, dass jemand sich meldet. Warten auf die Bridgebitches. Eine von denen will Rainer zusätzlich anhauen für den Fall, dass Kata ihren Arsch nicht hierher bewegt.

Alles hat sie für die Loser getan, sich sogar `nen fucking Geier tätowieren lassen, schön Klischee. Und wenn man es genau nimmt, sitzt sie auch wegen der Bastarde im Knast. Rainer hat den Kopf hingehalten für die. Die Gang hat viele Sachen am Laufen, die Geld bringen. Drogen, Diebstahl und Hehlerei. Aber nix, was Menschen unmittelbar geißelt, wie Sex, Gewalt und Erpressung. Das war Rainer immer wichtig. Das erledigen andere Gangs, und mit so einer erreichte der Stress eines Tages den Höhepunkt. Normalerweise sind Frauen bei einem Straßenkampf nicht involviert. Sie war aber diesmal dabei, obwohl sie keinen Sinn darin sehen konnte. Aber ist eine bestimmte Grenze überschritten, hört man eben auf zu hinterfragen. Und zu fragen. Aber diesmal wollte Kat hingehen, weil sie Schiss um ihren Typen hatte. Rainer und Kat waren also die einzigen Frauen bei der Prügelei, wobei Rainer sich am Rand aufhielt und nur beobachtete. Deswegen sah sie das Blaulicht vor allen anderen. Jemand musste der Popo einen Tipp gegeben haben, so schnell, wie die ankam. Rainer rannte in den Tumult, holte Kat raus, packte sie in die Karre und fuhr los. Auf der Fahrt zum Clubhaus hatten sie von einem Kollegen erfahren, dass die Bullen die meisten Teilnehmer der Prügelei abgegriffen hatten. Gut, dass Kat und Rainer abgehauen waren. Kat heulte trotzdem rum. Rainer sagte ihr einmal mehr, dass sie den Typen vergessen sollte, dass der ein

Schläger war. Als die beiden Frauen vorm Clubhaus ankamen, stand ein fremdes Auto davor.

»Lauf, los, lauf!«, schrie Rainer plötzlich. Kat reagierte direkt, riss ihre Autotür auf und rannte davon. Die fremde Karre folgte ihr nicht. Während Rainer noch hinter Kat herschaute, ging die Fahrertür auf, jemand griff sie und schon lag sie auf der Motorhaube. Das waren also auch die Bullen gewesen, die auf Rainer gewartet hatten. Aber wieso gerade auf sie, fragte sich Rainer. Immerhin war Kat davongekommen. Hoffentlich. Decke über den Kopf, Handschellen um die Handgelenke. Wegen Kat hatte sie sich überhaupt den Eagles angeschlossen, dabei war sie vorher mit ihrer Unabhängigkeit völlig zufrieden gewesen. Und heute sitzt sie wegen Beihilfe zur Brandstiftung an diesem albernen Tisch, obwohl sie nie ein Feuer gelegt hat, und hilft einer armseligen Gruppe aus Verlierern und Schwächlingen, zu denen sie nicht gehören will. So tief kann man sinken.

Vor allem auf M, kommt Rainer nicht klar. Die hat nicht alle Tassen im Schrank und hält sich trotzdem für was Besonderes, weil sie ihren Alten abgeknallt hat und alle sie anhimmeln. Wenn die von Rainers Geschichte wüssten, könnte M sich hinten anstellen. Aber Rainer ist ja bescheiden, hält sich lieber bedeckt, statt sich in den Vordergrund zu drängen. Sie will lediglich Rena in die Schranken weisen, nicht für Kat, nicht für Fran, nicht für M, Marlie oder Aziza. Für sich selbst.

Während Rainer in Gedanken vertieft ist, kommen die anderen an den Tisch, setzen sich und packen die Karten aus. Rainer will kein Bridge spielen, ist ihr viel zu langweilig.

»Die Damen, ihr wisst, warum ich hier sitze?«, fragt Rainer in die Runde.

»Vielleicht?«, sagt Lizzy, oder wie auch immer die heißt.

»Könnt ihr mir was besorgen? Amphetamin, Ketamin, Kokain, Psychopharmaka …«

»Was kannst du zahlen?«, will Lizzy wissen.

»Ich kann etwas viel Besseres bieten als Geld.« Rainer beugt sich vor und beginnt zu flüstern. »Es geht um Rena. Ihr wollt die auch aus dem Weg haben, das weiß ich. Die regiert den Laden hier und das wäre eigentlich euer Job. Um ihr zu schaden, brauchen wir aber das Zeug.«

Sofort bereut Rainer, dass sie *wir* gesagt hat, und Lizzy lacht los:

»Ihr? Meinst du deine Girlband? Ist ja süß.«

»Was wollen alle immer mit der Girlband?«, wundert sich Rainer.

»Was ich sagen will …«, holt Lizzy aus. »…die Behinderte, das Weichei, die linke Zecke und Emma, die arrogante Kuh, das ist unter deinem Niveau.«

»Aziza ist nicht behindert!«, sagt Rainer. »Ich bin mit denen nicht wirklich down. Was zählt, ist, dass mein Plan gegen Rena sitzt.«

»Nix gegen dich, aber das ist der größte Müll, den mir je einer aufgetischt hat, um kostenlos Drogen abzugreifen.«

»Whatever.« Rainer nimmt das Deck vom Tisch, steht auf und lässt die Karten von oben über die sitzenden Frauen hinabrieseln. »Viel Spaß und fickt euch.«

Nacht 202

Fae summt meinen Reim noch kurz nachdem das Licht ausgegangen ist. Melodie undefinierbar.

»Fae…«

»Ja?«

»Bitte hör auf mit dem Geräusch.«

»Okay.«

»Okay…«

Doch auch die Stille macht mich nicht weniger nervös. Was ist mein Problem? Alles gut hier. Der Ärger mit Rena und ihrer Entourage? Blöd, aber nicht tragisch. Der Ärger nach der Prügelei mit Sabs? Die Psychofrau, die nach der Auseinandersetzung mit der Kampftussi mein Aggressionspotential diskutieren muss, was wiederum meine Bewährung gefährdet? Scheiß drauf. Hier kann es kein richtiges Problem geben, denn die Leute haben keine Ahnung, was richtige Probleme sind, aber warum bin ich dann genervt?

Wenige Tage, nachdem Emma mit ihrer Cousine ausgerissen war, saß sie auf der Treppe und belauschte den Mann, der am Telefon mit jemandem stritt. »Ihr spinnt doch alle. Ich habe der nicht wehgetan«, beteuerte er. Habe er überhaupt nicht nötig. Er sagte, er habe nur sichergehen wollen, dass sie nie mehr mit seiner Tochter ausreißen würde. Sie sei schuld, habe das Drama angestiftet, sich eine Geschichte ausgedacht, lüge bei ihren Eltern und beschuldige ihn. Was los sei mit dem Mädchen, irgendwas stimme da doch nicht, typisch Weiber, alles Hexen, bräuchten Aufmerksamkeit ohne Rücksicht auf das Leid unschuldiger Menschen. Ob er in der Familie nur mit weinerlichen Weicheiern zu tun habe?

Ihre Cousine war die Täterin. Aber das hatte nicht er gesagt, das war plötzlich in Emmas Kopf. Für den Bruchteil einer Sekunde freute sie sich, nicht mehr als einzige am Kreuz ihres Vaters zu hängen, und schämte sich sogleich dafür. Aber immerhin hatte es sein Geheimnis endlich nach draußen geschafft, und wenigstens war die Flucht gelungen, darüber durfte Emma sich sehr wohl freuen. Die Tante und der Onkel mussten nun erkennen, dass der Mann wirklich, also der wirklich wirkliche Täter war. Ein Teufel. Emma hatte sich das Unrecht nicht eingebildet. Das würden die Tante und der Onkel nicht hinnehmen können, dass jemand ihrer Tochter und deren Cousine wehtut. Jetzt, wo Erwachsene Bescheid wussten, würden Konsequenzen folgen und jemand würde kommen, um Emma und ihre Geschwister zu retten. Kleine Blasen stiegen in Emma auf und platzten im Brustkorb.

Zehn Tage später kam das Jugendamt. Eine anonymer Anruferin habe die Beamten auf Missstände hingewiesen. Als der Vater das Auto durch das Küchenfenster sah, regte er sich unfassbar auf, schrie Emma und die Frau an, ob sie nicht einmal ihr Maul halten könnten. Immer nur Probleme und Ärger, warum könne er nie seinen Frieden haben. Wenn die Kinder jetzt ins Heim müssten, seien die Damen Schuld.

Der Mann warnte Emma: Wenn du es wagst, zu lügen und etwas anderes zu behaupten, als dass es dir hier bombastisch geht und an nichts fehlt, dann knallt's. Dann kommen deine Geschwister weg ins Heim, das weißt du ja, und du auch. Außerdem würdest du deiner Mutter das Herz brechen.

Emmas Eltern hatten das Wohnzimmer verlassen müssen, als die Frau vom Jugendamt sich zu ihr aufs Sofa setzte, um sie zu interviewen. Emma hatte große Angst, aber dann war das ganze doch kinderleicht. Die Frau stellte Fragen, die Emma nur mit einem Ja oder Nein beantworten konnte. Es fiel dem Mädchen sehr leicht zu sagen, was die Frau hören wollte. Mehr wollte die nicht wissen. So sind sie, nur das nötige Programm, aber bloß die Wahrheit. Durchs Küchenfenster schaute Emma noch dem Auto hinterher, als es schon längst nicht mehr sichtbar war.

Drei Monate später erfuhr Emma, dass die Cousine und ihre Eltern von heute auf morgen weggezogen waren. In den beiden Nachbardörfern rätselte man über die Gründe. Ging es um Geld, war einer fremdgegangen, hatte das Kind geklaut? Aber niemand kam auf die Wahrheit. Die kannte nur Emma. Sie holte den rosa Rucksack unterm Bett hervor und vergrub ihn tief in ihrem Kleiderschrank. So wie normale Mädchen das taten, wenn sie von jetzt auf gleich beschlossen, dass sie mittlerweile zu alt für einen albernen rosa Kinderrucksack waren.

»Fae?«

»Ja, Frau M?«

»Hattest du schon mal Liebeskummer?«

»Klar, ständig, alle haben das ständig. Schon allein aus Langeweile! In der Grundschule dachte ich mal, ich wäre in eine Mitschülerin verliebt. Und weißt du warum? Weil sie Spagat konnte.«

»Fae, ich meine das ernst.«

»Das war ernst! Ich bin nicht unbedingt lesbisch oder bi, aber mein kleines Herz in mir drin schwärmte. Ich hab' ihr einen Brief ins Schulfach gelegt, auf dem stand: *Ich hab' dich lieb*. Daraufhin hatte sie einen Brief in meinem hinterlassen. *Ich dich auch*. Das war das glückliche Ende der Lovestory.«

»Dann hattet du aber keinen Liebeskummer.«

»Stimmt. Der Liebeskummer kommt ja erst, wenn das mit der Liebe nicht klappt, was früher oder später sowieso der Fall ist. Liebe und Liebeskummer lösen sich ohne Lücke ab, bis du stirbst. Toll, oder?« Fae lacht.

»Fae, du bist albern.«

»Den ersten richtig schlimmen Liebeskummer hatte ich wegen eines Typen, den ich mit vierzehn oder so im Campingurlaub am See kennengelernt habe. An dem popeligen Strand strich er mir eine Strähne aus dem Gesicht und küsste mich. Der erste Kuss. Was war ich verknallt. Ich hab' eine Woche lang geheult, als ich zurück zuhause war.«

»Wieso?«

»Was wieso?«

»Also, wieso hast du geheult?«

»Weil ich ihn vermisst habe, vermute ich. Jemanden so zu vermissen ist richtig beschissen.«

»Das reimt sich.«

»Ja, kommt alles in unseren Song.«

»Aber jetzt sag, du warst nicht krank, du hattest ein Bett für dich alleine, und deine Eltern waren okay… Wieso ging es dir dann beschissen?«

»Aus Langeweile. Sag ich doch!«

»War dir langweilig?

»Sagen wir mal so, rosa Seifenblasen flogen nicht durch mein Leben. Meine Eltern waren scheiße, die Schule auch. Da ist so eine permanente Sehnsucht nach Flucht.«

»Schon wieder ein Reim.«

»War keine Absicht.«

»Flüchten zu wollen ist keine Langeweile.«

»Ich meine damit aber dasselbe. Liebe, vor allem Liebeskummer, lenkt ab, gibt irgendwie einen Sinn, toppt jedes andere Problem. Alle deine Sorgen liegen unter diesem Liebesschmerz begraben.«

»Aber wie?«

»Was wie?«

»Verstehe ich nicht. Warum ist Liebeskummer so?«

»Kennst du das nicht?«

»Natürlich nicht. Als mein Schwein Lotte tot war, das fand ich nicht toll, aber sonst…«

»In dein Schwein warst du aber nicht verliebt.«

»Nein.«

»Gut.«

»Jetzt komm.«

»Ich verstehe es auch nicht. Ich kann dir nur sagen, wenn Liebe nach hinten losgeht, fühlt es sich wie Weltuntergang an. Alle anderen Probleme sind unteres Niveau.«

»Das macht keinen Sinn. Von Liebeskummer verhungert man nicht, man hat keine blauen Flecken und weiß, dass man keine Angst haben muss.«

»Du hast Recht. Macht keinen Sinn. Die Ablenkung rettet dich eben vor dem Wahnsinn, der kommt, wenn du dich fragst, wer du ohne diese Gefühle wärst. Welchen Sinn dein Leben ohne das Drama hat. Aber naja, der Sucht nach dem Nonsense habe ich irgendwann entsagt.« Fae klingt stolz.

»Krass, wie hast du das geschafft?«

»Na, ich habe sie einfach erst gegen Wut gegenüber meinen Eltern, dann gegen Depression und dann gegen eine kriminelle Laufbahn eingetauscht.«

»Ah! Viel besser.«

»Naja …« Fae lacht.

»Natürlich! Wut hat mein Leben gerettet. Diese Rage, die dich dazu bringt, den geliebten Teddy zu zerreißen, die Schere ins Sofakissen oder in eine Person rammen zu wollen … Diese Rage hat mir dabei geholfen, durchzuhalten. Zu kämpfen. Das hat mich am Leben gehalten.«

»Vermutlich hast du Recht.« Fae nickt andächtig.

»Moment, und du kanntest diesen Typen nur vom Urlaub?! So schnell ging das?«

»Ja eben, das meine ich ja! Es hatte sich einfach so angeboten, danach noch wochenlang zu unserem *Urlaubssoundtrack* im Bett zu liegen und Rotz und Wasser zu heulen, weil die Welt so schlecht war, dass sie mir die Liebe meines Lebens genommen hat. Ich wollte nicht mehr Leben.«

»Wirklich?«

»Quatsch, Emma, natürlich nicht!«

»Nenn mich nicht Emma.«

»Dann nimm mich auch nicht ernst!«

»Mach ich doch nicht.«

»Danke!«

»Das klingt wirklich bescheuert.«

»Eben, braucht man wie'n Loch im Herz.«

»Also ist Liebe immer peinlich? Und dazu noch egoistisch.«

»Die romantische Liebe zumindest. Verliebte sind egozentrische Spacken«, urteilt Fae.

»Voll!«

»Ja.«

»Und wie wird man so ein Gefühl los?«, will ich noch wissen.

»Das wird man nicht los. Wenn's dich erwischt, bist du verloren. Früher oder später kommt der Liebeskummer, das ist der Deal. Wenn du den fühlst, kannst du deinen Kopf in den Mixer stecken und du wirst ihn trotzdem nicht los. Je mehr du das versuchst, desto schlimmer wird's.«

»Das klingt wirklich schrecklich.«

»Bisher hast du das ja erfolgreich vermieden«, so Fae. »Sinnvoller ist wohl eine Liebe, die nicht romantisch ist.«

»Aber nehmen wir an, ich wäre von so einem romantischen Virus befallen. Muss ich die andere Person nicht genau kennen, um mich zu verlieben?«

»Bloß nicht!«

»Mein Gott, und muss ich wissen, wer ich bin, um geliebt zu werden?«

»Das gibt es beides nicht.«

»Dann kann das auch nicht wirklich Liebe sei,« winke ich ab.

»Fühlt sich wirklich an. Jetzt sag aber mal,« fordert Fae. »Bei deinen ganzen Fragen geht es doch um die kleine Moon, oder?«

»Ich bin nicht lesbisch,« verteidige ich mich.

»Du sagst das, als wäre es was Schlimmes.«

»Ist es auch. Oder wie würdest du es finden, wenn jemand sagt, du hast dich in ein Schwein verliebt, obwohl du nicht auf Schweine stehst?«, entgegne ich.

Fae gibt ein langes Geräusch von sich, das ich als hörbare Verwirrung deute. »Ist das eine Analogie?«

»Analogie klingt wie eine Krankheit, also: Ja!«

»Lesbisch hat nix mit Krankheit zu tun«, meint Fae. »Ich glaube nicht an Heterosexualität. Ich habe mich ja quasi in der Grundschule in eine Mitschülerin verliebt, obwohl ich nicht auf Frauen stehe.«

»Wie oft warst du bitte verliebt?«

»Ich sag doch: dauernd! Und anfangs ziemlich oft in Frauen. Aber dann in der Pubertät wurde mir die scheiß Heterosexualität eingeredet. Genauso wie Monogamie und die Idee, dass Frauen lieb und süß sein müssen. Bis heute stehe ich unter dem Einfluss dieser Gehirnwäsche«, ärgert sich Fae.

»Ich finde, der Sache mit dem *lieb und süß* hast du dich sehr gut widersetzt.«

»Wirklich? Danke!«

»Gerne!« Ich drehe mich Richtung Wand. »Komisch, jetzt bin ich trotzdem nur mehr verwirrt.«

Tag 209. Die Anderen, Teil 2.4: Aziza

Ich bin nicht blöd. Die sind blöd. Alle, die denken, ich sei blöd, sind blöd. Weil sie mich nicht kennen. Naja, sie wissen eben nicht was ich kann und was in meinem Kopf ist. Und wenn die dann einfach so sagen, dass ich blöd sei, sind die doch in Wahrheit blöd. Az konzentriert sich auf den Boden, um mit dem rechten und linken Fuß gleichsam häufig auf die dunklen Stellen der komischen Knastfliesen zu treten. Das funktioniert immer ganz gut. Nur selten muss sie einen ganz großen Schritt machen. Ich bin nämlich nicht blöd, murmelt sie vor sich hin. *Wenn andere hören, wie ich murmele, dann sagen die wieder, dass ich blöd bin.* Obwohl Murmeln nicht einmal Dummsein bedeuten muss. Im Gegenteil, Murmeln kann schlau machen, dabei kommt sie schließlich immer auf Ideen. *Blöd sind die, die über Blödsein lachen.* Az versucht, das Murmeln zu lassen und sich dafür mehr auf die dunklen Stellen zu konzentrieren.

Az' Anwalt hatte alles versucht, damit das Urteil für sie anders ausfällt und Az nicht in ein Jugendgefängnis muss. »Sie ist keine Kriminelle, sie gehört in eine professionelle Betreuung«, sagte eine Gutachterin, die Az für geistig zurückgeblieben erklärte. *Aber ich weiß, was ich tu', denn ich bin nicht blöd!* Schon gar nicht wollte Az in eine Klinik für Verrückte, weil sie eben nicht verrückt war. Da hätte sie lieber nochmal ein richtiges Verbrechen begangen, um in ein richtiges Gefängnis zu kommen, wie normale Menschen.

Sie hatte Gründe, warum sie nicht mehr in die Schule gegangen war. Mit zwölf Jahren kam sie in eine Wohngruppe für schwer erziehbare Kinder. Die fanden sie auch blöd. Die Klassenkameraden hatten es immer schon auf sie abgesehen, aber nach der Grundschule schwoll die Aggression gegen sie merklich an. Jeden Tag ein anderer Streich: Kaugummi in den Haaren, Schulranzen gestohlen, Beine gestellt, Stuhl weggezogen. Einmal lauerten ihr in der Toilette die Jungs auf, zogen ihr die Hose aus und rannten damit weg. Weil sie sich nicht traute, die Toilette ohne Hose zu verlassen, schloss sie sich ein und blieb so lange dort sitzen, bis die Putzleute sie fanden. Das war so um 23 Uhr. Der Rektor und die Klassenlehrerin fragten am nächsten Morgen alle, wer die Übeltäter gewesen seien, aber die deckten sich gegenseitig. Az traute sich nicht, etwas zu sagen. Außerdem hielten die Lehrer sie ja auch für blöd.

Az schwänzte fast die komplette achte Klasse und versteckte sich in der Stadtbücherei, um jene Titel zu lesen, von denen sie vermutete, dass sie Unterrichtsstoff waren. Auch wenn sie die Schule hasste, lernen wollte sie trotzdem. Nach ein paar Wochen des Schulschwänzens suchte ein Sozialarbeiter sie im Jugendheim auf und erklärte, dass etwas Schlimmes passieren würde, wenn sie nicht wieder zur Schule ginge. Was das Schlimmes sein sollte, verstand sie nicht, oder sie hörte es nicht. Danach ließ sie zwei Schultage in permanenter Angst über sich ergehen und blieb dann wieder fort. An einem der Computer in ihrem neuen Zuhause, der alten Stadtbücherei, überschrieb sie ein älteres Attest, das ihr Neurologe einmal ausgestellt hatte. Grund und Diagnose: Aufmerksamkeitsdefizit und möglicherweise Entwicklungsstörungen durch Drogenkonsum der Mutter während der Schwangerschaft. Der Kinderarzt hatte ihr zuvor Autismus bescheinigt, aber das Dokument war lang weg. Eine anderer sprach mal von Angststörung. Was das alles wirklich bedeuten sollte, erklärte ihr nie jemand so, dass sie es verstand. Naja, wenn sie ohnehin alle für blöd hielten, konnte Az es auch nutzen. Niemand traute ihr zu, dass sie eine Krankschreibung überzeugend fälschte, aber die Arbeit am Computer nur eines der Dinge, in dem sie einfach alle anderen übertraf. Außerdem waren die Lehrer froh, wenn Az nicht in die Schule kam. Denn ihre Anwesenheit provozierte Ärger. Sie faxte also das Formular über einen kostenlosen Online-Account an die Schule.

Monatelang fragte keiner nach, aber ewig konnte das nicht weitergehen. Nach mehreren Verwarnungen hieß es, sie müsse für jeden Fehltag ein Bußgeld zahlen, das sie natürlich nicht hatte, oder aber vor Gericht erscheinen.

Az spürte, dass die Mitschüler, Lehrer und Erzieher verwundert und beeindruckt von ihrer Kreativität waren, die sie überraschend lange nicht aufgedeckt hatten. Sie war jedes Mal stolz, wenn sie das vor Gericht erwähnte, denn mehrfach wurde sie gefragt, ob ihr jemand bei ihrem Betrug geholfen habe. Sie mache sich nur mehr strafbar, wenn sie den Mittäter decken würde.

Anfangs hatte Az große Angst, vor den anderen Frauen in der Jugendvollzugsanstalt. Immerhin hatten die etwas richtig Kriminelles angestellt. Die ersten Wochen gaben ihrer Furcht Recht, waren konfus und beängstigend für sie als die Jüngste in der Anstalt. Aber so schlimm wie in der Schule konnte es gar nicht werden. Und irgendwie passierte auch gar nichts. Die Leute ließen sie meistens in Ruhe. Sie war nicht mehr das Opfer, sondern eher uninteressant. Nur einige von Renas Freundinnen waren manchmal fies, aber Rena griff meist sogar ein.

Seit M dabei ist, legen sich auch die letzten Schwaden des dreckiggrauen Schwindeldunstes. Az kann sehen und fühlt so etwas wie Respekt. Und sie hat jetzt eine richtige Aufgabe. Das ist etwas ganz anderes als die Sachen, die sie früher erledigen musste, nur damit sie Beschäftigung hatte.

Az ist dankbar, dass M in den Knast gekommen ist. Ms Vater muss wirklich gemein gewesen sein, sonst hätte sie ihn nicht getötet. Sie ist viel zu gut, als dass sie aus Spaß töten würde. *Sei nicht naiv. Menschen sind gemein, weil sie Spaß am Gemeinsein haben. M wird sehen, dass du sie nicht mehr alle hast. Du fällst jedem zur Last.* Az gibt Geräusche von sich. Als sie sieht, dass Frauen an ihr vorbeilaufen, greift sie zum Hörer. »Jaja, nein, du sollst aufhören, genau, ja genauuu, jaja.«

Aber irgendwann würde der Moment kommen. Das war ein Fakt. Irgendwann würde sie an der Reihe sein, sie brauchte nur warten, bis sie 16 Jahre alt war. Sie begann, sich zu wehren. Sie schrie, wenn der Mann mit seinen Fingern kam, und sie hörte mit dem Schreien auch manchmal nicht auf.

»Ach komm, das tut doch nicht weh, ich streichele dich ja nur. Ich will dich doch nur Liebhaben.« Seit Emmas 16. Lebensjahr störte sich der Mann zunehmend an ihrer rebellischen Haltung und ihrem Alter. Seine totale Geilheit, die zuvor dominierend war, trat plötzlich hinter einer Langeweile und Genervtheit zurück. Der Missbrauch war nur noch Routine. Auch Emma realisierte das an diesem Tag. Sie kochte Mittagessen für alle außer der Mutter, die eines Tages einfach verschwunden war und sich nie wieder blicken ließ. Sein Gesichtsausdruck, als er zu ihr in die Küche kam, um seiner Routine nachzugehen, war anders. Sie hatte sich mit dem Rücken an den Herd gelehnt und seinen Blick erwidert. Er schaute an ihr hoch und runter. Es war das erste Mal, dass er sie mit seiner üblichen Intention aufsuchte, sich dann anders entschied und wieder umkehrte. Die Zeit hatte einen Hebel umgelegt. Drei, vier Monate später bemerkte Emma, dass er begonnen hatte, sich mehr für ihre einjährige Schwester zu interessieren.

Tag 284. Der Fall

Wut ist Gut. Die Aggression war rückwärtsgerichtet und macht jetzt den Weg nach vorne frei.

»Hey, komm rein!«

Moon guckt, als freue sie sich, weshalb ich mich am liebsten wieder umdrehen würde. Wie bin ich hier gelandet? Was ist los mit mir? Ich zippe mich energisch.

Einmal am Wochenende dürfen die Frauen sich gegenseitig in der Zelle besuchen. Umschluss heißt das und ich habe es vorher sehr gerne *nicht* in Anspruch genommen. Moon ließ aber seit mehreren Wochen nicht davon ab, mich zu sich einzuladen, um mir irgendwelche Karten zu legen. Natürlich habe ich es immer ausgeschlagen. Aber seitdem ich weiß, dass ich nachts schreie, sind meine Erinnerungslücken so präsent. Ich glaube Träume davon zu haben, dass jemand an meinem Bett steht und ich versuche, um Hilfe zu rufen. Ich kann aber nicht richtig schreien. Vielleicht, weil ich schlafe, vielleicht ist es nur ein Symbol für Hilflosigkeit, vielleicht heißt es, dass mir sowieso niemand zuhört. Und natürlich die Sache mit Moon …

»Ich will nicht.«

»Was willst du nicht?«, fragte Fae auf mein Murmeln hin.

»Ich weiß nicht, ich will das einfach nicht. Vielleicht werde ich krank. Grippe oder so.«

Aber eine Erkältung hatte bis heute morgen nicht zugeschlagen. Ich musste feststellen: So einfach ist die Diagnose nicht.

Und ich hasse es jetzt schon, nein, ich habe es schon immer gehasst. Mein Rücken hat Fieber, geht das überhaupt? Das Gefühl, dass ich etwas hinter mich bringen muss, ohne zu wissen was, drängte sich in letzter Zeit immer mehr in den Vordergrund. Gestern Nacht lag ich fiebrig winselnd im Bett, genau wie in der Nacht davor, und davor. Und davor. Diese Symptome kommen bestimmt von der Müdigkeit, weil ich nicht schlafen kann, und ich kann nicht schlafen, weil die Symptome mich wachhalten. Ich beschloss also an diesem müden Morgen, dass ich nur wieder normal werde, wenn ich etwas anders mache als sonst. Irgendwas, was mich so erschrecken würde und alles Fieber hintenanstellt. Und wer eignet sich dafür besser, als Moon?

»Setz dich.« Sie breitet die Arme aus, als hätte sie ein ganz eigenes Märchenreich, das anders ist als alle anderen Zellen und als müsse sie mir den Weg zum Stuhl zeigen, damit ich nicht vom Weg abkomme. Dabei kenne ich ja nun wirklich jeden beschissenen Winkel dieser elendigen Kackkabinen und bin in einskommafünf Schritten am Stuhl, aber irgendwie macht es mich auch butterweich, dass Moon etwas Besonderes aus diesem Scheißhaus machen will.

»Soooo…«

Moon streckt ihren kleinen Körper und holt etwas vom Regal, wobei es sich, das sehe ich dann, um eine Schachtel handelt. Sie setzt sich auf den zweiten Stuhl und öffnet das Kästchen.

»Kennst du Tarotkarten?«

»Was ist das für eine Frage? Natürlich nicht.« Mir geht's einfach nicht gut.

»Hab' keine Angst.« Moon legt ihre Hand auf meine, zieht sie aber wieder weg, stülpt die Karten aus dem Karton und beginnt zu mischen.

»Wieso machst du das? Die Karten liegen sowieso kreuz und quer, oder sortierst du die vorher?«

Mit einem stillen, sanften Kopfschütteln und einem noch sanfteren Lächeln signalisiert Moon mir auf noch viel sanftere Weise, dass ich gefälligst die Schnauze halten soll. Ich nehme einen großen Schluck Sauerstoff. Dann beginnt sie andächtig, die Karten zu legen, mit der Rückseite nach oben, drei davon in eine Reihe.

»Ich übe noch, deswegen erstmal nur drei«, gesteht Moon. »Aber ich fühle die Dinge sowieso eher, die Karten helfen nur beim Einordnen. Also…« Moon dreht die erste Karte um. »Deine erste Karte ist die High Priestess, das passt total! Die Karte sagt, dass du eine weise, von Gott gesandete Führerin bist. Eine Heldin, was ich ja schon immer gewusst habe.«

»Ernsthaft?« Ich lege den Kopf schief.

»Ich habe dir doch gesagt, dass du eine Heldin bist, eine, die dafür bestimmt ist, andere ins Licht zu führen. Das ist so aufregend!«

»Moon, ich weiß nicht, was das hier sein soll, und von Licht hast du auch nie gesprochen…«, ich mache Anstalten aufzustehen, da hält sie mich fest.

»Nur noch eine Karte«, sagt sie und ich verdrehe die Augen, bleibe aber sitzen. »Okay, Achtung…« Moon fährt mit der Handfläche über die beiden verbliebenen Kartenrückseiten, dann greift sie eine und dreht sie um. »The Lovers – die Liebenden!«

So etwas habe ich befürchtet. Und alleine das zeigt doch, dass ich völlig den Verstand verloren habe.

»Ich weiß, was *lovers* heißt«, knurre ich.

»Was sagst du denn dazu? Und zu der Liebe, M?«

»Dass du schummelst, das sagt es mir.«

»Wie denn? Du hast gesehen, dass ich sie gemischt habe. Lass uns schauen, was sich hinter den anderen Karten verbirgt.« Sie will gerade die nächste Karte umdrehen, da überkommt mich ein ganz anderes Gefühl, ein ganz neues. Es ist, als würden Gewitterwolken aufziehen und den Raum abdunkeln. *Pam! Pam! Pam!*

»Ich gehe.«

»Warte, bitte! Du hast doch bestimmt als Kind an Gott geglaubt, oder?«

»Naja, weil ich ein Kind war.«

»Meinst du nicht, Kinder können weiser sein und mehr wissen als all die Erwachsenen, weil sie noch nicht so stumpf sind?«

»Nein. Kinder wollen auch nur aus der Scheiße raus, sie haben bloß andere Methoden als Erwachsene.«

»Okay…!« Moon schließt die Augen und macht eine Bewegung mit beiden Händen, die mich wohl beruhigen soll. »Lass dich nur kurz hierauf ein, ganz kurz, kannst du das machen?«

Sie macht mir so eine Angst, und gleichzeitig klebt mein Arsch auf diesem Stuhl fest. Das Licht in der Zelle wird immer düsterer.

»Worauf denn?«, antworte ich ungeduldig.

»Erinnere dich an das Gefühl der Geborgenheit, das du hattest, wenn du mit Gott gesprochen hast. Erinnere dich nur, wie sich das angefühlt hat, irgendwas hast du doch dabei gefühlt…«

»Wovon redest du? Ich hab' mich scheiße gefühlt, egal wobei, reicht das als Antwort?«

Moon öffnet ihre Augen und schaut mich an. An der Stelle ihrer Pupillen sehe ich zwei schwarze Vollmonde, die so tiefschwarz wie der See sind, vor dessen Sog ich immer Angst hatte. Ich vergesse, mich zu zippen.

»Wovor hast du so eine Angst, gerade, meine ich? Dir passiert hier nichts, du bist doch sicher mit mir. Und auch wenn du es nicht wahrhaben willst, du bist eine Anführerin und inspirierst uns alle!«

»Moon, es reicht jetzt.« Ich muss schon lachen.

»Jetzt hör doch mal zu!« Sie lacht auch und patscht mit beiden Händen und feinen Fingern auf meinen Schultern herum.

»Du gehst mir auf die Nerven, weißt du das?« Ich patsche zurück, wir patschen durcheinander. Ein, zweimal verheddern sich unsere Finger kurz ineinander, sodass ich meine Hände schnell wieder aus dem Knoten ziehen muss. Wir hören nicht auf zu patschen und zu lachen. Doch dann will ich endlich damit aufhören! Ich fange ihre Handlenke mit meinen Händen und halte sie fest.

»Du bist… ich weiß nicht. Wie der Mond eben. Oder wie ein Gedicht. Wie ein Gedicht über den Mond.«

Moon beugt den Oberkörper zu mir vor: »Du weißt es doch, oder?« Ich schaue nur fragend. »Du weißt, dass du mich vermisst. Und ich weiß, dass du mich vermisst.«

Ein letztes Lachen und dann ziehen meine Arme an ihren Handgelenken. Dafür habe ich mich nicht entschieden, es passiert einfach und ist ruckartig genug, um Moon dazu zu bringen, mir ein bisschen entgegenzufallen. Ich fange sie auf.

Wusste ich davor schon, dass ihre Lippen jetzt auf meine treffen würden? Jedenfalls tun sie das, und als sie das tun, öffnet sich unter uns eine Klappe und wir fallen mitsamt unseren Stühlen ins Nichts, in die Dunkelheit, die sich schon angekündigt hat. Wieso hatte ich Angst vor der Dunkelheit? Jetzt, wo wir durch sie hindurchfallen, ist sie gar nicht mehr unangenehm. Unsere Münder sind füreinander gemacht und stürzen aufeinander, als hätten sie seit dem Urknall auf diesen Moment gewartet.

Die Momente, in denen man sich grundlos zuhause wähnt, es liegt in ihrer Natur, dass sie keinen Blitz überdauern. Trotzdem steckt die Ewigkeit in ihnen. Drumherum eine Membran, so sicher und nährend wie eine Fruchtblase. Vielleicht haben Zungen, die Sinne und der Körper eine eigene Intelligenz. Das würde einiges erklären. Später würde mir noch etwas auffallen, nämlich dass ein Kuss sich anfühlt, als gäbe es nichts Weiteres. Wir fallen an Planeten vorbei, an Satelliten, Ufos, Weltraumschrott, Kühlschränken. Auch Sternschnuppen fliegen um uns herum, davon gehe ich aus. Ich kann nichts sehen, schließlich habe ich die Augen zu. Es ist verrückt: Wenn ich zuvor an diesen oder einen ähnlichen Kuss gedacht habe, fand ich es schrecklich.

Fremd und widerwärtig, wie der Alien-Vogel im Toilettenwasser. Riesige matt-blaue Augen, dunkel auch, sonst Weißrosa, lange Extremitäten, übernatürlich lang sind die. So etwas will ich nicht, scheißegal, ob es unschuldig ist oder vielleicht sogar ein liebes ausgewachsenes Alien, es gehört nicht zu mir. Es wuchs immer größer und unheimlicher in mir, und ein Kuss würde die Geburt von etwas sein, was ich nicht will.

Ich drücke Moon von mir weg, die immer noch ihre Augen geschlossen hat.

»Das ist so schön. Endlich öffnest du dich.«

»Was heißt das?« Ein Sog holt uns nach oben in die Zelle auf unsere Stühle und an diesem Tisch zurück.

»Ich meine, das ist schön zwischen uns, oder?«

Ich überlege.

»Was heißt das, ich öffne mich? Ich öffne mich für niemanden.«

»Das brauchst du auch nicht. Aber es ist ein Schritt in die richtige Richtung, findest du nicht?«

»Also du sagst, ich käme aus der falschen Richtung? Also du sagst, dass jene, die sich nicht öffnen, die keine Beziehung haben wie alle anderen, die immer alleine sind, die vielleicht… die 18 Jahre alt sind und nicht mehr sexy, die vielleicht sieben Nasen und fünf Beine haben, du sagst, diese Frauen sind nicht richtig?«

Mittlerweile bin ich aufgestanden und schaue auf Moon hinab, die dasitzt und ihrerseits nur schaut.

»M. Du weißt, dass ich das alles nicht meine.«

»Sehe ich anders.«

Auf dem Weg nach draußen drehe ich mich nochmal um.

»Nur aus Neugier: Was steht auf der dritten Karte?«

Moon wendet das dritte Blatt und sagt:

»Der Tod.«

»Albernes Pappstück«, winke ich ab.

Tag 285, im Musikzimmer

»Ihr Bitches, ihr seid Witches, Niggas und Motherfukkas, wir rulen die Welt, ficken euer Life und ihr fickt nur eure Mudda, dann euren Bruda, wir sind viel geiler als alle Bitch…«

»Stop!«, rufe ich, während ich Rainer mit Erdnüssen bewerfe. Ist ja nicht zum Aushalten. »Danke übrigens für den Snack, Fae.«

»Digger, hör auf! Mach halt mal was Sinnvolles für unseren Drop. Wir brauchen was Aggressives, was nach vorne geht.« Rainers Gehirn qualmt sichtlich.

Ich hatte verdrängt, dass Fae vor Wochen schon das Musikzimmer angefragt hat, weil die anderen vier eine Hymne wollen. Jetzt sind wir hier, und ich stelle fest, Musizieren ist noch schlimmer als Sport machen.

»Aber wir sind nicht aggressiv, wir kämpfen für Gerechtigkeit.«

Moon wieder mit ihrem Mist. Ich weiß schon, warum ich gewartet habe, bis sie sich auf einen der Hocker, nämlich den am Keyboard, setzt, damit ich mir daraufhin die Ecke aussuchen konnte, die am weitesten von ihr weg ist. Da sitze ich mit angewinkelten Beinen an der Wand, ignoriere Moon und konzentriere mich stattdessen lieber darauf, Rainer mit Erdnüssen zu treffen.

»Ey, du Hurensohn, die Dinger hebst du nachher selbst wieder auf!«, regt Rainer sich auf, und ich finde es großartig.

»Wir sind vielleicht nicht aggressiv, aber wir sind stark!«, sagt Az. Sie hockt auf so einem Kasten, auf den man hauen, also trommeln kann, und spricht die Wand gegenüber an. »In welcher Sprache geht das Lied? Deutsch oder Englisch?«

»Willst du Schlager singen oder was?«, sagt Rainer. »Englisch ist cooler.«

»Weil du Englisch *noch* besser kannst als Deutsch.« Fae lacht.

»Okay, bitte sehr, schlagt ihr Bitches doch mal was vor.«

»Also, ich wollte nie einen Song machen«, werfe ich ein. »Ich kann Musik überhaupt nur schwer aushalten!«

»Wir mischen Deutsch und Englisch, das geht auch voll«, freut sich Rainer und Az dreht sich zu mir.

»Was willst du denn, M?«

»Wieso ich?«

»Weil du nie was willst, aber was *willst* du denn?«

»Ich will meine Ruhe.«

»Was noch? Du musst doch noch was wollen.«

»Was meinst du? Ich will nur, ich weiß nicht, dass die Dinge so einfach sind wie am Anfang. Als ich hier reinkam, da hatte ich meine Ruhe. Ich will mich nicht so fühlen wie gerade.«

»Wie fühlst du dich denn?«

»Keine Ahnung.« Ich habe den Impuls, mich verteidigen zu müssen. Wissen die alle von Moon und mir? Stehe ich wieder vor Gericht? Muss ich eine intelligente Antwort geben? »Keine Ahnung, ich fühle mich, als würde ein Riss in mir drin, den ich erst nicht bemerkt habe, jetzt immer weiter aufreißen.«

»Wo ist der Riss?«

»Weiß nicht… in der Lunge?«

»Und?«

»Az… du bist so nervig wie die Psychotante. Musik, Sport, Gefühle – möchte ich alles nicht. *Pam pam pam!* Ich klopfe stoisch mit den Handflächen auf den Teppichboden vor mir. *Pam pam pam!* Nach ein paar Schlägen werden meine Hände rhythmischer. So ist das nämlich: Wie ein starker Herbstregen, der vor seiner radikalen Nichtswerdung noch einmal heftig durch die Stille schießen muss. *Pam! Pam! Pam! Pam!*

»Tadaaaa, fertig!« Ich stoppe und lache.

»Nicht aufhören«, sagt Az, die immer noch an die Wand glotzt. »Nicht aufhören!«

Solange ich nicht reden muss … ich setze erneut zum Klopfen an.

»Nein, nicht so. Wie eben!«, ruft Az.

»Wie, wie eben?« Ich schaue in meine Handflächen.

»Mit Leidenschaft? Mit Ironie? Mit Traurigkeit?«, mutmaßt Fae.

»Danke, das hilft total.« Ich schließe die Augen und denke an die Ankunft der Tropfen bei einem Herbstregen. Der Herbst ist meine Lieblingsjahreszeit.

In mir drinnen wachsen Risse
Ich spür' sie mitten in der Mitte

»Az?«, fragt Fae.

»Nervt nicht, bitte«, antwortet Az während sie einen unsichtbaren Punkt vor sich fixiert. Ich klopfe, sie starrt und fährt fort:

»Herz, Hand, Fuß, ich hab' je zwei linke,
Was ich hier tu, das nennt sich Hinken.

Bin höchstens mutig beim Ertrinken,
Doch nicht beim Leben, Lieben, Denken.
Will nur ins dunkle Meer absinken,
wo Wasserstrudel für mich singen.«

»Und jetzt alle!«, ruft Fae. »Eins, wir drehen uns im Kreis … Nein?« Dann schweigt sie zum Glück wieder und kichert verhalten.

»Fuck this shit«, ruft Rainer klatschend. »Lieben wir.«

Az wacht auf aus ihrer Trance und schaut zu mir rüber.

»Gut geklopft hast du, M«, sagt sie.

»Ja, aber da ging es nicht mehr um mich, oder?«, frage ich Az ein bisschen entsetzt. Die lächelt nur.

»Also wenn du denkst, dass ich das bin, dann liegst du aber völlig falsch«, mahne ich.

»Hallo, könnt ihr mal bitte? Fuck this shit!« Rainer klatscht weiter. »Brudi, wie krass bist du bitte? Bist du Jesus, oder was?« Rainer tanzt um Az herum und fängt an zu rappen:

»In mir drin entstehen Risse, ob ich gehe oder hinke, fuck this shit, den ich hier denke…«

»Klar! Az, die Quotendumme«, kommt aus mir raus. »Und plötzlich weckt sie uns alle auf, lässt uns in unsere Herzen schauen und bringt uns zur Poesie zurück…« Ich lach mich künstlich kaputt.

»M? Geht's dir gut?«, wundert sich Rainer.

Az fängt an zu weinen: »Ich bin nicht dumm.«

»Ach Scheiße, Az, es tut mir leid.« Ich fühle mich schlagartig richtig schlecht, robbe zu ihr und nehme sie in den Arm. »Das sollte ein Scherz sein.«

»Nicht lustig«, murmelt sie.

»Überhaupt nicht! Das war kein Scherz über dich, sondern über mich! Ich bin so viel schlechter als du und ich hasse mich gerade.«

»Hey, bei uns geht es nicht darum, dass die eine besser ist als die andere«, sagt Fae. »Es geht darum, dass wir jeder von uns dabei helfen, ihre Stärken zu finden. Das ist das Tolle, wir sind so unterschiedlich, jede von uns bringt andere Superkräfte mit.«

»Aus welchem schnulzigen Film hast du das denn?«, frage ich.

»Bruder!« Rainer klatscht wieder. »Keine Ahnung, was für Superkräfte das sein sollen, aber von mir aus ….«

»Ja Mann.«

»Sowas von.«

»Fjeden!«

»Du sollst dich nicht hassen«, sagt Az mit einem Restschniefen, und jetzt hasse ich mich nur noch mehr. Meine Arme lassen sie gehen, ich stelle mich auf die Beine und stehe da wie ein Köter, der gerade aus dem Bach gekrochen ist, in den er gefallen war.

»Fae…«, ich gehe auf sie zu und bleibe in Demutshaltung vor ihr stehen. »Wenn ich auch, also nur mal hypothetisch, eine Superkraft haben *sollte*…« Das Wort *sollte* betone ich, um zu demonstrieren, dass ich das für sehr unwahrscheinlich halte. »Also, wenn das so wäre, dann ist meine Superkraft zu erkennen: Nicht ich bin die Anführerin hier. Du bist das, du bist unsere Anführerin.«

»M, hast du Drogen genommen?« Faes Stimme leiert etwas. Ich richte mich auf und lache verhalten:

»Na also, dass du Fae heißt, hat einen Grund.«

»Ich bin nie im Leben so stark wie du. Du bist doch die Heldin.« Jetzt schnieft sie.

»Ich war nie eine Heldin. Du bist die letzte, die am Ende immer noch stark genug ist, um gut zu sein. Keiner ist wie du. Du bist die Heldin.« Aus mir kommt ein leises Schniefen. »Was ist das bitte, ein Schniefkonzert im Musikzimmer?«

Az steht auf, breitet ihre Arme aus, und ich ahne, was sie vorhat, als sie auf uns zukommt, um Fae und mich in ihre Umarmung zu zwingen. Ich kriege kaum Luft.

»Tut mir leid, Az «, schnuffele ich in irgendeinen Oberarm. Mit einem viertel Auge sehe ich, dass Moon von hinten dazukommt, um Az und Fae zu umarmen. Von mir hält sie sich zum Glück fern.

»Und du bist unsere Mondflüsterin«, sagt Fae, während ich versuche, meine unbequeme Position zu korrigieren.

»Ja ja, ich hab' natürlich keine Stärke, an mir ist nichts Besonderes, ist klar«, motzt Rainer vor sich hin. »Fickt euch, ihr Fotzen. Von wegen Brüder, Hurenbrüder seid ihr. Meine Stärke ist der Hass. Echt Alter…«

Sie flucht immer noch, als Az einen Arm aus unserem Knäuel befreit und Rainer zu uns winkt.

»Deine Stärke ist, naja, zumindest machst du sehr oft, dass ich lache«, sagt sie und muss wirklich lachen. »Komm schon her!«

»Ja Mann, komm jetzt her!«, ruft Fae.

»Fuck this shit, ich hasse euch.« Rainer bewegt sich stöhnend und extrem langsam in unsere Richtung und legt die Arme um Az und Fae.

Tag 286

»1 200 Euro? Wie krass ist das, Brudi!«

Fae piekst mit ihrer Gabel in Rainers Oberarm, um zu signalisieren, dass sie in der überfüllten Kantine leiser sprechen soll. Davor hatte sie mit derselben Gabel noch Spätzle in ihren Mund gesteckt und ich meine, ein paar Krümel davon in Rainers T-Shirt-Ärmel zu erkennen. Rainer wischt über ihren Oberarm und flüstert laut weiter:

»Mal ehrlich, wie krass das ist! Dafür kriegen wir, Moment…«, Rainer rechnet nach. »…vielleicht eineinhalb Smartphones.«

»Jetzt hat es dann auch wirklich jeder mitbekommen.« Ich verdrehe die Augen. »Danke Fae, dass du nochmal deine Eltern angezapft hast«, sagt Moon.

»Angelogen meinst du«, korrigiert Fae mich schmatzend. »Klar. Die geben mir alles, solange sie sich nicht mit echten Problemen auseinandersetzen müssen.«

»Und will jemand wissen, was ich erreicht habe?«, fragt Rainer um sich schauend. Wir warten alle mehr oder minder gebannt, Rainer lehnt sich zurück und holt Luft. »Nichts!«

»Wie nichts?«, hakt Fae nach.

»Na, nichts!« Rainer verschränkt die Arme. »Jup, so ist das, Brudis, so lassen die angeblichen Freunde aka fucking fake Bitches einen im Stich. Die Hurensöhne.«

Gut, dass ich keine Freunde habe, will ich gerade kommentieren, doch da sehe ich Traurigkeit in ihrem Ausdruck und halte lieber den Mund.

»Wisst ihr, ich war immer für die Spacken da. Ich bin in der Scheiße hier, weil ich den Kopf für die hingehalten hab'. Und die? Die können nicht mal irgendwas Illegales schmuggeln oder mich hier rausbomben oder, was weiß ich, das Knastoberhaupt Rena ermorden.«

»Ach Rainer, dafür sind wir da«, sagt Moon, die ich allein heute schon ungefähr viermal aus Versehen angeschaut habe.

»Naja, mit dem Morden habe ich abgeschlossen, aber für andere illegale Aktivitäten bin ich zu haben«, grinse ich breit.

»Tut mir sehr leid.« Fae, die wie immer neben Rainer sitzt, legt einen Arm um sie und fragt über den Tisch: »Welche Optionen haben wir?«

Wir gucken ratlos, also vor allem ich, regelrecht verloren, hilflos und defensiv würde ich es nennen.

»Hat hier noch jemand irgendwelche Kontakte zu Drogendealern, Handyhändlern, Waffenverwendern oder irgendwem, der oder die hier was reinschmuggeln könnte?«, fragt Fae weiter.

Alle schütteln den Kopf.

»Fällt euch niemand ein? Mein Gott, was sind wir für Kriminelle.« Fae lacht.

»Vielleicht kann M auch endlich mal was versuchen«, blökt Rainer hinter ihren dicken, verschränkten Armen hervor. Auch ich verschränke jetzt meine Arme und kann regelrecht spüren, wie die Blicke der anderen mich durchbohren.

»Ich geb's ungern zu, Rainer, aber es gibt scheinbar doch eine Gemeinsamkeit zwischen uns: Wir sind beide einsame Arschlöcher, für die niemand auch nur seinen kleinen Zeh bewegt.«

»Ja Mann, wir müssten verwandt sein.« Rainer schaut skeptisch, die Arme immer noch verschränkt.

»Wenn wir über Kontakte nach draußen nichts erreichen können, dann müssen wir es eben doch hier drin versuchen«, erklärt Fae.

»Also dann doch«, stimmt Az zu.

»Ja Bitches, rafft ihr's jetzt?«, meint Rainer.

»Dann bist du jetzt dran.« Ich nehme Faes Blick im Augenwinkel wahr. Alle glotzen mich wieder an.

»Ach Gott, ich hasse es«, murmele ich. »Es muss doch noch andere Frauen außer Rena geben«, frage ich hoffnungsvoll, aber irgendwie auch nicht.

»Und was willst du tun, rumlaufen und eine Umfrage machen, Zettel verteilen oder einen Aushang?«, fragt Rainer.

»Rena ist die einzige, von der wir wissen, dass sie mit Sicherheit Zugang zu illegalem Zeug hat«, sagt Fae.

»Vor allem ist sie ein Fan von dir und kann dir nichts ausschlagen«, fügt Rainer an, worauf ich entgegne:

»Genau das erschreckt mich eher!«

»Aber wenn M sich nunmal nicht wohl fühlt und ein komisches Gefühl hat?«, säuselt Moon. Entweder will sie mich wirklich beschützen oder sie ist ein bisschen eifersüchtig auf meinen Fan.

»Nee Moon,« antwortet Fae. »Komisches Gefühl ist jetzt nicht. Wie hat Az sich damals gefühlt? Bestimmt nicht nur komisch! Es wird schon klappen.«

Emma war überzeugt, dass sie der Klaustrophobie nie mehr begegnen würde. So als hätte sie schon sehr früh eine Immunität aufgebaut. Oder sah sie sich mit dem Gefühl manchmal sehr wohl noch konfrontiert, schaute ihm dann aber kurz in die Augen und scherte sich nicht weiter darum? Routiniert und immunisiert, das war schwer zu unterscheiden. Nacht um Nacht und im Schwitzkasten des Mannes vermochte es Emma, jede Regung zu vermeiden. Resilienz ist wie eine Hornhaut, die sich mit dem Leidensdruck und der stetigen Wiederholung bildet, genau da, wo einmal zarte Haut, Herz, Gefühl und Fragilität war. Sie hatte Glück, so wollte Emma es betrachten. Mädchen, die nur einmal missbraucht wurden, erlebten diese Abstumpfung nicht.

In der Holzkiste kam sie jedoch an ihre Grenzen. Die 1,5 mal 1 Meter mal 1 Meter ließen keine Positionsänderung zu. Der Boden, auf dem sie in Embryonalstellung lag, wurde mit jedem Atemzug härter. Emma lag sich wund und bekam blaue Flecken. Der Schwitzkasten des Mannes löste sich wenigstens nach ein paar Stunden und sie war frei. Dieser Luxus war ihr in der Holzkiste nicht vergönnt, wie Emma nach mehreren Stunden feststellte. Der Mann konnte sie darin verrotten lassen. Eins, wir drehen uns im Kreis. Eins, zwei, drei, wir sind frei. Manchmal schlief sie ein, wodurch sie ihr Zeitgefühl gänzlich verlor und nicht mehr ausmachen konnte, ob Nacht oder Tag war.

Sie hatte gelernt, an Wochenenden, an denen kein Wecker klingelte und der Mann ausschlafen wollte, den Harndrang einzuhalten, weil sie ihn nicht mit einem Toilettengang aufwecken wollte. Sieben Stunden konnte sie das aushalten. Dass es nun plötzlich warm um ihre Oberschenkel wurde und sich eine süßlich riechende Lache unter ihr ausbreitete, sagte Emma, dass mittlerweile mindestens sieben Stunden vergangen sein mussten. Sie realisierte, dass der Mann sie sehr wohl früher oder später rauslassen würde. Der Totschlag der eigenen Tochter in einer Kiste im Keller würde selbst ihm als Tatbestand zu weit gehen., Natürlich nicht aus ernsthaft ethischen Gründen, sondern weil er sich einbilden wollte, ein rechtschaffener, ehrbarer Mann zu sein. Emma überlege, was den Mann überhaupt dazu gebracht haben könnte, sie in die Kiste zu verfrachten. Es war nichts Außergewöhnliches passiert und sie hatte nichts angestellt, zumindest nicht, dass sie wüsste. Ihr körperlicher Widerstand begann nicht erst gestern, sondern seit über einem Jahr und konnte also nicht der Grund sein. Vielleicht konnte der Mann Emmas Alter einfach nichts mehr abgewinnen. Sie zog ihren Rock hoch, wobei auch das sie nicht sauberer machen würde, und ließ

Fäkalien ab. Mit dem Fuß, der oben lag, versuchte sie, den kleinen Haufen ein Stück von sich weg zu schieben, was natürlich scheitern musste. Aber an den Geruch und das Gefühl würde sie sich auch gewöhnen.

Sie wusste nicht, dass drei Tage vergangen waren, als sich die Klappe der Kiste öffnete. Kellerlicht schoss über sie und blendete sie. Stöhnend kletterte sie aus der Kiste. Erstmal die Arme und Beine strecken, was unter Schmerzen geschah, da die Kniegelenke und Ellenbogen steifer geworden waren. Auch mit der Balance haperte es, sodass Emma sich zunächst an den Wänden der Kiste abstützte. Als Emma sich endlich vollends aufgerichtet hatte, die Füße noch in der Kiste, stand der Mann da. Er sagte: »Du stinkst.«

»Ach scheiß drauf, von mir aus, ich mach's. Wir sind ja Krieger, oder wie war das?«

Kurz nachdem ich das sage, knallt etwas gegen eine der Fensterfronten in der Kantine. Es klingt, als hätte jemand einen Tennisball dagegen geworfen. Wir gucken uns an, dann springt mein Körper auf und rennt los, Haken schlagend durch den Tischparkours und die offenstehende Tür auf den Hof. Die anderen rennen hinter mir her, während uns die restlichen Knastschwestern nur nachschauen. Ich hatte schon beim Rennen den Fleck an der Scheibe gesehen und darunter liegt nun dieses winzige Häufchen. *Pam! Pam! Pam!* Ich bleibe davor stehen. Wohin soll ich auch gehen? Hier ist das Ende der Straße.

»Wie ist denn das passiert?«, fragt Az, die neben mir steht. Wir alle bilden einen Kreis und betrachten das Ding vor unseren Füßen.

»Naja, normal!«, antwortet Rainer. »Die doofen Viecher fliegen halt gegen Fensterscheiben, weil sie die nicht sehen oder so.«

»Die sind nicht doof. Die Scheiben spiegeln die Bäume und den Himmel, deswegen wollen die Vögel da reinfliegen«, korrigiert Fae mal wieder.

»Macht's nicht weniger doof«, findet Rainer.

»Nichts davon!«, rufe ich genervt. »Schaut doch mal genau hin, sieht das da aus, als könnte es fliegen?«

»Na jetzt nicht mehr«, sagt Rainer.

»Vorher auch nicht. Das hier hat noch nicht mal ein Federkleid entwickelt. Hast du schon mal einen so nackten Vogel fliegen sehen?«

»Ist ja gut, ich bin nicht blöd! Chill mal.« Rainer schüttelt den Kopf, dreht sich um und geht.

»Scheiße, wie kann sowas passieren? Ich meine, wie kann das gehen?«, murmele ich.

»Es ist nur ein Vogel«, will Fae mich wohl ruhiger stimmen.

»Nur ein Vogel? Scheiße…« ich falte die Hände über meinem Kopf und spüre die Panik in mir anschwellen, ohne dass ich sie genauer einordnen kann.

»M, was ist denn, ist es wegen der letzten Tarotkarte?«, fragt Moon.

»Schließer!« Blitzartig zieht Fae ihren Hoodie aus, legt ihn über das nackte Alienwesen, hebt alles zusammen auf und hält das Bündel mehr oder weniger unauffällig im Arm.

»Die Damen, was ist da passiert?«, fragt der eine, der mich damals schon in die Schlichtzelle gebracht hat.

»Nichts!« Moon schaut die beiden Schließer mondäugig an.

»Aha«, sagt der eine und scannt den Boden vor dem Fenster. »Haben Sie herausgefunden, was gegen die Scheibe geflogen ist?«

Alle schütteln den Kopf, während ich noch nicht mal das auf die Reihe kriege.

»Wir wollten gucken. Vielleicht ein Stein«, so Az.

»Ein Stein hätte anders geklungen«, murmele ich. »Und Steine fliegen nicht.«

»Das weiß ich auch!« Az zuckt mit den Schultern.

»Manchmal katapultieren Leute von außen Tennisbälle mit illegalem Inhalt über die Mauer. Hab' ich gehört …«, spekuliert Fae.

»Ernsthaft?« Jetzt werde ich doch ein bisschen wach. »Ich dachte eben noch, der Aufprall klingt wie ein Tennisball! Wie ein klammer Tennisball vielleicht. Das ist ja so absurd. Ist das nicht absurd?«, frage ich *meinen* Schließer und kichere vor mich hin.

»Na gut, kommen Sie mal wieder rein«, sagt der Mann.

Die beiden Wärter gehen voran, wir laufen im Gänseschritt hinterher und setzen uns wieder an unseren Tisch, wo Rainer scheinbar einen zweiten Pudding isst, da bereits ein leeres Schüsselchen neben ihr steht.

»Na? Endlich was zu essen?«, frage ich.

»Hallo, hallo? Könnt ihr mal bitte?«, pfeift Fae. »Ich hab' hier ein totes Tier in meinem Hoodie! Mein armer Hoodie!« Fae kriegt neben mir die Krise.

»Was? Ich will es nicht sehen«, sagt Rainer angeekelt.

»Das hilft nicht!«, antwortet Fae.

»Aber wieso packst du auch sowas Ekliges ein, Brudi?«, fragt Rainer in unsere Richtung.

»Das ist nicht eklig, du Idiotin!«, sage ich. »Das ist ein Lebewesen. Eine totes Lebewesen zwar, aber ein Lebewesen.«

»Ich weiß nicht, wieso ich das eingepackt habe, ich hab' irgendwie Panik gekriegt, als die Schließer kamen.«

»Du bist einfach zu süß«, grinst Rainer.

»Mensch Brudi, hilft mir doch mal.« Fae lacht ausgelassen, als sie das sagt.

»Wir müssen das wohl mit in die Zelle nehmen.«

»Nein, ich spül' das hier unten direkt in der Flurtoilette runter!«

»Das machst du nicht!« *Pam!* Ich halte die Hände vor mein Gesicht. Meine Sicht verschwimmt.

»Seit wann bist du so eine Dramaqueen?« Rainer fuchtelt klischeehaft schwul mit den Händen rum.

»Bitte diskriminiere keine Homosexuellen«, sagt Fae.

»Es ist nunmal ein Lebewesen. Also es *war* ein unschuldiges Wesen.« Ich schwimme im luftleeren Raum auf der Suche nach einer Erklärung. »Ich möchte es einfach begraben oder in einen Baum setzen oder so.«

»Ich finde, das ist ein schöner Gedanke«, schwärmt Moon natürlich.

»Die Toilettenspülung kriegt das sowieso nie runter und dann müssen wir es mit bloßen Händen wieder rausnehmen und werden erwischt«, argumentiere ich weiter.

»Dann nimm du es, du musstest ja auch unbedingt rausrennen.« Fae legt ihr Hoodie-Bündel auf meinen Schoß.

Rainer lacht:

»Du weißt aber, Brudi, das ist kein Kuscheltier.«

»Ich mag es«, sagt Moon. »M hat Recht. Lasst uns morgen beim Freigang draußen treffen und den Tod des kleinen Wesens betrauern.«

»Nicht dein Ernst«, findet Rainer. »Wie wollt ihr das anstellen, ohne erwischt zu werden?«

»Wir finden einen Weg. Es wird uns alle eines Tages treffen, und dann wollen wir auch nicht im Klo landen,« antworte ich.

»Also ich bin erst einmal gegen eine Scheibe geflogen, und das nur, weil mir eine Freundin eine gescheuert hat.« Rainer lacht. »War nicht weiter schlimm aber hat einen Schlag getan, dagegen war das hier eine Fruchtfliege.«

Tag 287. Die Süchtigen

Eins, wir drehen uns im Kreis. Zwei, öffnen die Flügel weit. Drei, sieben, Glühwürmchen fliegen. Hallo ihr Minitatursterne, schön, dass ihr da seid. Einundzwanzig, fünfundzwanzig, sie werden größer. Zweiunddreißig, siebenundvierzig, sie leuchten heller. Was macht ihr da? Dreiundsechzig, das sind gar keine Glückwürmchen. Einhundertneun, dreihundertsechsundvierzig, das sind auch keine Sterne. Zwölfvierhunderteins, es sind…. Als mir der nackte tote Vogel aufs Gesicht fällt, wache ich auf.

»Was geht in Ihnen vor, Emma?« Frau K wartet auf meine Antwort, die sie natürlich nicht bekommt. »Warum geraten sie in Prügeleien mit Insassinnen?«

»Es war nur *eine* Insassin, und die hat mich provoziert.«

»Wie fühlt es sich an, wenn jemand Sie provoziert?«

»Wissen Sie, dieses Ding mit den Antworten, also, dass ich Ihnen die nicht liefere, das wird sich nicht ändern.«

»Sie sind seit einiger Zeit unruhiger und öfter abwesend. Wo sind Sie, wenn Sie abwesend sind?«

»Keine Ahnung, wir drehen uns im Kreis,« antworte ich. »Wenn Sie mir zu Abwechslung mal wirklich helfen würden, könnte ich ihnen vielleicht auch etwas mehr sagen.«

»Darüber haben wir schon gesprochen.«

»Ja, aber das ändert nichts an meinen Erinnerungslücken und daran, dass noch etwas passiert sein muss, etwas Wichtiges.«

»Ich bleibe dabei, ich werde keine Hypnose mit ihnen durchführen! Es ist einfach zu gefährlich.«

»Nein, ich bin schon traumatisiert, mehr geht nicht. Sie wollen mir einfach nicht helfen und zwar aus keinem vernünftigen Grund!« Die Wut bringt mich dazu, von meinem Stuhl aufzustehen. »Machen *Sie* doch auch mal was! Was weiß ich, geben Sie mir eine besondere Information über sich, verraten Sie mir ein Geheimnis. Was das da für ein komisches Bild auf ihrem Tisch ist zum Beispiel.«

Ich deute auf das Bild, das bei jedem Termin mit Frau K mit dem Rücken direkt vor meiner Nase steht, auf dem ich aber einmal von oben Farbklatscher ausmachen konnte, die mich an jene erinnerten, die manche Insassinnen auf den Transparenten hinterließen.

»Also Sie meinen das hier. Ja, das passt auch. Na gut …«

Frau K wendet das Bild, sodass ich nun sehen kann, dass es tatsächlich ein Farberguss aus der Gefängniswelt sein muss, und lehnt sich in ihrem Sessel zurück. Sie nimmt ein paar tiefe Atemzüge. In einem Ton, der von echter Niedergeschlagenheit oder Trauer durchzogen ist, fängt sie an zu erzählen:

»Vor ein paar, genauer gesagt vor sechs Jahren war ich einer Insassin sehr nah. Zu nah, muss ich zugeben. Ich war naiv und habe mich als Psychologin zu einem fast freundschaftlichen Verhältnis mit einer Patientin hinreißen lassen.«

»Also, dann können Sie sich den Zusatz *fast* auch sparen«, unterbreche ich sie. »Es *war* eine Freundschaft.«

»Ja, sehen Sie …?« Frau K hält kurz mit abgesenkten Lidern inne. »Es passierte einfach so langsam und unmerklich, ich weiß nicht, wann ich die Grenze der Professionalität überschritten hatte.«

»Sie brauchen sich vor mir nicht rechtfertigen …«

»Achtzig Prozent der Frauen im Jugendvollzug sind keine Kriminellen. Die Umstände, Traumata, Drogensucht, psychische Krankheiten bringen Sie zum Rechtsbruch. Eigentlich müssten sie in eine therapeutische Anstalt. Diese Frauen, wenn sie erwachsen und austherapiert sind, werden meistens nicht wieder straffällig. In ihnen steckt so viel Potential.… Ich will Ihnen nur sagen, ich habe damit heute noch Schwierigkeiten, zu wissen, wann eine Beziehung zu einer Patientin die professionelle Ebene verlässt. Also wahre ich mittlerweile lieber eine extra große Distanz, um kein Risiko einzugehen.«

»Ohja, Sie sind übertrieben professionell«, lache ich.

»Sie war süchtig. Nach Crack. Darum wurde sie auch straffällig. Im Vollzug nahm sie dann am Entgiftungsprogramm mit Substituten teil.«

»Sie war ein Junkie.«

»Eben nicht. Stefania unterschied sich von den anderen Insassinnen mit einer Abhängigkeit. Sie war so mutig, dass sie ihre Klugheit, Sensibilität, ihr Schuld- und Schamgefühl so pur wie möglich zeigen wollte, zumindest mir gegenüber. Sie hatte ihren Freund krankenhausreif geschlagen. Die beiden waren gerade am Runterkommen und hatten kein Geld für Nachschub. Er verpasste ihr einen Schlag mit einer Vodkaflasche, verlor im Suff sein Gewicht und war nicht bei vollem Bewusstsein, da schnappte sie sich selbst die Flasche.«

»Richtig so«, finde ich. »Ganz klar Notwehr.«

»Er war zuvor schon gewalttätig gewesen.«

»Ach wirklich? Natürlich war er das, alles sind das!«, rege ich mich auf. »Das Arschloch hat viel Schlimmeres verdient.«

»Trotzdem galt es als versuchter Totschlag, weil er schon am Boden lag.«

»Und genau deswegen müssen wir Frauen uns wehren!« Ich rufe Bilder von aufgeplatzten Wunden und einer Vodkaflasche in der Hand in mir hervor, da sie mir dabei helfen, nicht vollends auszurasten.

»Es ist auch völlig egal, darum geht es nicht!« Sie schlägt ihre Hände vors Gesicht, hinter denen ein leises Schniefen hervordringt. Weint Frau K etwa? Zittert sie ein wenig? Der Schreck lässt mich meine Wut vergessen. Ich erinnere mich an meinen furchtbaren Streit mit Fae, als sie mir sagte, dass es nicht immer nur um mich und meine Wut gehen könne.

»Na gut«, stöhne ich. »Worum geht es denn dann?«

Frau K wischt über ihr Gesicht und fährt fort:

»Ich wollte wissen, warum sie nicht eher Hilfe geholt oder sich getrennt hat. Warum nur bleiben wir Frauen so oft in unserer Opferrolle, so als müsste es so sein? Die Frage hatten natürlich schon die Anwälte gestellt, aber nur mir gestand sie im Vertrauen, dass sie sich immer Ausreden suchte. Eines Tages wird er sich ändern. Mein Freund ist in Wirklichkeit ein guter Mensch. Irgendwann haben wir genug Geld. Oder wir werden Arbeit finden. Ich habe sowieso keine Wahl. Ohne ihn bin ich verloren. So schlimm ist das mit ihm ja nicht… Solche Ausreden waren das.«

»Sowas würde mir nicht passieren.«

»Im Rückblick konnte Stefania sich selbst nicht verstehen. Sie gab sich die Schuld für ihre Tragödie. Ich sah zu, wie Scham und ihr Leid wuchsen. Ich wollte ihr helfen.«

»Klar. Sie sind die edle Retterin der Wehrlosen,« scherze ich.

»Glauben Sie nicht, ich frage mich jeden Tag, was bitte falsch mit mir ist? Und ja, ich hatte ihr die Hypnose vorgeschlagen in der Hoffnung, Antworten auf ihre quälenden Fragen zu finden, die wahren Ursachen für ihre Sucht und ihre Selbstabwertung.«

»Meistens sind es die beschissenen Menschen um uns herum, oder? Die anderen machen das mit einem.«

»Bei einer Hypnose weiß man oft nicht sicher, was tatsächliche Erinnerungen und was nur eine Art von Traum ist. Es deutete aber sehr daraufhin, dass Stefania als Kleinkind ebenfalls von einem Mann missbraucht worden war. Sie stürzte in eine tiefe … für dieses Loch gibt es nicht mal einen Fachterminus, ich kam nicht mehr zu ihr durch. Wenige Tage später starb sie an einer Überdosis. Das ist auch die offizielle Todesursache, und ich weiß als einzige, dass die wahre Todesursache Selbstmord war.«

»Ja, Scheiße«, gestehe ich. »'Tschuldigung, mir fällt nichts Besseres ein.« Natürlich gibt Frau K sich die Schuld, aber ich kann nichts sagen, was das lindern könnte, bin ich doch die Letzte, die etwas von Schuld und Unschuld versteht.

»Sie sollen nichts sagen. Es gibt keine Antwort, außer der: Ich werde nie wieder in solchen Fällen eine Hypnose genehmigen. Was man einmal ins Gedächtnis ruft, wird man nicht mehr los. Und das Risiko, dass es mehr Schaden als Gutes zur Folge hat, ist einfach zu hoch. Auch für Sie, meine ich.«

»Der Junkie hat nichts mit mir gemein. Zum Beispiel hasse ich es, die Kontrolle zu verlieren, und würde nie Drogen nehmen.«

»Sie sind ein Mensch, Emma. Nach einer Weile unter Kontrollzwang verlieren Sie erst Recht die Kontrolle.«

»Ich nicht, ich bin viel stärker als die!«

»Ach ja? Dann zeigen Sie mir doch mal ihre übermenschliche Stärke und sagen Sie mir endlich die Wahrheit. Sie haben Ihren Vater nicht angezeigt, weil…«

»Weil er mir damit gedroht hat, die Kinder ins Heim zu stecken! Das wissen Sie doch!«

»Ausrede! Die Kinder wären mit einer ordentlichen Betreuung besser aufgehoben gewesen als mit dem Gefühl, dass etwas Grausames in ihrem Haus passiert. Kinder spüren das.«

»Das weiß ich auch!«

»Sie sagen, Sie entscheiden sich für Einsamkeit und sind dabei totunglücklich.«

»Ich bin nicht unglücklich!«, rufe ich.

»Ausrede! Sie reagieren mit Aggression auf andere, wahren passiv-aggressive Distanz, das ist ganz klar eine Flucht vor dem, was eigentlich mit Ihnen los ist.«

»Was bitte ist los mit *ihnen*?« Ich stehe erneut auf und bin so wütend, dass Tränen sich in meinem Unterlid sammeln, was mich nur noch mehr ärgert, weil ich doch beweisen will, dass ich die Kontrolle über mich habe. Auch in Frau Ks Augen kann ich eine Pfütze erkennen, als sie ebenfalls aufsteht und sich vorbeugt.

»Ihre Ausreden, um sich nicht mit Zweifeln und Ängsten zu konfrontieren … glauben Sie mir, die halten nicht ewig. Wenn Sie abrutschen, dann mache ich Ihnen das Leben höchstpersönlich schwer.«

Nach einem kurzen Schreck ob ihres drohenden Tons, sammele ich mich wieder.

»Sie machen mir das Leben sowieso schon schwer.« Ich grinse, um alles von eben und alles davor und überhaupt alles mit Humor abzutun.

Und dann bekomme ich es mit der Angst zu tun.

Jeden Morgen lief Emma zwanzig Minuten lang bis zur Hauptschule. Sie passierte Häuser und eine Anlage, die womöglich Getreide verarbeitete, worauf sie aber nicht achtete, sondern vielmehr auf die beiden Wachhunde, die jedes Mal zu ihr ans Gatter rannten und sich die Lunge aus dem Hals bellten. Sie konnten nicht aufhören, so lieb Emma ihnen auch zuredete. Manchmal versprach sie ihnen zum Abschied, dass alles gut würde. Kurz vor der Schule an einer Kreuzung lief sie an drei Mülltonnen und einer Fußgängerampel vorbei. Eines Morgens schaute sie in die Papiertonne und fand ganz oben auf dem Haufen ein Pornoheft, das sie mit in die Schule nahm und der ganzen sechsten Klasse präsentierte. Dicke

Tüten, feuchte Fotze, ein Arsch wie ein Pferd, fick die Frau wie die Schlampe, die sie ist, sieh an, wie sie die Beine spreizt, sie will das, auch wenn sie so unschuldig schaut. Die Schüler guckten ganz gebannt, Sprüche wurden gerissen, alle lachten hysterisch. Die Jungs machten obszöne Gesten und die Mädchen taten schamvoll und kicherten albern. Was regten die sich so auf? Emma war mit elf Jahren noch eine der jüngsten, sah aber viel älter aus. Im Pornohefttrubel tat es einen Knall und die Schüler wurden still vor Schreck. Die Klassenlehrerin schlug auf ihr Pult. Niemand hatte bemerkt, dass sie in den Klassenraum gekommen war. Sie lief auf Emma zu, griff sie an den Schultern und rüttelte sie:

»Was ist los mit dir? Warum bist du so krank?«

Die spinnt doch, dachte Emma. Dass Erwachsene den Kindern ihre Taten immer mit grenzenloser Übertreibung vorhalten mussten. So wie du bist, ist es kein Wunder, dass du keine Freunde hast. So wie du bist, wirst du immer schlechte Noten schreiben. Weil du so bist, ist mein Schwanz jetzt steif, du kleine Schlampe. Weil du immer derart bist, lässt du einem Mann keine Wahl, als geil auf dich zu sein. Du bist Schuld daran. Und was sollte man gegen das So-wie-du-bist-Argument ausrichten?

Der Schulwechsel machte Emma nicht ruhiger. Seit der Sache mit dem Pornoheft stieg ihre Wut merklich. Emma lernte dazu und nutzte das Klischee vom schwachen Mädchen für ihre Zwecke aus. Lange blonde Haare, grüne große Augen, eine Silhouette, die wohl fraulicher wirkte, als die gleichaltriger Mädchen, und darum die Männer nur mehr ablenkte. Weil Emma aber keine Frau, sondern ein Mädchen war, schreckten ihre Opfer in spe zunächst immer vor ihr zurück. In diesem kurzen unentschlossenen Moment, dem Sweet Spot, griff sie an. Mit einem Schlüsselbund in der Hand, erhöhte sie ihre Schlagkraft. Wenn ein Lehrer sie konfrontierte und fragte, warum sie so brutal sei, antwortete sie: »Weil ich so bin. Weil ich ein Mädchen bin.«

Fae und ich liegen im Bett und schweigen einen Moment lang. Ich habe mich gerade bei ihr dafür bedankt, dass sie den Embryo im Hoodie unter ihrem Arm aufbewahrt hat. Sie verstehte mich nicht, sagt sie, das Viech mache ihr Angst.

»Morgen buddeln wir es ein oder sowas.

»Immerhin haben wir keinen Ärger bekommen.«

»Ja, ich fühle mich schlecht. Ich mache meinen Scheiß künftig einfach allein.«

»Das meinte ich nicht, du Dramaqueen.«

»Bin ich das? Bin ich eine Dramaqueen?«, frage ich überrascht.

»Naja, du denkst schon in Schwarz und Weiß. Aber es gibt auch Zwischentönee. Man kann schon eine Verbindung eingehen und die Person trotzdem vom eigenen Scheiß verschonen. Es gibt auch nicht nur Opfer und Täter und nicht alle, die dich mögen, wollen dir Böses.«

»Dann weiß ich gar nicht mehr, was ich glauben und tun soll.«

»Ich meine nur, tu mir bitte nicht so weh, wie du Moon mit deiner Missachtung wehtust.«

Ich weiß, dass Fae wie ich die ganze Nacht über nicht schläft, während zwischen uns das Alien vor sich hinsiecht. Warum will ich es hier haben? Es fühlt sich an, als hätte es mir eine Nachricht überbringen sollen, die ich einfach nicht verstehe, so sehr ich es auch versuche.

Tag 289

Rena sucht die Gemeinschaftsdusche immer in der Donnerstagsschicht auf. Mindestens fünf Frauen begleiten sie, sagt Rainer. Damit ich weiß, was auf mich zukommt. Die Zeit bis zum diesem Donnerstag hatte ich für die Vorbereitung nutzen wollen. Wie würde das in der Dusche ausgehen? Seit unserer Prügelei ist alles möglich. Ich ließ verschiedene Szenarien in meinem Kopf ablaufen, um jeweils eine Reaktion darauf zu planen. Auch wenn ich meine Gegner beim Straßenkampf gefrühstückt habe, gegen die Monsterfrau habe ich keine Chance, wenn ich nicht strategisch vorgehe. Egal, ob sie mich anmachen oder fertig machen will, es kommt aufs selbe raus: Ich muss auf Habachtstellung sein. Fünf mal zwei Fäuste, Ellenbogen, Knie und Füße, mindestens eine Duschbrause inklusive Schlauch, Fliesen, das macht eine Summe von vielen blauen Flecken. Deswegen nehme ich meine Zahnbürste mit als Schlüsselbundersatz. Ich werde mich schon zu verteidigen wissen, rede ich mir ein.

Aber was, wenn Rena mir so etwas wie Freundlichkeit oder Liebe andichten will? Also eine Art von Zuneigung, die über das Körperliche hinausgeht? Das macht mir fast mehr Angst als blaue Flecken.

Es war ein vieldiskutierter Fakt, dass Emma das Magazin gewechselt hatte. Hätte sie nur das erste Magazin leergeschossen und nicht nachgelegt, hätte ihr Verteidiger Totschlag oder sogar Selbstverteidigung durchgeboxt. Für Emma war es das sowieso immer gewe-

sen. Das Rechtssystem sah das anders. Laut Staatsanwalt hatte sie Selbstjustiz verübt und den Mann hingerichtet. Warum sie all die Jahre den Missbrauch nicht einmal gemeldet habe, fragte er. Warum sie sich den Missbrauch bitte so lange habe gefallen lassen, sie hätte sich doch wehren müssen, sagte er. Die Erklärung war, dass sie sich sehr wohl gewehrt hatte, doch dann wartete stets irgendeine Form von Bestrafung auf sie. Niemand bringt einem Kind bei, wie es sich gegen Erwachsene verteidigen kann. Nicht das Kind ist das Problem, vielmehr hat es ein Problem. Und weil sie eben nach der sechsten und letzten Kugel nicht aufgehört hatte zu schießen, sondern nachgelegt hatte, um zwei Kugeln abzufeuern, galt die Tat nicht als Affekthandlung. Der Staatsanwalt plädierte für Mord, aber Emmas Verteidiger minderte das Urteil auf ›vorsätzliche Körperverletzung mit Todesfolge‹. Die Geschwister kamen ins Heim. Selbst nach seinem Tod wurde dem Mann sein letzter Wunsch erfüllt.

Nur die Gewissheit, dass das Leben des Mannes vorbei war, veranlasste Emma dazu, das Feuer zu stoppen und die Waffe fallen zu lassen. Luftblasen stiegen in ihrem Bauch auf, um dann zu platzen. Sie drehte sich zu den beiden älteren Geschwistern, die im Türrahmen standen. Die Großen weinten genauso wenig wie das Kleinkind. Was ist los mit euch, ihr Zombies, seid ihr so jung und schon so leblos?

Der Gedanke, dass Fae von ihren Goldeltern so viel Geld besorgen konnte, beruhigt mich. Mittlerweile klingeln anderthalb Riesen in der Kasse. So nennt Rainer es, Riesen. Was Rena also nicht kann, ist mich kaufen. Sie wird sich schon benehmen bei so einem Angebot, das ist Ehrensache, wie Rainer ebenfalls sagt.

Patsch, patsch, machen meine Füße, als ich vom Umkleidebereich in die Dusche watschele. Hier gibt es gar keine Duschbrausen an Schläuchen, die Brausen sind mitsamt Behälter für

Waschzeug an den Wänden befestigt. Das macht ein, zwei Waffen weniger. Der Duschraum erinnert mich an den Schwimmunterricht in der sechsten Klasse. Und daran, wie ich einmal einen alten Mann dabei erwischte, als er mich und eine Schulkameradin über die Kabinenwand hinweg beobachtete. Wir hatten versucht, uns mit einem Handtuch zu wehren, was natürlich völlig lächerlich war.

Sechs Frauen duschen schon. Rena ist noch nicht da, aber vier der Frauen gehören zu ihr. Man schaut sich nicht in die Augen. Jeder längere Blick heißt entweder: »Ich will Sex« oder »ich will dich schlagen«. Und da ich nichts von beidem will, schaue ich auch niemanden an, prüfe aber unauffällig, ob ich angegafft werde. Aber keine Blicke, nicht mal ein dummer Spruch. Das wundert mich. Ich lasse mir Zeit mit dem Duschvorgang, dabei bin ich ja gar nicht hier, um zu duschen. Die Haare. Nochmal die Haare. Die Füße. Endlich tritt Rena aus dem Umkleidebereich in die Dusche. Ihre Füße patschen auch, das beruhigt mich ein bisschen, denn es wirktalles andere als gefährlich.

»Hey!«, sagt sie, als sie sich unter die Brause links neben mir stellt. Sie hampelt nicht, sie quasselt nicht, sie reißt keine unwitzigen Witze. Das irritiert mich. »Was ist?«, ruft sie unterm Wasserprasseln.

»Nichts.«

»Gut. Dann glotz mich nicht an.«

»Also ehrlich gesagt, kann ich kurz mit dir reden?«

»Moment.«

Ich zapfe noch einmal Duschgel und mache damit irgendetwaswas, bis es mir zu blöd ist, dass sie mich extra warten lässt. Ich patsche zurück in den Umkleidebereich.

»Hey!« Während ich mich abtrockne, kommt Rena dazu und trocknet sich neben mir ab.

Ich will dich nur liebhaben. Du bist doch meine kleine Frau. Magst du das nicht? Das tut nicht weh, komm, ich streichele dich doch nur, ich bin ganz sanft. Das magst du doch?

»Du bist nie hier, was willst du?«, fragt Rena.

»Nichts.«

»Wie du meinst.«

Erst, nachdem ich mir die Unterhose übergezogen habe, drehe ich mich zu ihr um.

»Du bist so anders. So ruhig«, wundere ich mich.

»Anders und ruhig noch dazu!« Rena lacht. »Das kannst du doch gar nicht wissen. Vielleicht bin ich in Wirklichkeit anders, wenn du mich sonst siehst.«

Rena dreht sich von mir ab, weil es ihr scheinbar unangenehm ist, sich vor mir abzutrocknen, was mich noch mehr irritiert, dabei sehe ich eine kleine Hakenkreuz-Tätowierung in ihrem Nacken.

»Schaust du mein Tattoo an?«, fragt sie, als sie ihr T-Shirt über die Unterarme zieht. »Sieht gefährlich aus, oder? Wirkt auf jeden Fall.«

»Kommst du an ein Smartphone und an Drogen ran?«

»Was genau brauchst du?«

»Smartphone und Drogen?«

»Hast du Geld?« Rena steigt in ihre Unterhose.

»Ja! Ziemlich viel.«

»Von deiner Girlband? Die kleine Emobraut, oder? Sie sieht so aus.«

»Ist doch egal, woher ich das habe.«

»Stimmt. Auf Speed warte ich gerade, hier habe ich aber Crack.«

»Na dann Crack?« Ich zucke mit den Schultern, und Rena mustert mich skeptisch.

»Was willst du mit dem Dreck?«

»Also… nehmen?«

»Hast du das schon mal gemacht?«

»Nein.«

»Dann lass es auch, das ist Mist. Ich meine, ist natürlich deine Sache, aber mach es nicht.«

»Okay.« Eine bessere Antwort fällt mir nicht ein. Das ist doch das Zeug, mit dem sich die Junkie-Patientin von Frau K umgebracht hat.

»Wenn du Kummer hast, komm lieber zu mir«, sagt Rena. »Auf das Handy musst du aber auch noch warten, sollte bald kommen. Kostet tausend aufwärts.«

Wir einigen uns darauf, dass Rena mir Bescheid gibt, wenn sie Neuigkeiten in Sachen Handylieferung hat. Andere Frauen kommen aus der Dusche dazu, gucken komisch und wuseln mit ihren Sachen rum.

»Ich hab' noch was, du kommst doch ins Internet«, flüstere ich, hole einen Zettel aus meiner Hosentasche und drücke ihn Rena in die Hand.

»Femmanismnow, Junge!«, erinnert sich Rena. Sie öffnet den Zettel, liest und schaut mich wieder an. »Warum fragst du nicht eine deiner kleinen Freundinnen?«

»Ich weiß nur von einer, dass sie ein Handy hat. Und ihr traue ich nicht.«

»Rainer? Der würde ich auch nicht trauen.« Rena zieht ihre Hose über. »Ich schau, was ich finden kann.«

»Danke«, quetsche ich raus und will aus dem Umkleidebereich laufen, doch dann drehen meine Füße einfach wieder um und gehen ein paar Schritte zurück.

»Was denn noch?«, fragt Rena.

»Warum tust du das. Das mit den Frauen meine ich?«

»Junge, wovon redest du?«

»Weswegen du im Knast sitzt. Das mit den Frauen.«

»Ach, denkst du auch, dass ich wegen Human Trafficking sitze? Süß. Ja, das ist das Gerücht, aber nicht die Wahrheit. Ich habe mich um die Frauen gekümmert. Sie wollten anständige Männer in Deutschland kennenlernen. Sie waren auf der Suche nach einem besseren Leben. Ein gutes Leben ist ihr Recht. Wenn ein Kunde einer Frau etwas angetan hat, habe ich es dem Arschloch höchstpersönlich zurückgegeben. Das hat sich irgendwann rumgesprochen, glaub mir, meine Frauen waren sicher. Das Business ist legal. Ich sitze einfach nur wegen Steuerhinterziehung.«

»Ich glaube dir kein Wort«, antworte ich.

»Dann nicht.« Rena wirkt, als sei es ihr wirklich egal, was mich schon wieder aufregt. Als ich rausgehe, und zwar jetzt wirklich, muss ich fragen:

»Was willst du von mir?«

»Was meinst du?«

»Also, warum immer dieses *Emma, du bist der Hamma*, na du weißt schon.« In dem Moment, als ich das sage, fühle ich mich lächerlich.

»Girlfriend, ich weiß einfach, was du durchgemacht hast, okay?«

Tag 290

»Ach du Scheiße«, sagt Fae, als wir die Kantine betreten. Alle schauen mich an, das Stimmengewirr und Besteckklappern stoppt, und eine andere Geräuschwelle rollt an. Es sind Fingerknöchel, die auf die Tische schlagen.

»Was soll das sein?«, flüstere ich.

»Du hast es geschafft«, freut Fae sich flüsternd.

Wir finden fünf freie Plätze, Rainer und Az kommen dazu. Moon fehlt. Im Laufe der Mittagspause setzen sich verschiedene Frauen abwechselnd zu uns, als suchten sie eine Audienz bei mir, sie stellen sich vor, geben mir die Hand und sagen Dinge wie:

»Endlich hat jemand mal der Öffentlichkeit gezeigt, dass wir nur Opfer sind.«

Oder:

»Mir ist sowas auch passiert. Wir waren betrunken und ich kann mich nicht mal richtig erinnern.«

Oder:

»Du hast uns gezeigt, dass wir alle stark sein können und uns wehren müssen.«

Sogar eine Frau, die ich als ein Mitglied von Renas Entourage eingeschätzt habe, gibt zu:

»Wir haben seit dem ersten Tag zu dir hochgeschaut.«

Erst im Laufe mehrerer Gespräche dringen Informationen zu mir durch und ich kombiniere, dass meine Anhängerschaft draußen gewachsen sein muss. Unter dem Motto #Emmanismnow wollen Frauen und Mädchen sich versammeln, um vor dem Tor dieser Anstalt zu demonstrieren. Die Öffentlichkeit schreit auf, sagen die Insassinnen an meinem Tisch. Viele erzählen von sexuellen Übergriffen, meistens von Männern, teilweise von Frauen.

»Wieso verdammt nochmal habt ihr euch nicht gewehrt?«, will ich fragen, aber dann fällt mir ein, wie auch ich viele Jahre lang geschwiegen habe.

Feinde gab es genug. Emma war in der siebten oder achten Klasse, als ihre beiden Geschwister – das Baby war noch nicht existent – in die Grundschule kamen. Sie musste die kleinen Wesen beschützen und nicht selten schwänzte Emma die Schule, um auf eine Textnachricht hin zu deren Schule zu kommen und einen Schüler zu schlagen.

Vor allem der Bruder zettelte ständig Ärger an und drohte dann: »Gleich kommt meine Schwester!«

Emma fragte sich nie, ob ihre Motivation von einem Beschützerinstinkt herrührte oder bloß von der Freude am Prügeln. Einmal hatte ein Typ, den sie nicht kannte, Emmas Bruder auf Facebook angeschrieben und gefragt, ob er eine Schwester namens Emma habe.

Er fragte nach ihrer Nummer und schickte ihr einen Text, er wollte sich mit ihr treffen und herausfinden, warum sie ihn an diesem oder jenen Tag geschlagen hatte. Emma konnte sich nicht erinnern, aber es war doch klar warum: Weil er ein Typ war. Emma traf sich aus Neugier mit ihm, und als sie merkte, dass er in sie verliebt war, konnte sie nicht umhin, als ihn auszulachen.

Wir wollen den Freigang am Nachmittag nutzen, um das Wesen gebührend und ehrenhaft zu seinem Ursprung zurückzuführen. Die Worte *gebührend* und *ehrenhaft* kommen natürlich von Fae. Ich hatte diesen Moment aufgeschoben, indem ich meine Mission in der Dusche als wichtiger befand. Kein anderer Grund hätte meine Gruppe überzeugt. Aber das habe ich nun erledigt und der nackte Vogel in unserer Zelle fängt an zu riechen. Vor der Mittagspause habe ich das Ding unter meinem Hosenbein festgebunden mit ein paar Gummis von Fae. Aber unser Plan, es draußen unauffällig zu bestatten, scheint nicht aufzugehen. Ein Schwarm an Frauen folgt uns nach draußen, um mit mir zu sprechen. Fae kneift mir sanft in die Seite, und mir fällt etwas ein.

»Ihr alle, kommt her und hört mir zu!«, rufe ich. Fae, Az und Rainer stehen neben mir. Moon fehlt. Renas Gesicht und zwei Schließer entdecke ich weiter hinten. Unter deren Beobachtung darf ich nur die halbe Wahrheit erzählen.

»Frauen, wunderbare, starke Frauen. Uns eint dieselbe Sache: Wir wollen Respekt.«

Ein Raunen und Klatschen.

»Wir sind einzigartig, und vielleicht, eines Tages, werden wir respektiert für das, was wir wirklich sind. Gemeinsam kämpfen wir für dieselbe Sache. Meine erste Bitte an euch ist folgende, ich will es Mission nennen. Wir wollen hier in Ruhe eine kleine Zeremonie durchführen: Sie gilt dem Aufstieg der Schwachen. Eine Ehrung der Opfer. Die Revolte derer, die sich nie wehren konnten. Den Knall an der Fensterscheibe vor ein paar Tagen, den habt ihr alle mitbekommen. Und wisst ihr was? Es war ein junger Vogel. Wir wissen nicht wie, aber wenn ein Vogelbaby gegen unsere Scheibe knallt, ist es ein Zeichen. Ein wehrloses Opfer kam zu uns.«

Die Schließer beobachten uns von weiter weg. Dahinter kann ich jetzt auch Moon entdecken.

»Es war eine Nachricht. Ein Zeichen. Wir dürfen nie aufgeben und uns besiegen lassen. Wir sind keine Opfer, wir beschützen Opfer.«

Zu meiner eigenen Überraschung will ich selbst glauben, was ich da sage. Aus der Meute erklingen Laute der Zustimmung, manche klatschen.

»Gut. Wir sind uns einig. Also lasst uns jetzt bitte in Ruhe, ich meine, geht bitte alle rein oder in eure Ecken oder was auch immer. Wir wollen alleine sein und um das Wesen trauern. Gebührend und ehrenhaft.«

»Ich seid herzlich eingeladen, die nächsten Tage dasselbe hier draußen zu tun«, fügt Fae an. »Also bitte, lasst M für einen Moment alleine.«

Die Gruppe löst sich ein wenig, aber die Wärter lassen uns nicht aus den Augen, was dann doch die gebührende und ehrenvolle Bestattung unmöglich macht.

Tag 292

Der Wesen modert schon zu lange in unserer Zelle vor sich hin. In der Zwischenzeit habe ich viel Klarsichtfolie, die ich aus der Küche geklaut habe, um das Wesen gewickelt, bis ich mir einbilden konnte, dass es nicht mehr riecht. Das Objekt war hinterher doppelt so groß.

Wir stehen wieder einmal draußen im Hof, wieder fehlt Moon, und wieder einmal beobachten uns die Schließer. Wir können das Scheißvieh in der Folie einfach nicht loswerden. Die Sonne scheint und es ist heiß, Hochsommer eben, alle Frauen scheinen sich draußen aufzuhalten. Unser totes Wesen fühlt sich unter der Sonne erst recht zum Gären animiert, und ich kann Flüssigkeit an einer Stelle hinter der Folie erkennen, als ich es aus meinem Hosenbein berge.

»Das können wir heute Nacht nicht nochmal bunkern, ich hab' schon Alpträume«, sagt Fae. »Wir schmeißen es jetzt einfach in den Busch.«

»Nein!«, ruft Az. »Das Wesen steht für die Schwachen. Es verdient Respekt. Das hast du doch gesagt« Mit vorwurfsvollem Blick schaut Az mich an.

»Kann schon sein, aber damit wollte ich nur die anderen Weiber hier loswerden«, entgegne ich.

»Du musst ja nicht in dem Gestank schlafen«, fügt Fae hinzu.

»Aber trotzdem … versteht ihr denn nicht?« Az fuchtelt mit den Händen im Leeren. »Ich meine, naja, es kann doch alles kein Zufall sein. Denkt mal nach! Sowas gibt es eigentlich gar nicht, naja… das gibt es nicht. So ein Tier kann nicht fliegen. Sturm war auch nicht. Das gibt's gar nicht.«

»Ja, denselben Gedanken hatte ich auch«, gebe ich zu. »Dann schlag was vor.«

»Die Männer da, die uns so aufmerksam beobachten, naja, die machen das wegen M.«

»Klar, alle hier sind mittlerweile auf M fixiert, unseren Star,« murmelt Rainer mürrisch.

»Du weißt, was ich meine«, sagt Az zu mir. »Du kannst so tun, als hättest du etwas vor. Verstehst du?«

»Nein, ich versteh's nicht«, quatscht Rainer wieder dazwischen.

»Jetzt halt mal die Klappe!«, ruf' ich ihr zu und wende mich wieder an Az.

»Ich glaube, ich weiß, was du meinst. Ein Ablenkungsmanöver, oder?«

Az nickt.

»Also, ihr Kriegerinnen. Ich tue jetzt so, als hätte ich etwas vor. Ihr wisst schon, schaue mich geheimnisvoll um, hüpfe nervös und nicke euch zu. Dann gehe ich rein und in die Kantine. Die Spacken rennen mir sowieso hinterher!«

»Super! Und dann?«, fragt Fae.

»Ja, was dann?«, bohrt Rainer.

Soweit habe ich nicht gedacht und schaue Az erwartungsvoll an.

»Ich mach das! Ich klettere auf den Baum«, ruft Az und streckt ihren Arm in Richtung des einzigen Baums auf dem Gelände, der groß genug ist, um darauf zu klettern. Es ist der Baum vor unserem Fenster.

»Az, du sprichst von dem Teil da hinten?«, fragt Rainer.

»Genau!«

»Warte, warum hängt daran wohl Stacheldraht?«, überlegt Rainer. »Weil, Moment … weil Klettern hier vielleicht verboten ist!«

»Witzig«, nuschelt Az und schaut uns allen abwechselnd in die Augen. Ich wusste gar nicht, dass sie so fokussieren kann. »Ihr haltet mich für dumm. Vielleicht bin ich dumm. Naja, bestimmt bin ich in einer Welt wie eurer saudumm, aber eben nicht so dumm, wie ihr denkt!«

»Az, hör auf, du musst uns nichts beweisen, wir haben dich auch so lieb«, sagt Fae und greift unbeholfen Az' Oberkörper. Das soll wohl eine Umarmung sein. Az' Kinn liegt unmotiviert auf Faes Schulter, dann windet sie sich aus dem Griff:

»Ich will das aber.«

»Wie willst du da hochkommen?«, will ich wissen, denn ich sehe anstatt Ästen nur Stacheldraht.

»Wenn ich etwas kann, dann sind es Songs schreiben und klettern. Lasst mich doch mal«, nickt Az selbstsicher, wenn nicht sogar geheimnisvoll.

»Also Songs kann Badass-iza aber sowas von!«, ruft Rainer und klatscht unrhythmisch. »Wie war das nochmal? Ich bin zerrissen in der Mitte …«

»Abgesehen vom Klettern …«, sagt Fae. »Das kriegst du niemals hin, ohne erwischt zu werden.«

»Ich finde, ihr könnt ruhig mal an mich glauben«, fordert Az. »Lasst mich auch mal was beitragen und, naja, ein Teil von dieser Gruppe sein.«

Wir sitzen in der Falle. Wenn wir Az jetzt nicht lassen, fühlt sie sich nie als gleichwertiges Mitglied dieser Gruppe, wobei ich mich ernsthaft frage, wieso sie das unbedingt sein will.

»Zumindest werden die Schließer Az nicht so stark beobachten wie Rainer oder M«, vermutet Fae. »Vor allem, wenn M noch ein Ablenkungsmanöver startet.«

»Scheiß drauf.« Rainer legt wieder ihren Arm um Az' Hals und würgt sie ein bisschen. »Bring it on, kleine Badass-iza.«

»Krieger!«, ruft die freudig, als sie sich rauswindet.

»Kriegerinnen«, korrigiert Fae.

»Wir machen das jetzt!« Mit der Handfläche schlage ich gegen Rainers linke Schulter, und vor Schreck fällt sie beinahe um.

»Was soll das, du Spack?«, ruft sie.

»Speckspack! Ich hab' dich erwischt«, freu ich mich.

»Hast du nicht, ich war nur überrascht. Was willst du? Trau dich, trau dich.«

Rainer springt von einem Bein aufs andere und macht Bewegungen, die wie Trockenboxen aussehen sollen.

»Ich weiß zwar nicht, was das sein soll, aber Hauptsache, die Wärter gucken«, murmele ich. »Kommt mal alle her!«

Wir stellen uns in einen Kreis und stecken die Köpfe zusammen.

»Was planst du, M?«, fragt Az.

»Nichts. Aber das wissen ja die Aufseher nicht. Rainer, Fae, wenn ich weggehe, folgt mir unauffällig und mit gewissem Abstand.«

Ich tue so, als würde ich meine Sneakers binden, berge aber in Wirklichkeit das Päckchen und lasse es zwischen meine Füße fallen.

»Az?« Ich rücke zur Seite und Az stellt sich sofort an meinen Platz. »Ich mache jetzt was, was ich sonst nie mache, aber jetzt ausnahmsweise. Fürs Team.«

Ich halte meine Hand hoch. Wir geben uns alle High Five.

»Ja Mann!«, sagt Rainer.

»Yeah Baby«, antwortet Fae.

»Okay, okay, das reicht«, finde ich. »Also, ich laufe jetzt los…«

»Junge, verpiss dich«, Rainer fegt mich mit einer Wischbewegung weg.

Während ich abtrete in Richtung Basketballkorb, schaue ich mich wiederholt auffällig unauffällig um. Nach wenigen Sekunden spüre ich Rainer hinter meinem Rücken, sie hat angefangen zu laufen, hält aber Distanz zu mir. Ich drehe mich um und sehe außerdem, wie Az mit ihrem Hintern genau dort auf den Boden plumpst, wo sie eben noch stand, vermutlich um sitzend das Päckchen aufzunehmen und auf den Abzug der Schließer zu warten. Fae schlendert uns dann auch hinterher und pfeift tatsächlich dabei, ich muss leise lachen. Während ich überlege, was für einen Blödsinn wir hier eigentlich machen, steigt der Lachdruck weiter an. Ich erhöhe mein Tempo, laufe eine große Schleife und wieder zurück, um durch die Tür in die fast leere Kantine zu kommen, die anderen hinter mir her, weiter durch die Tischreihen. Vorm Counter der Essensausgabe bleibe ich stehen und lümmele rum. Rainer entert die Kantine, die Aufseher direkt hinter ihr.

»Die Damen…«, sagt einer der beiden Männer. »Was passiert hier Schönes?«

»Nichts Gutes, werter Wärter!« Rainer lacht, und der Mann grinst.

»Sehe Sie!« Ich deute mit dem Finger auf ihn. »Es ist noch viel schwerer nicht zu lachen, wenn man nicht lachen darf, aber ganz dringend lachen muss. Auch wenn es überhaupt nicht lustig ist, dass man nicht lachen darf, ist so unfassbar lustig…«

»Ich frage nochmal: Was machen Sie beide hier?«

»Ich will kurz ausreden«, sage ich. »Was ist das mit diesem Lachen? Das ist fast so schlimm wie Wasserrauschen, wenn man pinkeln muss, dann wird es nur schlimmer… oder?«

»Beantworten Sie meine Frage.«

»Wir stehen rum, werter Wärter,« antwortet Rainer. »M, oder Emma, arbeitet außerdem hier in der Küche.«

»Sie wissen aber, dass jetzt keine Arbeitszeit ist.« Der Mann klingt ernst.

»Was wollen Sie machen, Sie dürfen uns Frauen sowieso nicht untersuchen.«

»Sagen Sie, sind Sie der Bosswärter in diesem Duo?«, frage ich den Mann, der spricht.

Mit einem Mach-nur-so-weiter-Blick zückt der Mann sein Walkie-Talkie und ruft jemanden herbei.

»Aber werter Bosswärter, lassen Sie uns ein paar Späße«, Rainer schaut unschuldig.

Dann bricht der Damm völlig ein. Rainer und ich schubsen uns gegenseitig, greifen an die Hose der anderen.

»Was hast du versteckt, Schurke?«, ruft Rainer.

»Oh nein, bitte nicht!« So einen Spaß hatte ich noch nie.

»Ist gut jetzt«, ruft der Bosswärter und winkt die Kollegin rein, die uns auffordert, mit ihr zu kommen.

»Ich will, dass der werte Wärter und sein Bosswärter mitkommen, können die beiden nicht mitkommen?« Rainer schindet Zeit, damit die Männer noch nicht wieder zurück auf den Hof gehen.

»Das geht nicht«, sagt die Frau.

Doch auch dieses verlängerte Ablenkungsmanöver muss irgendwann ein Ende haben. Es kommt wie erwartet: Wir folgen der Frau in einen speziellen Raum, sie durchsucht uns bis auf die Unterhose und findet nichts. Dabei hoffe ich nur, dass Az sich nicht in der Zwischenzeit den Hals gebrochen hat.

Tag X

Und da sind wir nur noch drei. Ich sitze mit Rainer und Fae in der Kantine. Moon fehlt wieder, von Az wissen wir nicht, wo sie bleibt. Dafür kommt Rena zu uns und hockt sich neben mich, als wäre es das Normalste von der Welt.

»Da!« Sie drückt mir einen Zettel in die Hand. »Deine Story geht immer noch ganz schön ab im Netz.« Dann zieht sie wieder ab.

»Was war das denn?«, fragt Fae.

»Nichts«, antworte ich.

»Zeig.« Fae will den Zettel aus meiner Faust holen, aber ich lasse sie nicht. »Was soll das, was hast du mit Rena?«, ruft sie entsetzt.

»Ist sie am Ende doch eine Verräterin«, murmelt Rainer.

»Nein!«, so Fae. »M ist keine Verräterin. Oder, M? Du verrätst uns nicht.«

Ich erdolche Rainer mit meinen Blicken, während ich meine Faust auf den Tisch lege und öffne. Fae schnappt den Zettel.

»Da steht die Adresse von einem Kinder- und Jugendhaus drauf.« Mit fragender Mine reicht Fae mir wieder den Zettel.

»Wegen deiner Geschwister?«, fragt Rainer.

»Lasst mich bloß in Ruhe«, murmele ich. »Schlampe, Aas, Biest, habe ich alles schon gehört und hat mich nicht gestört, aber Verräterin hat noch nie jemand gesagt.

»Du warst ja auch nie in einer Gang,« lacht Rainer. »Ich musste mir das schon tausendmal anhören.«

»Warum sagst du uns nicht, was du mit Rena am Laufen hast?«, fragt Fae.

»Ich habe sie gebeten, nach meinen Geschwistern zu schauen, da sie ja auch diesen Hashtag entdeckt hat.« Ich wende mich Rainer zu: »Im Übrigen hast du uns auch erst von deinem Handy erzählt, als du musstest. Du willst wissen, warum ich Rena gefragt habe und nicht dich, obwohl du auch Internetzugang hast? Jetzt weißt du es, ich traue dir noch weniger über den Weg als Rena.«

Wütend will Rainer nach meinem Shirt greifen, aber Fae patscht ihre Hand weg.

»Mir traust du aber, oder?«, fragt Fae. »Und wenn ich dir verspreche, du kannst Rainer trauen?«

»Ach Fae,« winke ich ab. »Ich glaube ja nicht, dass ihr gegen mich seid. Aber ihr versteht mich eben auch nicht. Ihr wisst nicht, was ich durchgemacht habe.«

»Und Rena weiß es besser?«, sagt Fae.

»Ich habe so ein Gefühl. Ich glaube, das ist der Grund, warum sie andauernd auf mich zukommt.«

»Also Girlfriend, uns allen sind schlimme Dinge passiert, sonst wären wir nicht hier.«

»Ich weiß. Es ist auch kein Vorwurf. Trotzdem bin ich alleine. Ich bin immer alleine.«

»Toll, gut zu wissen«, meint Fae traurig.

»Rena sagt das auch, also dass uns niemand versteht.«

»Ach, wenn die das sagt«, lacht Rainer. »Wir sind alle alleine mit unserem Scheiß.«

»Seid still!«, flüstere ich.

»Wir reden, wann wir wollen. Auch wenn du denkst, dass du und Rena besser seid …«, meckert Rainer weiter.

»Ruhe!«, wiederhole ich. »Hört ihr das nicht?«

Jemand ruft von draußen unsere Namen. Es kann nur Az sein. Wir stehen auf und laufen schnell, aber nicht zu schnell, um kein Aufsehen zu erregen, aus der Kantinentür.

»Woher kam das?«, fragt Fae.

Ich habe eine Idee und führe die anderen zum Baum im Hof. Und tatsächlich, Az sitzt wie ein Eichhörnchen nicht auf dem ersten, nicht auf dem zweiten, auf dem vierten Ast mindestens drei Meter über dem Boden.

»Ich kotz' nur beim Hochgucken«, sagt Rainer.

»Az, was machst du da?«, rufe ich.

»Na, ich wollte nur nochmal nachsehen«, antwortet Az aufgeregt.

Ich drehe mich um und sehe auch schon die Schließer anrücken.

»Komm gefälligst runter, das gibt Riesenärger!«

»Aber M!« Az macht eine Geste, als wolle sie uns zu sich winken, aber wir können ja nun nicht fliegen.

»Ohne Scheiß, Bruder, mach, dass du deinen Arsch hier runter bewegst«, schiebt Rainer hinterher.

»Hört mir doch mal zu! Es ist wichtig, naja, wie ein Wunder… Das Wesen ist weg!«

»Wie weg?«, fragt Rainer.

»Weg wie weg. Richtig weg! Ich habe es ganz doll festgebunden mit der Folie. Hat bisschen gerochen …«

»Wir fordern Sie auf, vom Baum zu steigen«, sagt einer der Schließer. »Sie wissen, dass das ein Regelbruchist. Kommen sie sofort da runter.«

»Aber schaut doch mal!« Az hält einen Folienfetzen hoch, von dem das eine Ende noch am Ast hängt. »Folie noch da, Wesen weg. Es hat sich befreit und ist weggeflogen.«

»Das kann nicht sein. Das Vieh war sowas von tot«, ruft Rainer.

»Komm jetzt runter, bitte«, fügt Fae hinzu.

»Aber…« Az fuchtelt verzweifelt. »Ich seid alle so verklemmt! Die Flügel, überlegt doch mal …«

Es war von vornherein klar, dass passieren musste, was jetzt passiert. In jeder Geschichte muss so etwas passieren. Ein Ast, auf dem Az sich mit einem Fuß abgestützt hat, bricht und sie verliert das Gleichgewicht. Ich hatte bisher keine Ahnung, dass man in Zeitlupe fallen kann. Az kommt mit dem Kopf auf einem Ast weiter unten auf und landet mit dem Rücken auf dem Rasen, wo sie bewusstlos liegt.

»Az!« Rainer ist die erste, die neben ihr niederfällt und an ihr rüttelt, um sie aufzuwecken. Fae kommt dazu und zupft planlos an Az herum. »Az, bitte wach auf!«

Rainer hebt die Hand und entdeckt Blut daran. Ich drehe mich um und sehe, dass sich ein kleines Publikum hinter uns versammelt hat. Immer mehr Frauen kommen dazu. Ein Schließer tritt nach vorne und kniet sich neben Az' reglosen Körper

»Sie atmet nicht.« Faes Hand liegt auf Az' Brustkorb. »Sie ist auf den Ast gefallen«, sagt sie zum Schließer und fängt an zu weinen.

»Ganz ruhig.« Der Mann hat auch keine Ahnung, was er machen soll, und schaut nur entsetzt. »Hilfe ist unterwegs.«

»Sollten Sie nicht die Hilfe sein?«, frage ich.

»Weg da!« Rena rennt durchs Publikum an mir vorbei und wirft sich auf die Knie neben Az. »Verpisst euch alle, fasst sie nicht an!«, sagt sie zu Fae und Rainer, die beide aufstehen. Auch der Schließer steht auf und tritt achtungsvoll einen Schritt zurück. Rena tastet mit drei Fingern am Hals des Mädchens, das da liegt wie ein aus dem Nest gefallenen Vögelchen. Dann macht sie diese Sache, die man sonst nur in Filmen sieht: Sie legt eine Hand auf Az' Brustkorb, die andere darüber, und fängt an zu drücken.

»Muss man da nicht auch irgendwie Luft in den Mund reinmachen, oder sowas?«, fragt Fae.

»Ich hab' mal eine Ausbildung beim Rettungsdienst gemacht«, sagt Rena, ohne hochzuschauen. »Naja, angefangen …«

Ich frage mich, was ich schräger finde: Dass das hier gerade passiert, dass Rena eine Ausbildung angefangen hat oder… wo ist denn nun der Embryo? Und läuft wirklich alles so langsam, oder mein Gehirn schneller?

»Drück nicht so fest, du tust ihr weh!« Fae versucht, nicht zu schreien.

»Das ist ganz schön anstrengend«, ruft Rena, während sie pumpt.

»Wir müssen sie anfeuern!«, rufe ich, oder denke ich das nur?

»Eins, wir drehen uns im Kreis…«

Moon steigt hervor wie ein Engel aus dem Boden und spricht unseren Reim, während sie sich zu Az und Rena stellt. Fae stimmt ein.

»Das muss schneller«, fordert Rena. »Wie Gansta Rap oder so.«

»Gansta Rap, ja Mann!« Rainer beginnt zu klatschen, womit sie die anderen zu einem schnelleren Takt anleitet. Deswegen tun Leute so etwas wie klatschen. Sie wollen einen Rhythmus vorgeben, damit jeder mitmachen kann, wenn davon möglicherweise ein Leben abhängt. Damit die volle Kraft aller zusammenkommt, also damit niemand mehr einzeln ist, sondern alle gemeinsam gegen das Schicksal anstinken. Und tatsächlich: Immer mehr Handpaare klatschen mit.

Emma wusste mittlerweile, wie das ging. Beim ersten Mal war sie vierzehn Jahre alt gewesen, und der Mann hatte es erledigt. Er hatte sie aufgefordert, sich auf den Küchentisch und das darauf ausgebreitete Handtuch zu legen, die Beine breit aufzustellen. Der Rock rutschte wie von selbst auf die Hüfte. Dann vollzog der Erzeuger den Exorzismus mit zwei Stricknadeln. Das hatte weniger mit Stricken zu tun als mit Schlachten.

Heute, zwei Jahre später sollte es nicht so schnell gehen. Vielleicht lag es daran, dass Emma die Schwangerschaft später bemerkt hatte, oder daran, dass sie die Stricknadeln selbst in die Hand nahm, was sich als körperliche Schwerstarbeit erwies.

Der Mann wusste um Emmas Umstand und war am Vortag weggefahren. Emma hatte keine Ahnung wohin, ging aber davon aus, dass er seine kleine Frau sich selbst überlassen wollte. Sie ging davon aus, dass er hoffte, sie würde bei seiner Rückkehr nicht mehr leben. Aber den Gefallen würde sie ihm nicht tun. Emma sagte ihrer Schwester, sie solle vor der Tür des Schlafzimmers sitzen und reinkommen, wenn Emma sie rufe. Bis dahin müsse sie auf jeden Fall wegbleiben, das bläute Emma ihr ein, egal was sie durch die Tür hörte, sie dürfe niemals ins Zimmer kommen. Emma präparierte die Stricknadeln über dem Badezimmerwaschbecken mit einem Desinfektionsmittel, das sie im noch vollgestopften Medizinschrank der Mutter gefunden hatte. Der Wahnsinn hatte die Frau irgendwann dazu gebracht, alles zu desinfizieren, egal ob es neue Teller, neues Besteck, neue oder alte Klamotten waren, sie kippte das Zeug auch in den Putzeimer, wenn sie denn mal putzte. Emma zog die Decken vom Ehebett, auf dem ihre kleinste Schwester zustande kam, und drapierte zwei Handtücher auf der Matratze. Was für eine Ironie, dass sie sich hier des Resultats der letzten Jahre entledigen würde.

Vor dem ersten Stochern holte Emma noch Luft, um sie dann anzuhalten. Nach wenigen Sekunden dachte sie nicht mehr an eine Form von Atmen. Die Schmerzen waren schwer auszuhalten. Blut tropfte, irgendwann setzten die Wehen ein, Blut floss, die Krämpfe erschwerten Emmas unbequeme Armhaltung mit der Stricknadel von unten, mehr Blut floss. Sie musste mit der Nadel tief genug kommen, um die Gebärmutter zu erreichen. Emma wechselte im-

mer öfter die arbeitende Hand, der Schmerz hielt sie wach, sie versuchte, keine Geräusche von sich zu geben, was nicht immer gelang. Aber die Schwester hielt Wort. Sie kam nie ins Zimmer, rief auch nie, sie war so still, dass Emma manchmal befürchtete, sie wäre fortgegangen. Nach mehreren Stunden des Stocherns rutschte etwas aus ihrem Scheidenausgang, die Wehen stoppten. Kraftlos schaute Emma an ihrem Becken vorbei und sah einen schleimigen, blutigen Klumpen mit grauschwarzen Punkten, wo irgendwann einmal Augen sein sollten. Dann rief sie die Schwester.

Sie wies das Kind an, das Ding ins Handtuch, auf dem es lag, zu rollen und das Bündel draußen auf der Wiese neben der Tankstelle des Dorfs zu verbuddeln. »Das ist unsere geheime Mission,« flüsterte sie kraftlos. »Nur du kannst sie erfüllen.« Die Schwester war alt genug, um zu verstehen, was Emma getan hatte, schien aber dankbar dafür zu sein, dass Emma in Metaphern sprach. »Das ist unser Geheimnis. Wir sind Krieger. Eins, wir drehen uns im Kreis. Zwei, öffnen die Flügel weit …«

Traurig sang die kleine Schwester ihren gemeinsamen Reim. Emma schlief schon ein, bevor sie überhaupt die zweite Zeile beenden konnte.

Sie hatte keinen Schimmer, wie lange die kleine Schwester gebraucht hatte. Als sie kurz aufwachte, spürte sie, zu den Schmerzen hatte sich das Mädchen gesellt und hinter ihr auf dem Bett zusammengefaltet. Emma gab ihr das größere Stück von der Decke.

Ein Jahr und wenige Monate später war neben der Tankstelle ein neuer Parkplatz entstanden.

»Müsste Az nicht mittlerweile tot sein, also, so richtig unwiederbringlich tot?«, frage ich Rena und Fae heult auf. »Ich meine ja nur …«

Ich glaube weder an Zaubersprüche, noch an fliegende Embryos, Aliens, Engel, Tarotkarten, Bäume, Gefühle oder eine wundersame Wiederauferstehung. Ich habe auch keine Angst, denn wer sterben soll, stirbt, wer leben soll, lebt. Eine Wiederbelebungsmaßnahme funktioniert nur, wenn jemand nicht sterben soll. Ich soll wohl noch leben. Rainer leider auch. Ich nenne das nicht Schicksal, denn das würde heißen, dass ich doch an etwas glaube. Der Punkt ist, dass ich abgesehen von meinen Geschwistern nie etwas zu verlieren hatte, sonst war mir alles scheißegal. Und jetzt geht der Mist wieder los, was mich so unfassbar wütend macht, weil es einfach so beschissen ist, dass Az gehen muss, dass ich irgendwann doch mitsinge.

Die Luft streift meine Lippen, als der Sprechgesang meinem Bauch, meiner Kehle, meinem Mund entweicht. Meine Augen sind feucht. Ich mache ein paar Schritte nach vorne und stelle mich neben Moon. Wir schauen uns an. Zu unserem Rhythmus flattert die Folie im Baum. Eins, zwei, wir sind frei. Was machen wir hier? Wir sind frei. Rena pumpt ohne Unterlass, ich habe sie nie so entschlossen gesehen, wir stehen im Kreis und singen, die Frauen hinter uns klatschen. Wahrscheinlich sind nur wenige Minuten seit dem Sturz vergangen, als der Rettungsdienst kommt. Und natürlich öffnet Az genau in dem Moment ein wenig ihre Äuglein.

»Unsere Hymne, ich konnte euch hören. Ihr habt mich zurückgeholt«, säuselt sie und schielt dabei ein wenig. »Mir ist schlecht.« Dann kotzt sie auf Renas Hose.

Die letzten Tage

Az' Herz hat nie stillgestanden. Es war eine Gehirnerschütterung, die ihr Bewusstsein umhaute, sagen die Sanitäter. Unsere Panik und die peinliche Aktion mit dem Reim und diesen ganzen Gefühlen haben gar keinen Sinn gemacht, das war mir ja klar gewesen. Az ist trotzdem überzeugt, dass wir sie mit der Hymne von ihrem Weg in den Himmel zurückgerufen haben. Ohne Unterlass erzählt sie von einem weißen Licht, das sie durch den Raum schweben ließ und ihr die Sicherheit gab, alles sei möglich. Das gleißende, glitzernde Licht fühlte sich an wie ein Zuhause. Moon stimmt Az nicht ausdrücklich zu, aber sie streitet es auch nicht ab, sondern schweigt und grinst. Das fällt besonders auf, weil Rainer, Fae und ich uns stattdessen übertrieben lautstark über das Märchen lustig machen und Az richtig schön ärgern, sodass sie quietscht und sich kichernd windet.

Unsere Albernheiten können den Schreck nicht ganz vertreiben, der hängt noch wochenlang in unseren Zellen, also in den Zellen unserer Körper, in den Gliedern. Über die vielen komischen Konflikte von zuvor sprechen wir nicht. Auch wenn niemand es zugibt, sind wir alle nur froh, dass wir noch einmal kurz zusammen sind, und zwar lebend, bis die Entlassung uns nach und nach trennt.

Am Tag nach Az' Unfall habe ich mich auf Faes Drängen bei Moon entschuldigt. Fae sagt, ich behandele Moon, als wäre sie nicht existent, obwohl sie ein wichtiger Teil unserer Gruppe ist. Fae sagt, ich sei nicht fair.

Rena geht natürlich davon aus, dass sie ein Wunder vollbracht und Az auf heldenhafte Weise gerettet hat. Die Person, die mich damals in der Gemeinschaftsdusche mit Ehrlichkeit und Zerbrechlichkeit verblüfft hat, kommt nicht mehr durch. Sie ist wieder die Größte, hampelt rum, zieht ihre Show ab, doch der Unterschied ist: Es nervt mich nicht mehr. Es bedroht mich auch nicht mehr, es gehört einfach dazu. Ich sehe nur noch die Eigenarten eines Menschen, der durch die Scheiße gegangen ist. So wie ich. Der große Coup, die Apokalypse, die Welteroberung, der Vorhof zur Hölle, was auch immer es ist, was Rena weiterhin ohne Unterlass ankündigt und ihr Respekt verschafft, tritt natürlich nie ein. Es ist ein Spiel, das ganze Leben scheint sie zu einem Spiel gemacht zu haben.

Welchen Glauben ich mir raussuche? *Glauben*, so etwas kümmert mich nicht, und trotzdem hängt die Frage seit dem Unfall permanent über meinem Kopf.

Zumindest glaube ich mittlerweile, dass das, von dem ich glaubte, es sei die absolute Wahrheit, vielleicht ein kleines bisschen Quatsch ist. Weil es sowas nicht gibt, eine absolute Wahrheit. Die Wahrheit ist beweglich, kann ein bisschen nach rechts oder links rücken oder sogar einen Sprung machen.

Die Psychofrau sagt, ich hätte große Fortschritte gemacht und könne stolz auf mich sein. Aber das ist ein bisschen übertrieben. Ich meine, wie soll ich weitermachen wie vorher, wenn so viele Dinge sich auf den Kopf stellen? Plötzlich kann ein Kuss den Boden unter meinen Füßen öffnen. Eine Feder treibt mich erst in den Wahnsinn und dann macht sie irgendwie doch Sinn. Aziza sagt, die Feder könne jetzt für alles stehen: Tod oder Magie. Was ich davon aussuche, sei meine Entscheidung.

Also entscheide ich mich für das, was sich am besten anfühlt. Die Einsamkeit, die jeden Tag mein Herz zerreißt, ist ein Teil von mir und wird es vermutlich ewig bleiben. Aber neuerdings glaube ich, also weiß ich ziemlich sicher, dass es nicht nur mir so geht, sondern dass auch andere einsam sind, mit denen man ab und zu zusammen einsam sein kann. Vielleicht kann das funktionieren … sofern die mir nicht auf die Nerven gehen, nicht soviel reden und schon gar nicht singen oder rappen!

Wir beschließen, dass wir fürs Erste genug Missionen erfüllt haben, nehmen keine Platte auf, kaufen weder Handy noch Drogen und lassen von unserem Plan, Rena eine reinzuwürgen, erst einmal ab. Das Geld von Faes Eltern teilen wir auf, jede von uns bekommt hundert Euro für den Neustart nach der Freilassung, den Rest schenken wir Az. Sie wehrt sich ein bisschen, gibt aber schnell auf, denn sie weiß selbst, sie hat es mehr als verdient.

Mein Anwalt schafft es tatsächlich, die Internet-Kampagne mit dem Hashtag #Emmanismnow als eines von mehreren Argumenten zu nutzen, meine Haftdauer zu halbieren. Aus drei Jahren werden eineinhalb. Als ich das erfahre und den anderen mitteile, springen die rum vor Freude und feiern mich als Heldin. Das ist ein Moment, in dem ich noch einmal kurz sauer werde. Sie versprechen mir aber, dass sie das Wort nie wieder im Zusammenhang mit mir aussprechen werden. Das geht einfach nicht, ich kann nicht sagen wieso, aber nein.

Erstmal komme ich in eine Art betreutes Wohnen mit anderen Frauen, die auf Bewährung draußen sind. Die Leute von der Nachsorge helfen mir dabei, einen Arbeitsplatz zu finden, eine Wohnung und solche Dinge. Ähnliche Gespräche wie die mit Frau K habe ich auch. Ich weiß nicht, was ich davon halten soll, aber mir bleibt ja nichts anderes übrig. Die Psychofrau sagt, ich müsse erstmal lernen, was es heißt, eine Frau zu sein. Als ob das irgendwer wüsste, was das bedeutet. Vielleicht will ich das ja auch gar nicht sein!

Vor mir kommen erst Az und dann Fae raus. Den Abschied finde ich sehr unangenehm. Moon muss zwei Wochen länger bleiben als ich. Sie schiebt das auf ihren unfähigen Anwalt. Ich wundere mich, frage aber nicht nach. Ihre ganze Geschichte war immer ein Geheimnis und das bleibt sie auch. Mittlerweile gehe ich sowieso davon aus, dass die Tarotkarte mit dem Tod uns allen galt. Moon sagt, dass der Tod im Tarot nichts mit dem Sterben zu tun hat. Manche Aspekte müssen sterben, um der Geburt neuer, gesunder Aspekte Raum zu geben, erklärt die Mondhaut, und wir verstehen alle kein Wort, also nicht so richtig, nur ein bisschen.

Moon und ich umarmen uns lange und küssen uns dann flüchtig auf den Mund, als wir uns an meinem letzten Abend verabschieden. Sie weint. Ich will sie trösten, indem ich ihr verspreche, dass wir uns draußen wiedersehen. Auf jeden Fall! Das wird natürlich nie passieren. Es fühlt sich nicht schön an, aber es ist mir auch irgendwie egal. Sie hat mir so viel gezeigt, und damit stirbt unsere Zeit miteinander nun aus, so würde ich das deuten.

Auch Rena bleibt länger als ich. Sie streut im Netz das Gerücht, dass ich eine Woche später als in Wirklichkeit rauskomme, damit ich nicht von Groupies abgefangen werde. Das kann ich nicht gebrauchen, schließlich will ich so schnell wie möglich meine Geschwister sehen und retten. Blasen in meinen Blutbahnen blubbern und platzen, als ich durch die vielen Türen nach draußen gehe.

Kurz vorm letzten Tor ein Schock: Ich habe Renas Notiz mit der Adresse meiner Geschwister vergessen! Ein Griff in meine Jackentasche beruhigt mich schnell wieder. Ich habe den Zettel doch eingesteckt. Natürlich! Und wenn er noch abhandenkommen sollte, kann ich die Adresse mittlerweile auswendig. Während ich durch das Tor gehe, zerreiße ich die Kontakte der anderen.

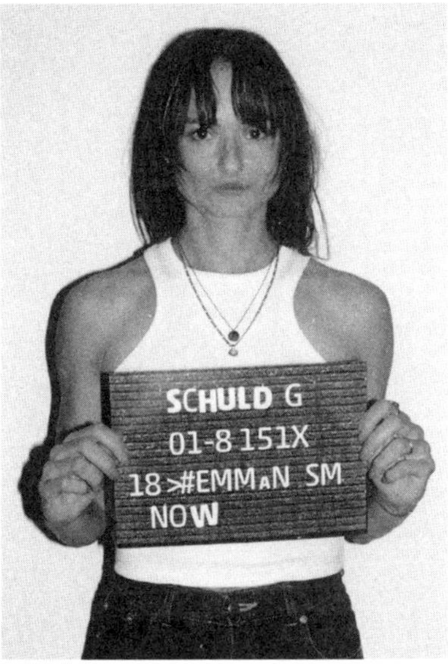

© Marc Krause

Lena Elfrath

ist in Frankfurt am Main geboren und in Bad Nauheim aufgewachsen. Sie studierte Literatur- und Medienwissenschaft an der Philipps-Universität in Marburg. Heute arbeitet sie als freiberufliche Texterin und Journalistin. 2015 gründete Lena Elfrath mit zwei Partnerinnen das Kommunikationsstudio UBERMUT, die sich vor allem mit nachhaltiger Entwicklung beschäftigt. Ihr Debütroman *Die Liebe ist ein Schmetterling* erschien 2016. Lena Elfrath lebt in Frankfurt am Main und Berlin.
lenaelfrath.de

Luna Al-Mousli
Um mich herum Geschichten
Roman
Gebunden, 128 Seiten

ISBN 978-3-949671-00-5
16,00 € (D) | 16,50 € (A)

»Ein leuchtend schönes Buch, und an jeder Ecke, hinter jeder Tür, wartet ein kleines Universum aus Alltagswundern.«
Pierre Jarawan

Oft wissen die unbewegten und unbelebten Gegenstände um uns herum am besten von den bewegenden und lebendigen Geschichten zu erzählen, die sich tagtäglich in ihrer Gegenwart abspielen und denen ein großer Zauber innewohnt. Als stille Beobachter kennen sie die Geheimnisse ihrer Besitzer, wissen von Flucht und Vertreibung, von Ängsten und Hoffnungen, aber auch von Neuanfang und Zuversicht zu berichten. Man muss nur ganz genau hinhören, bis sie anfangen zu einem zu sprechen…

Einmal mehr beweist Luna Al-Mousli, dass sie es wie keine Andere versteht, die syrische Lebenswirklichkeit zwischen Melancholie und purer Lebensfreude einzufangen und spürbar zu machen.